MånPocket

KARIN FOSSUM
Svarta sekunder

Översättning Helena och Ulf Örnkloo

MånPocket

Omslag av Anders Timrén
Omslagsfoto © Bulls Photonica
Norska originalets titel:
Svarte sekunder
© J.W. Cappelens Forlag a/s 2002
Svensk översättning av Helena och Ulf Örnkloo

www.manpocket.se

Denna MånPocket är utgiven enligt överenskommelse
med Bokförlaget Forum AB, Stockholm

Tryckt i Danmark hos
Nørhaven Paperback A/S 2003

ISBN 91-7001-044-7

Till min lillebror Øystein

Dagarna gick så sakta.

Ida Joner lyfte handen och räknade på fingrarna. Hon fyllde år den tionde september. Ännu var det bara den första. Hon önskade sig så många saker. Helst ett husdjur. Något varmt och levande som bara var hennes. Ida hade ett bedårande ansikte och stora bruna ögon. Hon var slank och nätt, håret tjockt och lockigt. Hon var pigg och lättsam. Det var för mycket av det goda. Så tänkte modern ofta, särskilt när Ida gick hemifrån och försvann bakom kurvan, för bra för att vara sant.

Ida svingade sig upp på cykeln. Just nu skulle hon åka hemifrån på en splitterny Nakamura. Hon hade lämnat rummet i total oordning, hon hade legat i soffan och lagt pussel. Hennes frånvaro skulle först efterlämna ett stort tomrum. Därefter skulle en främmande ton tränga in genom väggarna och fylla huset med oro. Modern tyckte inte om det. Men hon ville inte sätta flickan i bur som en annan kanariefågel. Hon vinkade till Ida och log tappert. Begravde sig i praktiska göromål. Dammsugaren skulle överrösta den nya tonen i rummet. Om hon blev svettig och varm, eller trött av att ruska mattorna, skulle det dämpa smärtan från den lilla gnagande taggen i bröstet, som växte fram varje gång Ida försvann. Hon kastade en blick ut genom fönstret. Cykeln svängde till vänster. Ida skulle neråt centrum. Allt var som det skulle, Ida hade cykelhjälmen på. Ett hårt skal som låg skyddande kring hennes huvud. Själva livförsäkringen. I fickan hade hon en zebrarandig plånbok som innehöll trettio kronor. Det räckte till senaste numret av hästtidningen Wendy. För resten av pengarna brukade hon köpa Bugg. Turen ner till Lailas kiosk skulle ta en kvart. Modern räknade i huvudet. Ida skulle vara hemma igen ungefär klockan 18.40. Då hade hon ändå räknat in att hon kanske skulle träffa någon och bli stående och prata i tio minuter. Medan hon väntade började hon städa. Plockade upp pusselbitarna ur soffan. Hon visste att dottern kunde höra henne när som helst och var som helst. Hon hade planterat sin myndiga röst i huvudet på flickebarnet och visste att den ljöd där inne som en evigt malande förmaning. Hon hade dåligt samvete för det, dåligt samvete som efter ett övergrepp, men hon vågade inte annat. Just den rösten skulle rädda Ida den dag hon mötte en fara.

Ida var en väluppfostrad flicka som aldrig skulle sätta sig upp mot modern eller glömma vad hon lovat. Men klockan på väggen i vardagsrummet hos Helga Joner närmade sig sju och Ida var inte hemma. Då kom det första styngget av ångest. Och sedan det gnagande suget i magen som hela tiden drev henne till fönstret, där Ida naturligtvis skulle komma på den gula cykeln vilken sekund som helst. Den röda hjälmen skulle glimma i solen. Svagt skulle hon höra däcken knastra mot gruset. Kanske ett pling på ringklockan, här är jag! Följt av ett dunk i väggen från cykelstyret. Men hon kom inte.

Helga Joner lyfte från allt som var välbekant och tryggt. Golvet sjönk under fötterna på henne. Kroppen, som annars var tung, vägde ingenting, hon svävade omkring som en ande i rummen. Så föll hon ner igen, med ett dunk i bröstet. Tvärstannade och såg sig omkring. Varför var detta så välbekant? För att hon redan, i åratal, hade gått igenom det i tankarna. För att hon hela tiden hade vetat att detta perfekta barn inte skulle få förbli. Just detta, att det var så väntat, skrämde henne till vanvett. Vissheten att hon kunde förutse saker och ting, insikten att detta hade hon vetat från första stund, for genom hennes huvud. Det är därför jag alltid är rädd, tänkte Helga. Varje dag i tio års tid har jag varit rädd, och på goda grunder. Nu är den här. Mardrömmen. Stor, svart och klösande inuti hjärtat.

Klockan var 19.15 när hon slet sig lös ur handlingsförlamningen och letade reda på numret till Lailas kiosk på de gula sidorna i telefonkatalogen. Hon harklade sig ett par gånger. Många signaler gick fram innan luren lyftes. Att hon stod i telefonen och därigenom avslöjade sin rädsla gjorde henne ännu säkrare på att Ida bara var runt hörnet.

Som den slutliga bekräftelsen på vilken hönsmamma hon var. Men Ida syntes inte till, och en kvinnoröst svarade. Helga inledde med ett ursäktande skratt, eftersom hon hörde att kvinnan som svarade var vuxen och kanske hade barn själv. Hon skulle förstå. Min dotter for iväg på cykeln för att köpa Wendy. I din kiosk. Hon skulle komma direkt hem efteråt, hon borde vara här nu men hon kommer inte. Så jag ringer bara för att kolla att hon har varit hos dig och köpt det hon skulle. Sa Helga Joner.

Hon såg ut genom fönstret för att avskärma sig från svaret.

– Nej, svarade rösten. Det har inte varit nån flicka här, inte vad jag minns.

Helga teg. Det svaret kunde inte vara riktigt. Hon måste ha varit där, varför sa hon något sådant? Hon fordrade ett annat svar!

– Hon är liten och mörk, fortsatte hon envist, tio år. Hon har blå joggingdress och röd hjälm. Cykeln är gul.

Det där med cykeln blev hängande i luften. Den tog hon trots allt inte med in i kiosken.

Laila Heggen, som drev kiosken, blev beklämd och rädd att svara. Hon hörde den gryende paniken och ville inte utlösa det fasansfulla. Därför gick hon i tankarna igenom de senaste timmarna. Men hon hittade ingen liten flicka där, hur gärna hon än ville.

– Det springer ju många ungar här, sa hon. Hela dagarna. Men så här dags är det lugnt. Det är liksom middagspaus mellan fem och sju. Sedan blir det mer trafik igen fram till tio. Då stänger jag.

Hon kom inte på något mer att säga. Dessutom hade hon två hamburgare på plåten, det luktade redan bränt och kunden väntade. Helga sökte efter ord. Hon kunde inte lägga på luren, vågade inte bryta den förbindelse till Ida som den här kvinnan var. Det var ju dit hon skulle. Återigen stirrade hon ut på vägen. Det var långt mellan bilarna. Eftermiddagsrusningen var över.

– Men när hon dyker upp, försökte hon, så säg att jag väntar.

Tyst igen. Kvinnan i kiosken ville hjälpa till men fann inget sätt att göra det på. Så förfärligt, tänkte hon, att vara tvungen att svara nej. När det var ett ja hon behövde.

Helga Joner la på luren. En ny tideräkning började. Ett krypande, obehagligt skifte som omfattade en förändring i ljuset, i temperaturen, i landskapet utanför fönstret. Träd och buskar stod uppställda som krigiska soldater. Plötsligt såg hon att himlen, som inte hade släppt ifrån sig regn på veckor, hade dragit ihop sig. När hände det? Hon kände hjärtat slå hårt och smärtsamt, hon hörde klockan på väggen, den tickade mekaniskt. Sekunderna, som hon alltid hade tänkt sig som små metalliska prickar, var tunga, svarta droppar som hon kände en efter en. Hon såg på sina händer, de var torra och skrynkliga. Inte längre en ung kvinnas händer. Hon hade fått Ida sent i livet och hade just fyllt fyrtionio. Så steg rädslan till ursinne och hon grep telefonen på nytt. Det fanns mycket att göra, Ida hade kompisar och släkt i samma område. Helga hade en syster, Ruth, och systern hade Idas kusiner Marion, en flicka på tolv, och Tomme på arton. Idas far, som bodde ensam, hade två bröder inne i centrum, Idas farbröder, som båda var gifta och tillsammans hade fyra barn. De tillhörde ju familjen. Hon kunde vara hos dem. Men de skulle ha ringt. Helga tvekade. Kompisarna först, tänkte hon. Therese. Eller Kjersti, kanske. Dessutom var hon ofta tillsammans med Richard, en tolvåring i grannskapet, som hade häst. Hon fann dotterns klasslista fasttejpad på köksskåpet, den upptog namn och nummer på alla. Hon började uppifrån med Kjersti. Nej, tyvärr, ingen Ida där. Ängslan hos den andra kvinnan plågade henne, oron och deltagandet och till slut den oundvikliga avslutningen – hon dyker nog upp, man vet ju hur ungar är.

– Ja, ljög Helga. Men det visste hon inte. Ida var aldrig sen. Hos Therese var det ingen som svarade. Hon talade med Richards far, som berättade att sonen var i stallet. Så väntade hon medan han gick för att titta efter. Klockan på väggen störde henne, det eviga tickandet, hon tyckte inte om det. Richards far kom tillbaka. Sonen var ensam i stallet. Helga la på och vilade lite. Hennes ögon drogs mot fönstret igen, som om de var utsatta för en kraftig magnet. Hon ringde systern Ruth och föll ihop lite då hon hörde hennes röst. Kunde inte hålla sig upprätt längre, kroppen rann av henne, det var som att förlora vind.

– Hoppa in i bilen med en gång, sa Ruth. Kom hit så tar vi en runda och tittar efter henne. Vi ska nog hitta henne.

– Ja, sa Helga. Men hon har ingen nyckel. Kanske hon kommer medan vi letar efter henne!

– Låt dörren stå öppen. Det gör väl inget. Hon står väl nånstans och tittar på nåt. En eldsvåda eller en bilolycka. Och så glömmer hon tiden.

Helga drog upp garagedörren. Systerns röst hade lugnat henne. En eldsvåda, tänkte hon. Naturligtvis. Ida står och stirrar på lågorna, hennes kinder är alldeles röda, brandmännen är dramatiska och stiliga i svarta kläder och gula hjälmar, hon kan inte röra sig, så besatt är hon av sirener och rop och lågornas knastrande. Om det var en eldsvåda, skulle jag själv stanna cykeln och stå kvar, överväldigad av värmen. Torrt är det också, det har inte regnat på länge. Eller en bilkrock. Hon fumlade med nycklarna och såg det för sig. Förvriden metall, ambulanser, hjärtmassage och blod, for det genom huvudet på henne. Klart hon glömmer tiden!

Hon körde okoncentrerat till systerns hus på Madseberget. Det tog fyra minuter. Hon följde noga dikena framför sig med blicken, antagligen skulle Ida plötsligt dyka upp, korrekt cyklande på höger sida, frisk och fin och lycklig. Men det skedde inte. Det var ändå bättre att handla. Helga måste svänga, styra och bromsa, kroppen hölls sysselsatt. Var det så att ödet ville henne något ont, skulle hon kämpa. Gå till angrepp med näbbar och klor mot odjuret som närmade sig.

Ruth var ensam hemma. Sonen Tom Erik, som de bara kallade Tomme, hade just fått körkort. Han hade snålat och sparat ihop till en gammal Opel.

– Han nästan bor i den, sa Ruth uppgivet, jag hoppas vid Gud att han kör försiktigt. Marion är på biblioteket. De stänger åtta så hon kommer snart, men hon klarar sig själv. Sverre är ute och reser. Han är Gud hjälpe mig aldrig hemma.

Det sista sa hon med ryggen till, medan hon krängde på sig en kappa. När hon vände sig var leendet på plats.

– Kom nu, Helga, så åker vi!

Ruth var slankare och längre än Helga. Fem år yngre och lättare till sinnes. De stod varandra mycket nära, och det var alltid Ruth som såg efter Helga. Redan vid fem års ålder tog hon hand om Helga som var

11

tio. Helga var så trög, så långsam och rädd. Ruth var rask, öppen och effektiv. Visste alltid på råd. Nu gick hon snabbt in i rollen som stöd. Hon lyckades hålla sin egen oro i schack genom att trösta systern. Ruth backade ut Volvon ur garaget och Helga klev in. Först var de inne i Lailas kiosk, där de växlade några ord vid disken. De blev stående utanför och såg sig omkring. Efter tecken på att Ida hade varit där, även om Laila Heggen sa nej. De fortsatte in till staden. Åkte en sväng runt torget och for med ögonen över alla ansikten, alla typer, men Ida syntes inte till någonstans. För säkerhets skull åkte de förbi Glasbrukets skola, där Ida gick i femte klass, men skolgården låg öde och tom. Tre gånger under turen fick Helga låna Ruths mobil för att ringa hem. Kanske Ida väntade i vardagsrummet. Men ingen svarade. Mardrömmen tilltog, låg och darrade någonstans där framme och samlade krafter. Snart skulle den resa sig och välla in som en flodvåg. Mörklägga allting. Helga kände det i kroppen, det pågick ett krig där inne, blodcirkulationen, hjärtats rytm, andningen, allt var i uppror.

– Kanske har hon fått punktering, sa Ruth, och bett nån om hjälp. Kanske står det nån nånstans och lagar hennes cykel. Helga nickade ihärdigt. Den möjligheten hade hon inte tänkt på. Nu blev hon outsägligt lättad. Det fanns ju många förklaringar, många möjliga händelser, nästan inga var farliga, hon såg dem bara inte. Hon satt stel i sätet bredvid systern och hoppades att Idas cykel hade fått punktering. Det skulle förklara allt. Så greps hon plötsligt av panik, eftersom just den bilden framkallade ångest hos henne. Att en liten flicka med bruna ögon och en cykel med punktering kunde få en bil att stanna. Under förevändning att vilja hjälpa. Förevändning! Det stack till i hjärtat igen. Dessutom skulle de ha sett henne, de åkte samma väg som Ida skulle cykla. Det fanns inga genvägar.

Helga såg rakt framåt. Hon ville inte vrida huvudet åt vänster för där flöt älven strid och grå en bit bort. Hon ville hela tiden framåt, så fort som möjligt, fram till det ögonblick då allt var som vanligt igen.

De åkte tillbaka till huset. Något annat kunde de inte göra. Allt som hördes var motorljudet i Ruths Volvo. Hon hade stängt av radion. Det gick inte an att lyssna på musik när Ida var borta. Det var fortfarande lite trafik. Men snart körde de ikapp ett konstigt ekipage. De såg det på

12

långt håll, först som något oigenkännligt. Fordonet var delvis en motorcykel, delvis en liten lastbil. Den hade tre hjul, motorcykelstyre och ett lastflak som var stort som en liten släpvagn. Både motorcykeln och släpet var lackerade i en illgrön färg. Föraren körde mycket sakta, men de såg på hållningen att han märkte bilen, kände vad som närmade sig bakifrån. Han körde ut till höger för att släppa förbi dem. Blicken var stelt fästad på vägen.

– Emil Johannes, sa Ruth. Han är alltid ute och kör. Ska vi fråga honom?

– Han pratar ju inte, invände Helga.

– Det är bara som det ryktas, menade Ruth. Jag tror han pratar som bara den. När det passar honom.

– Varför tror du det? sa Helga tvivlande.

– Folk häromkring säger det. Att han bara inte vill.

Helga kunde inte föreställa sig att folk slutade tala när de nu en gång hade lärt sig. Något sådant hade hon aldrig hört talas om. Mannen på motorcykeln var i femtioårsåldern. Han hade en gammaldags brun skinnhuva med öronlappar och en vindtät jacka. Den var inte knäppt. Skörten fladdrade i vinden bakom honom. Då han kände bilen komma upp jämsides med honom, började han vingla. Han såg avvisande på dem, men Ruth lät sig inte hejdas. Hon vevade med armen inne i bilen och signalerade att han skulle stanna. Han gjorde det, motvilligt. Men han såg inte på dem. Han bara väntade, alltjämt stirrande rakt fram, händerna med ett stadigt grepp om styret, öronlapparna som hundöron neråt käkarna. Ruth vevade ner sidorutan.

– Vi söker efter en flicka! ropade hon.

Mannen gjorde en grimas. Han förstod inte att hon skrek så, han hörde bra.

– En mörk flicka på tio år. Hon cyklar omkring på en gul cykel. Du åker ju runt en hel del. Har du sett henne?

Mannen såg ner i asfalten. Ansiktet doldes delvis av luvan. Helga Joner såg på flaket. Det täcktes av en svart presenning. Hon trodde det låg något under. Hennes tankar for åt alla håll. Det fanns plats för både en flicka och en cykel under en sådan presenning. Såg han inte skuldmedveten ut? Samtidigt visste hon att han alltid hade det där undvi-

13

kande uttrycket. Hon hade då och då sett honom i affären. Han levde i sin egen värld. Tanken på att Ida skulle ligga under den svarta presenningen slog henne som absurd. Jag är inte klok, tänkte hon.

– Har du sett henne? återtog Ruth. Hennes röst var så myndig, tänkte Helga. Så uppfordrande. Den fick folk att stanna och lystra.

Han mötte äntligen hennes blick, men bara som hastigast. Hans ögon var runda och grå. Var det inte så att de flackade? Helga bet sig i läppen. Han var ju sådan, visste hon, han ville inte prata med folk eller se på folk. Det betydde ingenting. Rösten var lite hes när han svarade.

– Nej, sa han.

Ruth höll fast hans blick. De grå ögonen vek undan igen. Han la in växeln och rusade motorn. Gasen låg till höger på styret. Han tyckte om att gasa. Ruth blinkade vänster och körde om honom. Men hon fortsatte att betrakta honom i backspegeln.

– Ha! fnös hon. Alla säger att han inte kan tala. Struntprat!

Det blev dovt och tyst i bilen. Helga tänkte: Nu är hon hemma igen. Laila i kiosken kommer inte ihåg det, men Ida har varit där och handlat. Hon ligger på soffan och läser Wendy och tuggar Bugg så kinderna bulnar. Det är godispapper överallt. Det luktar sött i munnen på henne av det skära tuggummit.

Men huset var tomt. Helga föll ihop totalt. Allt släppte inom henne.

– Herregud, grät hon. Det här är allvar. Hör du, Ruth? Nåt har hänt. Gråten slutade i ett skrik. Ruth gick till telefonen.

Anmälan om den saknade Ida Joner registrerades i Kriminalens vakt klockan 20.35. Kvinnan som ringde presenterade sig som Ruth Emilie Rix. Hon ansträngde sig att låta saklig av rädsla för att inte hennes anmälan skulle tas på allvar. Samtidigt fanns det en ångestfull underton i rösten. Jacob Skarre antecknade i ett block allteftersom kvinnan talade och flera motstridiga känslor växte inom honom. Ida Joner, en tio år gammal flicka från Glasbruket, var försenad två timmar. Klart att något hade hänt. Men det behövde inte vara något förfärligt. Som regel var det inget förskräckligt utan någon bagatell. Svidande som ett getingstick först, och därefter den ljuvaste lindringen av alla. Mammas famn. Han log för sig själv vid tanken på det, eftersom han hade sett det så många gånger. Samtidigt stelnade han till inför tanken på vad som kanske skulle komma.

Klockan var 21.00 när polisbilen svängde upp framför Helga Joners hus. Hon bodde på Glassblåserveien 8, elva kilometer från centrum och tillräckligt långt ut för att kännas lantligt, med enstaka gårdar och åkrar och stora och små bostadsområden. Glasbruket hade sitt eget lilla centrum med skola, affärer och bensinmack. Huset låg i ett villaområde. Det var rödmålat och inbjudande. En kornellhäck stretade med tunna grenar och bildade en dramatiskt spretande kant runt tomten. Gräset hade gula fläckar efter torkan.

Helga stod i fönstret. Åsynen av den vita bilen fick det att svindla för ögonen på henne. Hon hade gått för långt, hon hade utmanat ödet. Detta var ett tecken på att något förfärligt hade hänt. De borde ha låtit det vara. Hade de låtit det vara, skulle Ida ha kommit av sig själv. Hon förstod inte sina egna tankar, hon längtade våldsamt efter någon som kunde ta över, styra och ställa. Två poliser kom gående fram mot huset och Helga såg på den äldre av dem, en mycket lång, gråhårig man i femtioårsåldern. Han rörde sig sakta och väl avvägt, som om ingenting kunde bringa honom ur fattningen. Helga tänkte: Han är precis vad jag behöver. Han kommer att ordna detta, för det är hans jobb, han har gjort det förr. Det kändes overkligt att ta honom i hand. Det här händer inte på riktigt, tänkte hon, väck mig ur den här fruktansvärda drömmen. Men hon vaknade inte.

Helga såg bra ut, mörk och kortväxt, med tjockt hår som var bakåtstruket från ansiktet. Hennes hy var ljus, ögonbrynen var kraftiga och täta. Poliskommissarie Konrad Sejer såg på henne med fast blick.

– Är du ensam? frågade han.

– Min syster kommer strax tillbaka. Det var hon som ringde. Hon måste bara underrätta sin familj.

Det var panik i hennes röst. Hon såg på de två männen, på Jacob Skarre med de ljusa lockarna och Konrad Sejer med det stålgrå håret. Hon såg på dem med uttrycket hos en tiggare. Så försvann hon in i huset. Blev stående vid fönstret med armarna i kors. Det var omöjligt att sätta sig, hon var tvungen att stå så, tvungen att se vägen, den gula cykeln när den äntligen kom. För nu skulle den komma, just nu när

15

hon hade satt i gång hela den här stora apparaten. Hon började tala. Måste fylla tomrummet med ord för att hålla bilderna borta, de som oupphörligt dök upp, de var så otäcka.

– Jag är ensam med henne. Vi fick henne sent, stammade hon, jag är snart femtio. Hennes far flyttade för åtta år sedan. Han vet ingenting. Jag gruvar mig för att ringa. Det finns ju säkert en förklaring och då vill jag inte plåga honom i onödan.

– Så du tror inte att hon är hos sin far? sa Sejer.

– Nej, sa hon bestämt. Anders skulle ha ringt. Han tar sitt ansvar.

– Så ni samarbetar bra när det gäller Ida?

– Absolut!

– Då tycker jag du ska ringa, sa Sejer.

Han sa det för att han själv var far och han ville inte att Idas pappa skulle hållas utanför. Helga gick motvilligt till telefonen. Det var tyst i rummet medan hon slog numret.

– Han svarar inte, rapporterade hon och la på igen.

– Lämna ett meddelande, sa Sejer, om han har en svarare på.

Hon nickade och slog numret på nytt. Rösten hade ett inslag av förlägenhet eftersom hon hade åhörare.

– Anders, hörde de. Det är Helga. Jag väntar och väntar på Ida, hon skulle ha varit hemma för länge sedan. Jag måste bara höra om hon var hos dig.

Så gjorde hon en paus innan hon snyftade till.

– Ring! Polisen är här! Hon vände sig mot Sejer. Han reser mycket. Han kan vara var som helst.

– Vi behöver en bra beskrivning av henne, sa Sejer. Och ett fotografi. Det har du säkert.

Helga kände hur stark han var. Det dök upp som en märklig tanke för henne, att han måste ha suttit såhär förut. I andra rum, med andra mödrar. Helst ville hon luta sig mot honom och klamra sig fast, men hon vågade inte. Så hon bet ihop tänderna.

Sejer slog numret till stationen och kommenderade två polisbilar att köra riksvägen till Glasbruket. Tio år gammal flicka på en gul cykel, hörde Helga. Och hon tänkte att det var konstigt att höra honom tala så om hennes egen Ida, han fick det att låta bara som ett fortskaff-

16

ningsmedel. Sedan var det som ett surr av röster och bilar, en mardrömslik bild som flimrade framför ögonen på henne. Telefoner som ringde, korta kommandon och främmande ansikten. De skulle se Idas rum. Hon tyckte inte om det eftersom det påminde henne om något. Sådant som hon hade sett på TV, i kriminalfilmer. Unga flickors rum, hjärtskärande tomma. Hon gick sakta uppför trappan till övervåningen och öppnade. Sejer och Skarre stod kvar i dörren, lamslagna av det stora rummet och kaoset där inne. Djur av alla de sorter, storlekar och fasoner. I alla slags material. Glas och sten, keramik och trä, plast och plysch. Hästar och hundar. Fåglar och möss, fiskar och ormar. De hängde från taket i tunna trådar, de fyllde hela den ljusa träsängen, de tronade överst på bokhyllorna och paraderade på fönsterkarmen. Sejer la samtidigt märke till att alla böcker i hyllan var djurböcker. Det var bilder och affischer av djur på väggarna. Gardinerna var gröna med sjöhästar på.

– Nu ser ni vad hon är intresserad av, sa Helga.

Hon stod i den öppna dörren och darrade. Nu såg hon det som för första gången i all dess omåttlighet. Hur många djur kunde det röra sig om? Hundratals?

Sejer nickade. Skarre var som fallen från skyarna. Rummet var förfärligt ostädat och belamrat. De gick ner igen. Helga Joner hakade av ett fotografi från väggen i vardagsrummet. Sejer tog emot det. I samma ögonblick som han såg in i de bruna ögonen sa det klick. Ida brände sig in i honom som en glöd. Barn är ju söta, tänkte han, men den här flickan var bedårande. Faktiskt alldeles förtrollande vacker. Sådana flickor förekom i sagorna. Han tänkte på Rödluvan, Snövit och Askungen. Stora mörka ögon. Runda röda kinder. Smal som en vidja. Han såg på Helga Joner.

– Ni var ute och letade? Du och din syster?

– Vi åkte runt i nästan en timme, sa Helga. Det var lite trafik, inte många att fråga. Jag ringde flera av hennes kamrater, jag ringde till Lailas kiosk. Hon har inte varit där, och det fattar jag inte. Vad ska jag göra? Hon såg plågat på honom.

– Du ska inte vara ensam, sa han. Sitt lugnt och vänta på din syster. Nu samlar vi ihop det vi har av personal och letar efter henne.

17

– Minns du Mary Pickford? frågade han.

De satt i bilen. Han såg Helgas hus försvinna i backspegeln. Hennes syster Ruth var tillbaka igen. Jacob Skarre såg oförstående på honom. Han var för ung för att känna till några av stjärnorna från stumfilmens dagar.

– Ida liknar henne, sa Sejer.

Skarre satt tyst. Han var röksugen men fick inte röka i polisbilen. I stället rotade han i fickorna efter godis och hittade en ask tabletter.

– Hon skulle inte gå in i en främmande bil, sa han tankfullt.

– Det säger alla mödrar, sa Sejer. Det beror på vem som frågar. Vuxna är mycket smartare än barn, så enkelt är det.

Skarre tyckte inte om svaret. Han ville tro att barn var intuitiva och vädrade en fara fortare än vuxna. Som hundar. Att de vädrade sig till det. Ändå var hundar inte särskilt kloka. Hans tankar gjorde honom modlös. Tabletten hade blivit mjuk i munnen. Nu började han tugga på den.

– Men de hoppar in i bilen om det är nån de känner, sa han högt. Och ofta är det ju nån de känner.

– Du talar som om det är fråga om ett brott, sa Sejer. Det är väl lite för tidigt.

– Jaa, sa Skarre och drog på det, jag försöker bara förbereda mig.

Sejer såg i smyg på honom. Skarre var ung och ambitiös. Öppen och ivrig. Hans talang doldes väl bakom de stora himmelsblå ögonen, och lockarna gav ett oskyldigt intryck. Ingen kände sig hotad av Skarre. Man slappnade av och pratade, och det var just det han ville. Sejer körde polisbilen genom landskapet i den tillåtna hastigheten. Han stod hela tiden i förbindelse med dem som sökte. De hade ingenting att rapportera.

Hastighetsmätaren pekade först på sextio, och sedan åttio. Automatiskt svepte deras ögon över åkrarna för att uppfatta allt. Men de såg ingenting. Ingen liten flicka med mörkt hår, ingen gul cykel. Sejer såg ansiktet framför sig. Den lilla munnen och de stora lockarna. Så dök en del fruktansvärda bilder upp för hans inre syn. Nej, sa det inne i honom. Så är det inte, inte den här gången. Den här flickan kommer hemtrippande. De kommer hem hela tiden, jag har sett det förr. Och varför i all sin dar älskar jag det här jobbet?

Helga drog in luft och började flämta oregelbundet. Ruth grep systern om axlarna och talade högt och överdrivet tydligt.

– Du måste andas, Helga. Andas!

Flera flåsande inandningar hördes men ingenting kom ut igen, och den kraftiga kroppen kämpade i soffan för att återvinna kontrollen.

– Tänk om Ida kommer nu och ser dig såhär! ropade Ruth förtvivlad, hon visste inte vad annat hon skulle säga. Hör du mig?

Hon började ruska systern. Helga orkade äntligen dra in andan normalt. Så föll hon ihop och blev underligt slö.

– Vila dig lite, sa Ruth bönfallande. Jag måste ringa hem. Sedan ska du ha i dig lite mat. Åtminstone måste du ha nåt att dricka.

Helga skakade på huvudet. På avstånd hörde hon systerns röst i andra ändan av rummet. Ett lågt mummel som hon inte uppfattade. Kort efteråt var hon tillbaka igen.

– Jag sa åt Marion att låsa dörren och gå och lägga sig, sa Ruth.

Just när hon sa detta, kände hon en stark fruktan. Marion var ensam hemma i huset. Så slog det henne att denna ängslan var malplacerad. Alla ord blev farliga, alla repliker explosiva. Hon försvann ut i köket. Helga hörde att det klirrade av glas. En låda drogs ut och hon tänkte: Bröd. Att hon skulle äta nu. Det går inte. Hon såg mot fönstret med svidande ögon. Då telefonen ringde, spratt hon upp så våldsamt att hon skrek till. Ruth kom inrusande.

– Ska jag ta det?

– Nej!

Helga slet av luren och skrek sitt namn. Så sjönk hon ihop.

– Nej, hon har inte kommit, grät hon. Klockan är nästan halv tolv och hon åkte klockan sex. Jag orkar inte mer!

Ida Joners far blev alldeles tyst i den andra ändan.

– Och polisen? sa han oroligt. Var är de?

– De har åkt allesammans, men de letar. De skulle tillkalla hemvärnet och andra frivilliga, men de ringer inte! De hittar henne inte!

Ruth väntade i köksdörren. Allvaret drabbade dem båda samtidigt.

Det var mörkt ute, nästan natt. Ida var där ute någonstans, oförmögen att ta sig hem. Helga kunde inte tala. Att äta var otänkbart. Inte röra sig, inte gå någonstans. Bara vänta, de två tillsammans med armarna hårt om varandra och ångesten som en blodstorm i öronen.

*

– Vad är det med ungar och godis, sa Sejer. Alltid ska de ha godis. Har alla ungar för lågt blodsocker?

Skarre hukade sig bakom skrivbordet.

– Ida skulle köpa en tidning, invände han.

– Och godis för resten av pengarna, sa Sejer. Bugg. Vad är det?

– Tuggummi, förklarade Skarre.

Två timmar är ingenting, tänkte Sejer och såg på sitt armbandsur. Det handlade trots allt om en tioåring. Hon kunde tala för sig och fråga sig fram. Men nu var klockan ett. Det var svart septembernatt ute och Ida hade varit hemifrån i mer än sju timmar. Då hörde han ett svagt surrande. Han satt en stund och lyssnade förvånat. Det ökade i styrka. Regn, tänkte han. En ordentlig skur. Det hamrade på fönstren i tingshuset och tvättade av damm och smuts från rutorna i strida strömmar. Han hade önskat sig regn. Allt var så torrt. Nu passade det dåligt. Något pågick i hans kropp, en blandning av rastlöshet och iver. Han ville inte sitta med händerna i en hög med papper, han ville ut i mörkret och leta efter Ida. Cykeln, tänkte han, kromgul och splitter ny. Den hade heller inte hittats.

– Hon kan ha kört omkull på cykeln, sa Skarre. Kanske ligger hon avsvimmad i ett dike. Det har hänt förr. Eller så har hon träffat nån som har charmat vettet ur henne. Nån godhjärtad men ansvarslös människa. Som Raymond. Kommer du ihåg Raymond?

Sejer nickade. – Han hade kaniner. Och med dem kunde han locka till sig småflickor.

– Och Ida är galen i djur, resonerade Skarre. Men hon kan också ha stuckit hemifrån på grund av nån fnurra som modern inte vill tala om. Kanske ligger hon och sover i ett skjul. Fast besluten att straffa modern för nåt.

– De hade inte grälat, invände Sejer.

– Fadern kan vara inblandad, fortsatte Skarre. Det händer. En lärare eller annan vuxen person som hon känner kan ha plockat upp henne. Av skäl som vi inte vet. Kanske har hon fått både mat och värme. Människor gör så mycket konstigt, sa han. Vi tror det värsta för att vi har haft det här jobbet för länge.

Skarre knäppte upp en knapp i skjortan. Halvmörkret inne på Sejers kontor och stillheten i rummet var laddad.

– Vi har ett fall, sammanfattade han.

– Antagligen, nickade Sejer. Det är inte mycket vi kan göra. Vi får bara sitta och vänta. Tills hon dyker upp i ett eller annat skick.

Skarre hoppade ner från skrivbordet och gick fram till fönstret.

– Har Sara rest? frågade han med ryggen till. Asfalten på parkeringsplatsen utanför tingshuset glimmade svagt och oljeaktigt i regnet.

– Ja. I morse. Hon blir borta i fyra månader, sa Sejer.

Skarre nickade. – Forskning?

– Hon ska fördjupa sig i varför somliga människor är kortvuxna, log Sejer.

– Minsann, skrockade Skarre. Du med dina två meter kan inte hjälpa till med det.

Sejer skakade på huvudet. – En teori går ut på att de inte vill växa, sa han. Att en del människor helt enkelt vägrar att bli stora.

– Nu skämtar du väl?

Skarre vände sig från fönstret och såg på chefen med stora ögon.

– Nej, nej. Jag skämtar inte. Ofta är förklaringen på saker och ting mycket enklare än vi tror. I alla fall säger Sara det.

Han såg missmodigt mot fönstren.

– Jag tycker inte om att det regnar, sa han.

Plötsligt skrällde dörrklockan genom huset. Helga stirrade vilt på systern, ögonen lyste nästan metalliskt av ångest. Natten var långt liden. En sinnessjuk blandning av fruktan och hopp rasade genom hennes kropp.

– Jag öppnar! sa Ruth och skyndade ut. Hon darrade när hon tryckte ner dörrhandtaget. På trappan stod Idas far.

21

– Anders, sa hon matt.

Hon såg på honom och tog ett steg tillbaka.

– Har man hittat henne? frågade han.

Anletsdragen var spända av oro.

– Nej, vi sitter och väntar.

– Jag vill stanna här i natt, sa Joner bestämt. Jag kan sova på soffan.

Hans röst lät obeveklig. Ruth drog sig inåt hallen. Helga hörde rösten och stålsatte sig. Hon fylldes av motstridiga känslor. Lättnad och ursinne på samma gång. Han gick fram mot henne. En tunn, mager man med lite hår. Hon kände igen den gamla grå rocken och en tröja som hon hade stickat åt honom en gång. Det var svårt att möta hans blick. Hon orkade inte se hans förtvivlan, hon hade inte rum för annat än sin egen.

– Lägg dig i sängen, Helga, bad han. Jag ska passa telefonen. Har du fått nån mat i dig?

Han krängde av sig rocken och la den över en stolsrygg. Han var som hemma. Hade bott i det här huset i flera år.

Ruth stod i en vrå. Kände att hon ville smyga iväg.

– Då åker jag, sa hon med nedslagen blick. Men jag vill att du ringer om det händer nåt, Anders.

Hon fick väldigt bråttom. Strök Helga över ryggen, rev ner kappan från kroken i hallen och skyndade ut. Körde så fort hon kunde hem till huset på Madseberget. Tankarna rusade genom hennes huvud.

Regnet var kraftigt, vindrutetorkarna vispade hetsigt över rutan. Hon skämdes över sin feghet. Lättnaden var så stor då Anders stod på förstubron och hon insåg att hon kunde få ge sig av. Hela kvällen hade hon känt en ohygglig, bottenlös ångest. Men hon kunde inte ge efter för den. Hon måste vara starkare än Helga. Men då Anders var hos henne, vällde den fram och tog andan ur henne. Hon skulle slippa nu, det allra värsta. Slippa den slutgiltiga telefonsignalen, det fruktansvärda beskedet. "Vi har funnit henne." Nu blev det Anders som måste ta det. Jag är feg, tänkte hon och torkade tårarna.

Hon parkerade i dubbelgaraget och la märke till att Tomme inte hade kommit hem än. Hon låste upp och sprang uppför trappan till övervåningen. Marion sov i sin säng. Hon stod kvar och betraktade

dotterns runda kinder. De var varma och röda. Sedan satte hon sig vid
fönstret i vardagsrummet och väntade på sonen. Som systern hade
suttit i timtal och väntat på Ida, slog det henne. Han var senare än van-
ligt. Hon kände ett drag av samma ångest men slog sig till ro med att
Tomme var vuxen. Tänk att sitta så, tänkte hon, och så kom det inte
någon. Det gick inte att fatta. Tänk om Marion försvann på det sättet.
Tänk om ljudet av bildäck från sonens Opel inte kom alls. Hon försök-
te föreställa sig timme efter timme av väntan. Att ljuden av däck, som
hon väntade på, uteblev. Att hon förr eller senare blev tvungen att vän-
ta på ett annat ljud, telefonsignalen. Hon slog numret till hans mobil,
men den var avslagen. Då han äntligen kom blev hon förvånad över
att han inte stack in huvudet i vardagsrummet utan försvann direkt till
sitt rum. Han måste ha sett att det lyste i fönstret och förstått att hon
var uppe. Hon satt ett par minuter och tänkte. Gruvade sig för det hon
måste säga. Så följde hon efter. Ställde sig i dörren till hans rum. Han
hade slagit på datorn. Satt med bortvänt ansikte och uppdragna axlar.
Hela gestalten uttryckte missnöje.

– Vad är det? sa hon snabbt. Du är väldigt sen.

Han harklade sig otydligt. Slog knytnäven i bordsskivan.

– Jag har fått en buckla på biljäveln, sa han ilsket.

Ruth tänkte över svaret. Hon tänkte på allt som hade hänt, och så
den smala ursinniga ryggen. Plötsligt blev hon arg. Det vällde fram
och hon kunde inte hejda sig.

– Jaha, sa hon, du har alltså fått en buckla på bilen. Pappa och jag
kan inte betala reparationen så du får köra med bucklan eller så får du
spara till räkningen själv!

Hon nästan drog efter andan. Sonen blev osäker men han vände sig
inte om.

– Jag vet det, sa han trumpet.

En labyrint dök upp på datorskärmen. En katt rörde sig inne i den.
Sonen följde katten med ögonen och skruvade upp volymen. Längst in
i labyrinten for en mus omkring.

– Det är bara så för jävligt, bröt han ut.

– Jag orkar inte prata om det nu, skrek Ruth. Det har hänt nåt allde-
les förfärligt. Ida är försvunnen!

Det gick en överraskad ryckning genom sonen. Han satt kvar och stirrade på skärmen. Svaga toner hördes från högtalarna.

– Försvunnen? sa han undrande och vände sakta på sig.

– Din kusin Ida, sa hon. Hon cyklade iväg klockan sex för att handla i kiosken. Jag har suttit hos Helga hela kvällen. De har varken hittat henne eller cykeln.

– Vilka?

– Polisen!

– Var har de letat efter henne då? frågade han och såg på henne med stora ögon.

– Var de har letat? Överallt förstås. Hon har inte ens varit i kiosken.

Ruth måste luta sig mot väggen. Åter gick situationens allvar upp för henne. Sonen fingrade fortfarande på tangenterna och manövrerade in den jagande katten i en återvändsgränd. Musen låg kvar och tryckte, medan den väntade på nästa drag.

– Så din buckla är ingenting att bry sig om, sa hon. Det är bara en buckla i en gammal bil som kan knackas ut igen. Jag hoppas du förstår vilken bagatell det är.

Han nickade. Hon hörde hans andhämtning, den var ansträngd.

– Hur gick det till då? sa hon med plötslig medkänsla. Slog du dig?

Han skakade på huvudet. Ruth tyckte synd om honom. Att kvadda bilen var ett nederlag. Han var ung och trodde att han klarade allt, och detta hotade hans stolthet å det grövsta. Hon förstod det men ville inte omhulda honom mer än nödvändigt. Hon ville att han skulle bli vuxen.

– Jag smällde i ett vägräcke, suckade han.

– Jaha, sa hon. Var då?

– Vid bron. Inne i centrum.

– Hade du Bjørn med dig? frågade hon.

– Nej då.

– Ska jag gå ut i garaget och titta? frågade hon.

– Det behöver du inte, sa han trött. Jag har pratat med Willy. Han ska hjälpa mig med reparationen. Jag har inga pengar, men han säger att han kan vänta med betalningen.

– Willy? sa Ruth skeptiskt. Håller du fortfarande ihop med honom? Du skulle ju till Bjørn?

– Ja ja, sa Tomme. Men Willy kan bilar. Det var därför jag for till honom. Willy har både verktyg och garage, Bjørn har ingetdera.

Han började flytta katten igen. Varför ser han inte på mig? tänkte Ruth. En fruktansvärd tanke slog ner i henne.

– Tomme, sa hon andlöst, du har väl inte druckit?

Han snurrade runt på stolen och såg förtörnad på henne.

– Är du tokig! Jag kör väl inte på fyllan heller. Tror du jag kör på fyllan? Han var så uppriktigt indignerad att hon skämdes. Kritvit i ansiktet var han. Det halvlånga håret var okammat, och mitt i alltihop märkte Ruth att det behövde tvättas. Hon stod kvar och hängde i dörren. Kunde inte lugna sig, var inte trött, lyssnade hela tiden efter telefonen, om den skulle ringa. Kände på ångesten som skulle drabba henne om den verkligen ringde. Tänkte på den sekund hon lyfte luren och väntade. Ytterst på stupet. Hon skulle antingen störta ner eller räddas i säkerhet av ett lyckligt slut. För det måste finnas ett lyckligt slut på detta, hon kunde inte föreställa sig det andra alternativet, inte här, på den här fredliga platsen, inte Ida.

– Jag måste åka till Helga i morgon bitti, sa hon. Du får hjälpa Marion med frukosten och så. Jag vill att du följer med henne till skolbussen. Inte bara följer med, la hon till. Du väntar tills hon sitter på sin plats, hör du det! Jag måste vara hos Helga om nånting skulle hända. Morbror Anders är där nu, sa hon lågt.

Hon suckade förtvivlat och sa åt sonen att gå och lägga sig. Lämnade honom och gick ut på gården. Det var en ingivelse. Hon öppnade dörren till garaget. Förvånad noterade hon att sonen hade lagt en presenning över Opeln. Det gjorde han aldrig annars. Han orkar väl inte se den, tänkte hon. Så barnsligt. Hon tände ljuset där inne. Lyfte på presenningen. På högra framskärmen hittade hon det hon letade efter. En buckla, en trasigt lyse och en del skador i lacken. Den hade skavts av i långa gråvita ränder. Hon skakade på huvudet och la över presenningen igen. Gick ut på gårdsplanen. Stod kvar där och tänkte. Kände regnet i nacken, rått och kallt. Hon kastade en blick på sonens sovrumsfönster, som vette ut mot gården. Där såg hon hans bleka ansikte bakom gardinen.

2 september.

Helga vaknade med ett ryck. Hon satte sig halvvägs upp i sängen. För en kort sekund var allt som förut. Hon var Helga som vaknade till en ny dag.

Så mindes hon allt. Verkligheten kastade ner henne på madrassen igen. Samtidigt hörde hon en bildörr som slog igen och låga, mumlande röster. Några som kom fram till huset. Hon låg som på nålar och lyssnade. De kom så tyst, hörde hon. Inga snabba steg, inga ivriga röster. Hon låg kvar hopkrupen i sängen. Så skulle hon ligga tills Ida kom hem igen. Inte röra sig, inte äta eller dricka. Om hon låg länge nog skulle undret ske. Skedde det inte skulle hon låta sig sjunka genom madrassen. Försvinna i stoppningen. Andra kunde lägga sig ovanpå henne och sova, de kunde komma och gå i rummet, hon skulle inte ens se dem. Inte känna något mer, någonsin. Där hörde hon Anders röst. Fötter som sakta släpades över golvet. Ytterdörren som stängdes så försiktigt. Om det värsta hade hänt, skulle han stå i dörren vilket ögonblick som helst och se på henne. Han skulle inte säga ett enda ord, bara se på henne med ett stumt skri. Ögonen, de stora bruna som Ida hade ärvt, skulle mörkna. Själv skulle hon resa sig och skrika. Så att rutorna splittrades, så att alla skulle höra och världen stanna upp i sin eviga rotation. Alla människor på gatorna skulle lyssna och förvånas. De skulle känna skalvet under fötterna, känna att allt var slut. Men sekunderna gick och han visade sig inte. Mumlet i vardagsrummet fortsatte. De har alltså inte funnit henne, varken död eller levande, tänkte Helga. Hoppet var så bräckligt. Hon klöste med fingrarna över täcket för att fånga det och hålla fast det.

Anders Joner visade in Sejer och Skarre i vardagsrummet.
– Helga sover, sa han. Han grävde i bröstfickan efter glasögonen. Glasen var inte alldeles rena. Det syntes på kläderna att han hade sovit i soffan. Om han hade sovit.
– Vad gör vi nu? undrade han nervöst. Ni har inte hittat cykeln heller?

– Nej, sa Sejer.

Jacob Skarre lyssnade uppmärksamt. De blå ögonen var djupt koncentrerade. Medan Sejer talade, studerade han Joner ingående. Då och då gjorde han snabba anteckningar.

– Vad betyder det?

– Det vet vi inte, sa Sejer.

Joner gned sig över hjässan. Den var nästan kal. Ögonen var stora som Idas och munnen var mycket liten. Han var tydligen något yngre än Helga, spenslig och ömtålig, på gränsen till feminin.

– Men vad tror ni då?

Sejer tog tid på sig med svaret.

– Vi tror ingenting, sa han enkelt. Vi söker.

De fortsatte att se på varandra. Sejer fick lov att bekräfta allvaret för Idas far. Det var vad han behövde, det var därför han envisades så.

– Jag är bekymrad, sa Sejer. Jag kan inte förneka det.

Rösten var fast som berg. Ibland kunde han sörja över sitt eget lugn, men det var han tvungen att bevara. Han måste hålla fast Joner.

Idas far nickade. Han hade fått det han bad om.

– Men vad händer nu? sa han med en plötslig matthet i rösten. Vad gör ni för att finna henne?

– Vi har kartlagt vägen som Ida skulle cykla, sa Sejer. Och vi måste finna alla de personer som har varit i området vid den här tiden. Vi ber dem ringa till oss, och det gör de. Var och en som har sett något av intresse blir hörd och allting antecknas. Det gäller bilar, cyklar och fotgängare. Vi hoppas på just det viktiga, som kan hjälpa oss vidare.

– Vidare mot vad då? frågade Joner darrande. Han sänkte rösten av fruktan för att Helga skulle höra. När ett barn försvinner på det viset, fortsatte han, ligger det ju nära till hands att tro att nån har tagit henne. För att använda henne, du vet. Och efteråt göra sig av med henne så att hon inte kan skvallra. Det är det jag är rädd för, viskade han. Och jag ser ingen annan förklaring. Han gömde ansiktet i händerna. Hur många är det som har ringt? Har någon ringt över huvud taget?

– Tyvärr har vi bara mycket få observationer, medgav Sejer. Det var lugnt på vägen när Ida åkte. Och det rör sig om en sträcka på flera kilometer. Men sånt tar alltid tid. För närvarande vet vi att Ida blev sedd från gården Solberg. En annan mer osäker observation är gjord på Madseberget.

Plötsligt for Joner upp ur stolen. – Herre Gud, detta är för jävligt!

Sejer försökte tygla hans panik genom att själv vara lugn. Joner föll ner i stolen igen.

– Helga säger att Ida aldrig skulle bryta mot reglerna, sa Sejer. Dem som barn måste följa när det gäller män i främmande bilar. Vad tror du om det?

Joner tänkte efter. – Ida är väldigt öppen, sa han. Nyfiken och mjuk. Och hon tror det bästa om alla. Så om hon mötte nån som var snäll mot henne och lovade henne nåt, ja, då vet jag inte.

Han rörde sig oroligt medan han talade. Tog av och på glasögonen, kunde inte hålla händerna stilla.

Sejer tänkte ett tag på de pedofiler han hade stött på i tjänsten. De var ofta duktiga med barn, omsorgsfulla, sympatiska och vänliga. De lärde sig konsten att förföra och de hade en märkvärdig talang att plocka ut de mest lättlurade barnen. Ett eget väderkorn, tänkte Sejer.

– Så hon kan ha följt med nån frivilligt? sa han högt.

– Jag antar det, sa Joner hjälplöst. Allt är ju möjligt. Man kan inte svara ja eller nej på en sån fråga.

Sejer visste att Joner hade rätt.

– Är hon intresserad av pojkar? frågade Skarre försiktigt.

Joner skakade på huvudet. – Hon är ju bara tio. Men hon är väl på väg att få såna intressen, kanske. Även om jag tycker det är för tidigt.

– Hur är det med dagbok? Har hon nåt i den vägen?

– Du får fråga Helga senare, sa han. Jag vill inte väcka henne nu.

– Du och Helga, sa Sejer försiktigt, kommer ni bra överens?

Joner nickade. – Ja, för all del.

– Hon ringde i går utan att få tag på dig. Var var du i går kväll?

Joner blinkade förskräckt. – På jobbet. Då slår jag ofta av mobilen för att få arbetsro.

– Du jobbar skift? sa Sejer frågande.

– Nej. Men nu har jag inte familj längre. Jag menar, som förr. Jag fyller tiden med arbete. Tillbringar mycket tid på kontoret. Sover över då och då, sa han.

– Vad arbetar du med?

– Reklam. Jobbar både med text och layout. Byrån heter Heartbreak, tillfogade han, om ni behöver anteckna det.

Skarre noterade nummer och adress till hans arbetsplats. Joner började tala om sitt arbete. Han nästan rymde från allt det svåra och flydde in i sitt yrke, och där kvicknade han till. Ansiktet fick ett pojkaktigt uttryck. Han omgavs av det skimmer som folk får när de älskar sitt arbete och får chansen att tala om det.

– Helga är sjukpensionerad, sa han. På grund av sin migrän. Så jag hjälper till med pengar, både till henne och Ida. Ansiktet mörknade igen, för att han kom av sig och för att dottern kom tillbaka i hans medvetande.

– Ida är mycket företagsam, sa han plötsligt.

– Företagsam? sa Sejer. På vad sätt då?

– Gåpåaraktig. Ivrig. Hon väjer inte för nåt. Hon är självsäker, erkände han, och hon har höga tankar om sig själv. Det skulle aldrig falla henne in att nån hon träffade inte skulle vilja henne annat än gott. För det är hon van vid.

Joner la glasögonen på bordet. Äntligen fick de vara i fred.

– Är det nåt jag kan göra?

– Vi ska samla så många vi kan uppbringa och gå skallgång, sa Sejer. Det är lätt att samla folk till ett sånt uppdrag. Alla i trakten har hört om Idas försvinnande. Ledningen är professionellt folk och alla får noga reda på hur de ska söka.

– Älven då? sa Joner mycket svagt. Han tyckte inte om att säga det högt.

– Vi överväger naturligtvis om vi ska dragga, sa Sejer. Men till att börja med ska vi söka på land, och vartenda hus längs vägen ner till Lailas kiosk ska få påhälsning av vårt folk.

– Jag vill vara med och söka, sa Joner.

– Du får närmare besked, sa Sejer. Om var du ska möta upp. Antagligen använder vi skolgården. Sköt om Helga så länge.

Joner följde dem ut. Han stod kvar på trappan och såg efter dem. Tog tag i räcket och lutade sig fram. Ögonen svepte över landskapeṭ, där ute där Ida var.

– Hon har varit borta i sjutton timmar, stönade han. Det är för sent och det vet ni!

Han gömde huvudet i händerna och stod och darrade. Sejer gick tillbaka igen. Han grep Joner i armen och tryckte den hårt. Något annat kunde han inte göra. Så gick han tillbaka till bilen. Det kändes som att vända ryggen åt en drunknande.

*

En stor grupp frivilliga hade samlats vid Glasbrukets skola. Hela natten hade förflutit och allvaret stod att läsa i allas ansikten. Det regnade fortfarande, men lättare nu. Gruppen bestod av folk från Röda korset och hemvärnet, det var lärare och elever på skolan, folk från idrottsföreningen och en rad andra föreningar. En del var helt vanliga människor som hade hört uppmaningen att hjälpa till. De begav sig alla ut i det fuktiga vädret i hopp om att vara till nytta. Många var ungdomar, och totalt sett var det många fler män än kvinnor. Några småbarn dök också upp men blev hemskickade igen. Emil Johannes hade sett det stora uppbådet av människor och styrt in den gröna trehjulingen i vindskyddet på skolgården, där han kunde betrakta dem på tryggt avstånd. Ingen kom på att fråga honom om han ville hjälpa till. Det ville han inte heller. Han såg på hundarna, som en del hade med sig i koppel. Om någon av dem slet sig, skulle han starta motorcykeln fortare än kvickt och köra undan. Han tyckte inte om hundar.

Alla som var där studerade kartor och lyssnade till information från polisen om hur de skulle röra sig i terrängen. Hur tätt de skulle gå, hur de skulle använda ögonen. Vikten av att hela tiden vara djupt koncentrerad. Inte prata för mycket. En grupp skickades uppåt mot forsen, en annan grupp skulle söka längs älvbrinken. En del skickades ut över åkrarna, andra till skogs och åter andra uppåt åsen över staden.

Jacob Skarre gav dem några sista förmaningar. – Kom ihåg att Ida är liten, sa han. Hon tar inte mycket plats.

De nickade allvarligt. Skarre såg tankfullt på dem. Han visste en del om vad som rörde sig i deras huvuden. Det var mångahanda ting.

Några hade kommit i förtvivlan för att de var fäder själva och inte or-
kade att sitta passiva och stirra in i TV-rutan. Några hade kommit för
spänningens skull och hoppet att just de skulle hitta Ida. De drömde
omväxlande om att finna henne död, drömde om att bli den som skul-
le hamna i fokus, och de drömde om att vara den som fann henne
välbehållen. Som kunde ropa till och påkalla de andras uppmärksam-
het med den goda nyheten. Kanske lyfta upp henne och komma bä-
rande på henne i famnen. De var oroliga, för ytterst få av dem hade
någonsin sett ett lik, och de allra flesta var säkra på att Ida var död. De
var illa till mods och stod och sparkade otåligt i asfalten. En del hade
ryggsäck med termos. Varenda en hade örnblick, åtminstone trodde
de det själva. Även om Skarre påminde dem om otaliga tillfällen där
den saknade hade passerats gång på gång, av många människor.

Anders Joner var med. Eftersom han inte hade bott på Glasbruket på
åtta år, var det få som kände honom och det tyckte han var skönt.
Hans bröder, Tore och Kristian, var också med, och Helgas systerson
Tomme. Det var en lättnad när de äntligen fick klarsignal. Etthundra-
femtio människor löstes upp i smågrupper och begav sig ut från skol-
gården. Det hördes låga röster. För många av dem var upplevelsen i sig
själv mycket märklig. Att titta i marken hela tiden, se alla strån, alla
rötter och grenar, alla gropar i asfalten, allt skräp i dikena, det var så
mycket. Den grupp som var utskickad att leta längs älvbrinken kastade
hela tiden snabba blickar ut i den strida strömmen. Buskar och annan
vegetation med låga grenar lyftes upp. Gropar undersöktes. Och visst
hittade man saker. En gammal havererad barnvagn. En rutten gummi-
stövel. Längs älvbrinken var det gott om tomma ölflaskor.

Då och då tog de korta pauser. En av grupperna stötte på en liten lada.
Den hade sjunkit ihop nästan helt och var oroväckande ostadig. Ett
fint gömställe, tänkte de och stod kvar utanför det blygsamma bygg-
nadsverket. Inte så långt från vägen heller, inte så långt från hennes
hus. Ofrivilligt nosade de i luften. En man hukade sig ner och kröp in
genom öppningen, som bestod av en smal spricka i det förfallna trä-
virket. Han bad om en ficklampa och fick en. Strålen flackade runt i

halvmörkret. Hans hjärta slog så hårt att det kändes i tinningen. Resten av gruppen väntade. Under några långa sekunder hördes inte ett ljud inifrån ladan. Så blev hans fötter synliga igen, då han kröp baklänges ut genom den trånga öppningen.

– Bara en massa skräp, rapporterade han.

– Du lyfte väl på allting? frågade en annan. Hon kan ju ligga under nånting. Under plankor och sånt.

– Hon var inte där, svarade mannen och strök sig trött över ansiktet.

– De sa ju att det var väldigt lätt att förbise saker och ting. Ska vi inte dubbelkolla? Han gav sig inte.

Mannen som hade stuckit in huvudet i det råa halvmörkret för att leta efter en död flickkropp men inte hade funnit den såg uppgivet på honom.

– Tror ni jag slarvar? sa han.

– Nej nej, missförstå mig inte. Det är bara för säkerhets skull. Vi vill inte vara en grupp som bara går förbi, vi vill göra det här ordentligt. Inte sant?

Han nickade och höll med. Den andre kröp in genom öppningen och lyste noga med ficklampan. Han hoppades så väldigt. Tänk att hoppas så, slog det honom där han låg på den fuktiga marken och kände hur det drog kallt genom byxknäna. Hoppas att hon ska ligga här. För om hon låg här skulle hon i alla fall vara död. Vi hoppas ju inte att hon är död. Vi är bara realistiska. Vi hjälper till. Han drog sig ut igen.

– Tomt, sa han. Lyckligtvis.

Han släppte ut luften ur lungorna. Gruppen rörde sig vidare.

*

Willy Oterhals var inte med och letade. Han satt på golvet i sitt garage med en bok i knät. Kylan från cementen trängde igenom byxbaken på honom. Tomme satt på en arbetsbänk vid väggen och såg på Willy. Hans kläder var kalla och fuktiga efter flera timmar ute i duggregnet. Skallgången hade inte givit resultat. Nu såg han på Opeln. Från bän-

32

ken där han satt kunde han inte se den förstörda skärmen. Han kunde inbilla sig att det aldrig hade hänt, att det bara var en elak dröm.

– Hur var det? sa Willy utan att se på honom.

Tomme tänkte länge.

– Läskigt, sa han. Bara gå där och leta. Massa främmande folk. De letar överallt. I brunnar och bäckar.

– Ska de leta i morgon också? frågade Willy.

– De säger att de ska hålla på i flera dagar.

Han tittade i ögonvrån på den äldre kompisen. Willy är bra benig, tänkte han. Han hade ett magert ansikte med framskjuten haka och smala axlar. Knäna var spetsiga under arbetsstället i nylon. Nu gned han med fingret bort lite smuts från kinden, medan han försökte tyda texten och bilderna i en bok om reparation och lackering av bilar. Boken var gammal och väl använd. Bladen var nersmetade av olja. En del sidor var till hälften avrivna och nödtorftigt lagade med tejp. Han studerade bilden av en framskärm, höger, som på Tommes Opel.

– Först måste vi slipa, sa Willy bestämt. Vi behöver två sorters papper, fint och grovt. Han kisade ner i boken. Nummer etthundraåttio och nummer trehundrasextio. Skärmen ska först slipas med torrt papper och därefter med vått. Vi måste ha slipkloss och fyllnadsmassa, sa han. Rostskydd. Avfettningsmedel. Är du med, Tomme?

Tomme nickade. Egentligen var han långt borta. Willy läste vidare.

– Vi måste slipa en bit utanför skadan. Det står här: "Börja i skadans mitt och arbeta utåt med cirkelformade rörelser." Leta reda på nånting att skriva på. Du får sticka och handla vad vi behöver. När vi har fått av skärmen.

– Jo, jag kan åka och handla, sa Tomme. Men jag har inte en spänn.

Willy tittade upp. – Jag kan lägga ut. Du ska väl inte gå i skolan för evigt heller? Förr eller senare får du lön. Han kikade ner i boken igen. Vi behöver en del verktyg också. Jag ska försöka få låna några.

Han la ifrån sig boken, kravlade sig upp på benen och gick till bilen. Stod och hängde över skärmen, bredbent, med händerna i sidorna. Han studerade skadorna med expertmin. Axlarna böjde sig som två segel i medvind.

– Okej, Tomme. Då kör vi i gång!

Tomme hörde gnisslet av nylonet i hans arbetsställ och ett klagande, knirkande ljud från metallen i bilen. Då och då hördes stånkanden och flåsningar. En gammal Opel Ascona som har suttit ihop i femton år faller inte isär utan att klaga.

– Jag känner en kille på Shell, flämtade Willy. Bastian. Han lånar mig vad jag behöver.

Willy har så många han kan be, tänkte Tomme.

– Fan Willy, sa han lättad. Klarar du det här, är jag skyldig dig en jävla massa.

– Det är du, log Willy. Hans ögon glimmade till. Ryck upp dig. Det här ordnar sig. Det är jag säker på.

Han fortsatte att vrida och bända i metallen. En blodåder bultade på hans hals.

– Nej för fan, jag måste ner inunder.

Han kröp in under bilen och försvann. Hans långa vita fingrar kom till synes under skärmkanten.

– Egentligen fattar jag noll, sa Tomme, jag begriper det inte helt enkelt. Hur det gick till.

Han grämde sig över allt som hade hänt. Rodnaden steg upp i ansiktet på honom.

– Slappna av, sa Willy lugnt. Som sagt, det ordnar sig.

Så kom han på något. – Vad sa din morsa?

Tomme stönade. – Alltför mycket. Att de inte vill betala. Att de inte tycker om att jag kommer hit. Men du vet, de bryr sig mest om det här andra ...

– Självklart. Nej, jag är ingen svärmorsdröm, det har jag alltid vetat, flinade Willy. Men du är ju för fan vuxen. Du får själv välja vem du vill hänga med.

– Det sa jag till morsan, ljög Tomme. Du, kom han på, borde vi inte gå igenom bromsarna?

– Lägg av! uppmanade Willy. Bromsarna är okej. Nu får du hjälpa till. Vi måste ha av skärmen. Den sitter som fan. Ta i här!

Tomme hoppade ner från bänken. Han försökte ta sig samman. Det var en lättnad att Willy tog itu med det hela. Själv tyckte han om rollen som hantlangare. Men emellanåt kände han sig nertryckt av den äldre och mer företagsamma kamraten. Då Tomme äntligen fick sitt körkort, efter att ha missat första försöket och måst finna sig i att bli retad för det på alla möjliga vis, kände han att de var likvärdiga på ett nytt sätt. Han fick köra själv. Det var också Willy som hade finkammat tidningarna efter en skaplig bil för de tjugotusen som Tomme hade lyckats spara ihop. Bara konfirmationen hade inbringat femtontusen.

– Opel är bra, sa Willy tvärsäkert. Pålitlig motor, särskilt i de äldre modellerna. Färgen ska du skita i. Var inte fjollig. Hittar du en apelsinfärgad Opel i gott skick så tar du den.

Men Opeln de hittade var svart. Den var till och med snygg i lacken. Tomme gick som på moln. Han kunde inte sitta still längre, han måste köra och köra.

– Hur är det med polisen? sa Willy försiktigt. De är väl runt överallt på grund av din kusin?

– Ja.

– Har de talat med dig?

– Nej för katten, utbrast Tomme förskräckt. Han släppte taget en sekund och Willy klämde ett finger.

– Skärp dig, för fan! Du måste hålla medan jag skruvar.

Tomme tog i så att knogarna vitnade.

– I ett sånt här fall, med en flickunge och det, flåsade Willy nere under bilen, blir de som galna. Kanske de till och med har undersökt hennes farsa. Har de det?

– Vet inte, mumlade Tomme.

– Men de frågar nog mycket om familjeförhållanden, sa Willy. Kanske de frågar om dig också?

Tomme nickade. Han kände sig som en docka medan han lyssnade till ordsvallet. Delvis verkade det lugnande, delvis gjorde det honom nervös.

– Att vara kusin till henne, det är ju en belastning bara det, menade Willy. Han hade äntligen ställt sig upp. Skärmen var lös.

– Särskilt om hon aldrig blir funnen, sa han. Om de aldrig får veta sanningen. Sånt får folk att se snett på varann i generationer. Du vet att det skedde ett mord här ute för fyrtio år sedan?

Tomme skakade på huvudet.

– Men det vet jag. En kille våldtog och mördade en tjej på sexton år. Familjerna bor här fortfarande. Du kan jävlar i mig se det på dem.

– Se vad då? frågade Tomme. Han blev mer och mer nervös.

– Att de tänker på det hela tiden. Vet om att alla vet vem de är. Stirrar ner i asfalten, typ.

Han torkade bort en snordroppe från överläppen.

– Morsan till killen som mördade henne är nästan sjuttio nu. Och man kan se det lång väg.

– Inte jag, sa Tomme. Jag vet inte ens vem det är.

Han ville att kompisen skulle hålla käft. Gillade inte allt det här snacket om död och elände. Det enda han var intresserad av var bilen. Att få den hel igen. Hel och blänkande och oskadd i lacken, som förut.

Hon vet om att hon är söt, tänkte Sejer vemodigt. Han satt med fotografiet av Ida i handen. Han tyckte han kunde höra dem alla, en ständigt upprepad kör av släktingar, grannar och vänner. Herre Gud, vilket vackert barn! Han kom ihåg sina egna mostrar, när de nöp honom i kinden som om han var en valp eller någon annan stum varelse. Det var jag ju också, kom han på. En mager, generad pojke med alltför långa ben. Han tittade länge på fotot. I åratal hade Ida speglat sig i andras ögon och sett sin egen skönhet. Det hade gjort henne till ett självsäkert barn, en flicka som var van att väcka beundran, och kanske avund. Van att få sin vilja fram både hos vänner och föräldrar. Även om Helga verkade bestämd och sträng och Ida hade haft klara regler. Hon hade aldrig brutit mot dem. Vem hade hon träffat, som hade överröstat moderns förmaningar? Vad hade han frestat henne med? Eller hade hon bara slagits omkull och kastats in i en bil? Bedårande och företagsam, tänkte han. Det var en kombination han inte tyckte om. Något som gjorde henne utsatt. Det var omöjligt att se på de bruna ögonen utan att mjukna invärtes. Han försökte koppla ihop tre saker. Varma känslor för ett betagande barn, därefter den kroppsliga lusten och så till slut förstörelsen. Han förstod de två första. Till och med momentet av lust var det möjligt för honom att förstå. Det rena, det svaga hos ett barn. Det släta, ofördärvade och mjuka, som luktade så

36

gott, som darrade och skälvde. Att man själv blev så stark, att man själv kunde ta sig rättigheter bara i kraft av att vara vuxen. Men att slå eller krama livet ur en späd unge, det var omöjligt att fatta. Paniken, det sprittande livet som långsamt ebbade ut mellan händerna. Han gnuggade sig trött i ögonen. Tyckte inte om sina egna tankar. Så han slog numret till Saras hotell i New York. Hon var inte inne.

Det var sent på kvällen. Staden låg och glödde som en slocknande brasa mellan blåsvarta berg. Själv kunde han gå hem och ta en whisky. Antagligen skulle han få sova, utan problem. Men att han själv kunde lägga sig och sova, när Ida var försvunnen i det täta mörkret och Helga väntade med svidande ögon, störde honom oerhört. Helst ville han ut och gå. Vandra på gatorna med öppna sinnen. Vara där ute där Ida var. Skallgångskedjorna hade fortfarande ingenting att rapportera.

Han ryckte till när det knackade på dörren. Jacob Skarre stack in huvudet.

– Har du inte gått hem? undrade Sejer. Vad håller du på med så här sent?

– Samma som du, antar jag. Sölar.

Han såg sig omkring på chefens kontor. Under Sejers skrivbordslampa stod en figur av trolldeg. Den föreställde en polis i blå uniform och var gjord av Sejers barnbarn. Nu lyfte Skarre på den och betraktade den.

– Den håller på att bli mjuk, sa han. Är du medveten om det?

Sejer låtsades som om han inte hörde. Det skulle inte falla honom in att kasta figuren. Det var sant att den såg lite ankommen ut, men den luktade åtminstone inte.

– Får jag röka ut genom fönstret? frågade Skarre.

Han väntade tålmodigt på svaret med en Prince i handen. Fick en kort nick och satte sig på karmen. Han krånglade lite med det tunga fönstret.

– Spårlöst försvunnen, konstaterade han och blåste ut rök i septembernatten. Inte så mycket som ett hårspänne har de hittat.

– Hon hade ingenting att ta, sa Sejer. Inget armbandsur, inga smycken. Men en sak är jag glad för.

37

– Verkligen? sa Skarre dystert.

– Att vi inte har funnit några blodiga kläder. Ingen tappad barnsko liggande på vägen, ingen cykel kastad i ett dike. Jag tycker om att allt är borta.

– Varför det? sa Skarre förvånat.

– Vet inte, erkände Sejer.

– Det betyder väl bara att han är noggrann, sa Skarre. Jag blir inte särskilt uppåt för det. Han drog hårt på cigarretten. Denna väntan är påfrestande, sa han.

– I synnerhet för Anders och Helga Joner, sa Sejer torrt.

Skarre teg. Var det en tillrättavisning? Han blåste hela tiden ut röken genom fönstret, men lite drev ändå in i det mörka kontoret. Efteråt höll han den glödande fimpen under rinnande vatten vid tvätthon.

– Vi får väl sluta för i dag?

Sejer nickade och tog jackan från stolsryggen.

– Vad tycker du om tidningsrubrikerna? frågade Skarre senare. De stod på parkeringsplatsen utanför tingshuset. Båda klirrade med bilnycklarna.

– Journalisterna är det inget fel på, menade Sejer. Om du ser på vad de faktiskt skriver. Men det finns nåt som heter layout. Och pressfotografer, de har verkligen en egen känsla för dramatik. Skarre mindes bilderna från dagens tidningar. Bilden av Ida, bilden av en likadan cykel som hon hade, en gul Nakamura, och bilden på en likadan joggingdress som den hon hade på sig. Och "Hit skulle Ida". Streckade linjer. Närbild på Lailas kiosk.

– De har satt i gång en följetong, sa Sejer. Jag hoppas att det inte blir för många episoder.

De skildes med en kort nick i natten. Väl hemma gick Sejer till köket och tog fram påsen med hundkex. Hunden Kollberg, som hade legat på golvet och väntat på husse, rörde sig mycket försiktigt. Men ljudet av det torra fodret som trillade ner i metallskålen fick den att resa sig. Långsamt kom den lufsande ut i köket. Hunden, en leonberger, var så gammal att den trotsade all statistik. Den såg på Sejer med svart, outgrundlig blick. Sejer hade svårt att möta den blicken. Han visste att hunden var slutkörd, att den egentligen borde få slippa. Snart, tänkte

38

han. Inte just nu. Jag väntar tills Sara kommer hem. Han skar en bröd-skiva åt sig och la korv på. Så tog han fram en tub majonnäs ur kylskå-pet. En stund blev han stående och vägde för och emot. Majonnäs räk-nades som en utsvävning. Han skruvade av hatten och slogs av något märkligt. Själv kunde han klämma ut en åtta av majonnäsen och sedan äta. Medan Helga Joner hade nog med att dra andan.

3 september.

Sejer vaknade klockan sex. Hunden låg på golvet intill. Den registrera-de den svaga rörelsen i madrassen och lyfte huvudet. Sekunden efteråt pep väckarklockan tre korta pip. Sejer lutade sig ut över sängkanten och klappade Kollberg på huvudet. Hundens kranium var tydligt un-der pälsen, han kände knölarna under handflatan. Sedan tänkte han på Ida. Vips var hon på plats i hans tankar. Han sträckte på den långa kroppen i sängen och försökte tyda ljuset bakom gardinen. Det gick inte, han måste upp och titta. Såg ut på ett fuktigt morgondis, det låg som ett lock över staden. Till frukost åt han två knäckebrödssmörgå-sar med ost och paprika. Lirkade ner hunden för trapporna och gick en runda runt kvarteret. Släppte in den i lägenheten igen. Klockan var 7.15 då han öppnade dörren in till kontoret med färska tidningar un-der armen. "Ännu inga spår efter Ida."

Dagens första möte gick åt till att fördela arbetsuppgifter. Det var inte mycket att fördela i fallet Ida Joner. I första vändan bestod arbetet av att kolla upp tidigare sexualförbrytare. De som hade suttit av sina straff, de som kunde ha varit på permission den aktuella tiden och alla de som var åtalade men aldrig hade blivit fällda. I själva verket väntade alla på att någon skulle snubbla över Idas döda och misshandlade kropp så att de kunde komma vidare. Fotografiet av henne hängde på tavlan i sammanträdesrummet. Hennes leende jagade en ilning ge-nom kroppen varenda gång de passerade, och mitt i alltihop levde en skör förväntan att hon plötsligt skulle komma springande hem till moderns hus med en helt sagolik förklaring. Ringde telefonen, och det gjorde den oupphörligt, vände de sig om och glodde på den som sva-rade för att om möjligt kunna läsa i ansiktet om det gällde just Ida, för det trodde de att de kunde. Den som satt i vakten närde också hoppet vid varje telefonsignal. De visste att den skulle komma.

Nya skallgångskedjor sattes i gång. Om de skulle dragga var fortfarande en öppen fråga. Det fanns ingen utgångspunkt att starta från.

Sejer åkte till Helgas hus. Han såg hennes ansikte i fönstret, antagligen hade hon hört bilen. Han steg långsamt ur, avsiktligt långsamt, för att inte väcka hopp hos henne.

– Det är nästan så att jag ger upp, sa hon svagt.

– Jag förstår att det är svårt, sa han. Men vi letar fortfarande.

– Jag har alltid vetat att Ida var för bra för att vara sann, sa hon.

– Är hon inte sann? sa Sejer varligt.

Helgas underläpp darrade.

– Hon *var* sann. Nu vet jag inte längre vad hon är.

Utan ett ord gick hon in i vardagsrummet. Sedan bort till fönstret.

– För det mesta står jag här. Eller så sitter jag på hennes rum. Jag företar mig ingenting. Jag är rädd att jag ska glömma henne, sa hon ängsligt, rädd att hon ska slinka ur mina tankar, rädd att jag ska komma på att tänka och handla utan att Ida är med.

– Ingen begär att du ska klara av nåt nu, sa Sejer.

Han satte sig objuden ner i soffan. Han såg att hennes hår var otvättat, och hon hade samma kläder som första gången han träffade henne. Han hade förresten ingen aning om huruvida hon varit ur dem.

– Jag vill gärna tala med din syster, sa Sejer.

– Ruth? Hon bor bara några minuter härifrån, på Madseberget. Hon kommer senare.

– Ni är goda vänner? frågade han.

– Ja, log hon. Det har vi alltid varit.

– Och Idas far. Anders. Han har två bröder som också bor i närheten. Idas farbröder?

Hon nickade. – Tore och Kristian Joner. Båda är gifta och har familj. De bor vid travbanan.

– Har ni mycket kontakt? undrade han.

Hon skakade på huvudet. – Inte med dem. Det är konstigt. Den lilla släkt man har ser man nästan aldrig. Men jag vet att de var med och sökte i går. Allesammans.

– Har nån av dem tagit kontakt med dig?

– De törs inte, sa hon tyst. De är väl rädda. Jag vet inte vad de tror. Vill inte veta det heller. Jag har nog med mina egna fantasier.

Hon huttrade till som om otäcka bilder dök upp i samma ögonblick.

– Men Ida känner kusinerna?

– Naturligtvis. Bäst känner hon Marion och Tomme, Ruths och Sverres barn. Hon är ofta där. Hon älskar moster Ruth. Fastrarna kan hon både ha och mista.

– Och din svåger? sa han. Vad gör han?

– Sverre jobbar i oljebranschen och reser mycket. Han är nästan aldrig hemma. Anders reste också mycket. De beklagar sig över alla nätter på hotell och hur slitsamt det är. Antagligen vill de ha det så. Då klarar de sig från alla vardagsbestyr.

Sejer hade ingen kommentar till det.

– Tycker Ida om sin morbror Sverre? sa han lågt. Hon var tyst en stund och uppfattade långsamt frågans innebörd. Sedan nickade hon bestämt.

– Ja. Det är Sverre och Ruth som är Idas närmaste familj, bortsett från Anders och mig. Hon har sprungit där i alla år och hon trivs där. De är ordentliga människor.

Detta sas med eftertryck. Sejer såg sig omkring i vardagsrummet. Det fanns flera bilder av Ida på väggarna, tagna med få års mellanrum. På ett fotografi höll hon en katt.

– Hon är väldigt intresserad av djur, kom han på. Hennes rum är fullt av dem. Den där katten, är den borta nu?

Det blev blick stilla i rummet. Sejer var fullständigt oförberedd på den reaktion som frågan väckte. Helga bröt ihop vid fönstret och slog händerna för ansiktet. Så skrek hon rakt ut i rummet med en röst som skar genom märg och ben.

– Det var Marions katt! Den blev ihjälkörd. Men Ida har aldrig ägt ett levande djur. Inte så mycket som en mus! Jag sa nej. Alltid nej! För jag ville inte veta av det, och nu kan jag inte förstå varför jag var så självisk. Att hon aldrig har fått en egen kattunge, eller valp, eller nåt av det hon önskade sig så innerligt, allt det hon har tiggt och bett om, för

41

jag ville inte ha besväret med djur, med päls och hår och smuts och lort och allt som följer med. Men om hon bara kommer tillbaka igen, ska hon få så många hon vill! Det lovar jag, jag lovar!

Det blev moltyst. Helga var röd i ansiktet. Så började hon snyfta högt.

– Jag är så dum, grät hon. Jag är så nere och så ofattbart förtvivlad att jag tänkte att jag skulle skaffa en valp. För då skulle Ida säkert komma hem igen. Hon skulle höra valpens gnällande där hon är och komma stormande hem. Så tänker jag. Som en barnunge.

– Nåja, sa Sejer. Du är i din fulla rätt att skaffa en valp.

Hon skakade på huvudet. – Jag tänker så många konstiga tankar, erkände hon. Alldeles omöjliga tankar. Hon torkade de våta kinderna på koftärmen.

– Jag förstår det, sa Sejer lågt. Där du är nu har du ju aldrig varit förr.

Hon spärrade upp ögonen. – Jo! Jag har varit här många gånger. Det här har jag alltid varit rädd för. Det här har jag varit förberedd på. Det är så det är att vara mor!

– Så då är du alltså på ett ställe som du redan har sett framför dig i tankarna. Är det annorlunda än du trodde?

– Det är mycket, mycket värre, hickade hon.

Ruth Rix hade följt Marion till skolbussen. Nu såg hon på Tomme, när han satte en mjölktetra till munnen. Så grälade hon.

– Tom Erik! Jag tycker inte om det där, och det vet du. Han ställde ifrån sig mjölken och ville ut ur köket.

– Du måste ta en smörgås, befallde hon.

– Inte hungrig, mumlade han.

Hon hörde honom ute i hallen. Han höll på att knyta gympaskorna.

– Har du inte studiedag i dag? ropade hon. Hon följde efter, ville inte släppa iväg honom.

– Jo? sa han frågande och tittade upp.

– Då vill jag att du ska läsa, sa hon och tänkte på det sista viktiga året på gymnasiet.

– Ska bara bort till Willy först. Vi håller på och fixar bilen.

Hon funderade lite och såg på honom. Han hade fortfarande ansiktet bortvänt.

– Du håller på väldigt mycket med den där bucklan, sa hon dröjande. Det är ju bara en bil, för Guds skull.

Han svarade inte, drog bara åt snörena. Hårt, noterade hon.

– Bjørn har ringt och frågat efter dig, kom hon på. Han är väldigt trevlig, tycker jag. Ni är väl fortfarande kompisar?

– Javisst, sa Tomme. Men han kan ingenting om bilar. Och inte Helge heller.

– Nej nej. Men Willy är så mycket äldre än du. Det är väl bättre att vara ihop med kamrater i din egen ålder?

– Det är jag ju, hävdade han. Men jag behöver hjälp med bilen. Willy har garage. Och verktyg.

Han sa det utan att resa sig. Han gjorde en dubbelknut på de vita snörena. Fingrarna darrade. Ruth la märke till det och kände en svag oro. Erfor med ens att den här späda artonåringen var en pojke hon kände dåligt. Det var obehagligt. När han äntligen reste sig hade han fortfarande ansiktet bortvänt. Nu letade han bland krokarna efter sin jacka.

– Tomme, sa hon, ömmare nu. Jag förstår att det är tråkigt med bilen. Men Ida är borta. Kanske hon är död. Jag står inte ut med att du hetsar upp dig så för en buckla på bil. Det gör mig förtvivlad, för det är fel!

Utbrottet gjorde honom illa berörd. Han ville ut genom dörren, men hon tog honom i armen och tvingade honom att vända sig om. Till sin häpnad såg hon en tår.

– Tomme, sa hon förskräckt, vad är det?

Han drog snabbt med handen över kinden.

– Det är så mycket, sa han. Det här med Ida. Du ska inte tro att jag inte tänker på det. De ska ut i dag igen och söka, men jag vet inte om jag orkar.

– Du tycker det var otäckt? sa Ruth viskande.

Tomme nickade.

– Varje gång man lyfter på en buske, slutar hjärtat att slå, sa han.

Så var han borta. Hon stod i hallen och hörde honom försvinna.

Hans steg var snabba, som om han sprang. Ruth föll in mot väggen. Allt är så förfärligt, tänkte hon. Vi klarar inte det här.

*

Emil Johannes var som vanligt på vägen med sin trehjuling. Vädret hade lättat och lacken glimmade illgrön i septembersolen. Folk som passerade vände sig om och såg efter motorcykeln. Den var kul och annorlunda. På ryggen hade han en gammal grå ryggsäck. Hans min var sluten och stram och han kunde inte slappna av, denna den tredje dagen i september. Han hade så mycket att tänka på. Emil Johannes höll jämn fart, just under fyrtio. Öronlapparna på skinnluvan var nerdragna och remmarna knutna under hakan. Flaket var tomt och den svarta presenningen var ihoprullad som en korv och sammanbunden med ett snöre. Emil skulle till affären. Han handlade alltid på Joker, för det var en liten butik och han visste var allting fanns. Inte så att han inte kunde leta eller rota sig fram till det han behövde. Men här var det lätt. Samma flicka satt alltid i kassan. Hon hade vant sig vid att han aldrig pratade och gjorde honom aldrig förlägen. Han tyckte om att allting var sig likt. Dessutom slapp han trafiken i centrum.

Emil bodde i slutet av Brenneriveien. Förbi travbanan och uppåt åsen, i ett litet enplanshus med kök, vardagsrum och sovrum. Under huset låg en källare. Han hade inget badrum men en fin toalett med handfat och spegel. Huset var rent och ganska städat. Inte för att Emil var duktig, men för att hans sjuttiotreåriga mor var där varenda vecka. Han gav ett olycksbådande intryck, men det kom lite an på humöret. Den Emil som folk såg var en tung och bred och långsam man som inte kunde tala. En man som vände sig bort om folk glodde, som ögonblickligen började gå undan om han blev tilltalad. Ändå var han nyfiken, särskilt på tryggt avstånd. Detta med talet var för övrigt omdiskuterat. En del ansåg att Emil helt enkelt var stum. Andra menade att han hade slutat tala i ren protest för att något förfärligt hade hänt honom i barndomen. Då och då tog ryktena överhanden. Några talade om en eldsvåda, där både hans far och en hel hop med syskon hade omkommit i lågorna, medan Emil och modern stod barbenta i snön

44

och hörde de fasansfulla skriken. I själva verket var Emil enda barnet. Andra sa att Emil pratade som bara den när han ville. Och det ville han så gott som aldrig. Han ville bara vara i fred. Vad som bodde av tankar och drömmar i hans stora huvud var det ingen som brydde sig om. Antagligen menade de flesta att det inte försiggick något som helst där inne. De kunde inte ha mer fel. Emil tänkte på mycket konstigt, och till varenda tanke fanns en bild. Då och då stod de stilla, eller så rörde de sig som en film för hans inre öga, långsamt eller snabbt och blinkande, som kornblixtar. Varje gång han parkerade utanför Joker-butiken, såg han en kortlek utspridd i en solfjäder med Jokern överst. Den där Jokern kunde hitta på att blinka åt honom, eller så kunde den grimasera. Då ryckte Emil till och morskade upp sig. När han gick in i butiken och kände doften av bröd, såg han moderns händer för sig när hon härjade med en bröddeg. Ingen knådade degen som Emils mor. Den fick slita ont och bli bearbetad, men till sist blev den smekt av svettiga och feta händer. När han tänkte på modern, kände han lukten av henne och kom ihåg något hon hade sagt en gång, eller ett uttryck som var speciellt för henne. Hennes röst, vass som en förskärare, den plastlika lukten av nya spelkort, den stora degen, allt detta tog så stor plats. Det hände så mycket i hans hjärna att det inte fanns plats till kontakt med andra. Varje närmande upplevde han som en störning. Han tyckte bättre om bilderna. Dem kunde han hantera. Det var modern som höll honom i ordning, som sörjde för rena kläder och rent hus. Emil accepterade att modern kom, men det hände att han blev irriterad. Hon pratade hela tiden. Orden kom i en jämn ström. Han hörde dem och förstod dem men tyckte att de flesta var överflödiga. De sköljde emot honom som oljud och fick honom att tänka på brott-sjöar. När hon satte i gång den våldsamma ordströmmen, slöt han sig och såg trotsig ut. Hon slutade inte för det. Hon förmanade honom, tillrättavisade honom, kommenderade honom och ställde krav på ho-nom. Men innerst inne älskade hon honom och bekymrade sig myck-et. Rädd för att han skulle råka i konflikt med någon, rädd för att han skulle skrämma folk med sin uppsyn. Han hade för länge sedan fallit utanför, och det godtog hon. Hennes rädsla rörde sig också om att andra, elaka individer skulle skada honom eller tvinga in honom i situationer han inte kunde kontrollera. För hon visste att väldiga krafter dolde sig bakom den avvisande uppsynen. Hon hade sett det en enda gång. Ett vansinnigt och nästan hysteriskt raseri som gjorde Emil blind och döv. Det var en mardröm som hon lyckats tränga undan, men ibland dök den ändå upp. Då vaknade hon, blöt av svett, uppskrämd av händelsen, av sig själv och sonen. Då oroade hon sig vid tanken på allt som kunde hända. Om han blev rädd. Eller angripen. Dessemellan yttrade sig hennes fruktan som irritation.

– Måste du alltid gå omkring i den där dumma luvan, sa hon då. Du kunde väl skaffa dig en keps. Det skulle se bättre ut. Jag vet att du tycker den där motorcykeln du har är häftig. Men vet du att folk vänder sig om efter den? De flesta klarar sig med motorcyklar på två hjul. Du har väl inget fel på balansen heller.

Hon satte upp martyrminen, som studsade på sonen. Efteråt sjönk hon ihop och skämdes för att hon plågade honom så, men hon var ju tvungen.

Emil parkerade trehjulingen utanför Joker och gick in. Han strosade omkring mellan hyllorna på breda och väldigt utåtvända fötter. Han hade tjocka stövlar, vare sig det var sommar eller vinter. De var så uttänjda överst i skaften att han kunde trä på dem utan att lossa på snörena. Han hade en kundkorg i röd plast hängande över armen, han handlade aldrig så mycket att han behövde en vagn. Den här dagen köpte han kaffe, mjölk och grädde, ett grovt bröd och en burk keso. Vid kassan tog han tre tidningar. Kassörskan la märke till tidningarna. Han prenumererade på lokaltidningen och brukade inte köpa Oslo-tidningar. Men det hade han gjort de senaste två dagarna. Så var det förresten med de flesta, tänkte hon. Att Ida Joner var försvunnen engagerade alla som kom och gick i den lilla butiken. Alla hade sina teorier om vad som hade hänt, och butiken var ett bra ställe att lufta dem på. Hon slog in varorna då Emil kom ihåg något viktigt. Han travade in mellan hyllorna igen och kom vaggande tillbaka med en påse jordnötter. Kassörskan rynkade på näsan när hon såg jordnötterna, för de hade skal, och hon kunde inte fatta att någon ville äta jordnötter som inte var skalade och saltade. Emil köpte alltid jordnötter med skal. Han var lika trumpen som vanligt, tänkte hon. Han brukade aldrig

46

prata men tog oftast god tid på sig, som om det att handla var viktigt, en ritual han gillade. Nu betalade han hastigt, fingrarna darrade lite när han grävde efter mynt i plånboken. Han stoppade ner varorna i den gamla ryggsäcken. Sedan gick han, utan att säga adjö. Dörren slog igen. Hon kunde se honom genom fönstret, när han satte sig grensle över motorcykeln. Så frånvarande han var i dag, tänkte hon, och förvånade sig samtidigt över att den här mannen dittills aldrig hade yttrat ett ord. Emil trampade i gång motorcykeln. Återigen höll han samma jämna hastighet bort mot travbanan. Då han närmade sig Lailas kiosk fick han syn på en polisbil och ett par poliser. Emil spände sig som en stålfjäder. Höll hårt om styret på motorcykeln och stirrade demonstrativt rakt fram. En av poliserna tittade upp och fick syn på det märkliga fordonet. Emil hade aldrig någonsin varit i kontakt med polisen, men han närde en djup respekt för alla som hade uniform. Hans fordon var därtill i sådant skick att han egentligen borde ha haft det inne på verkstad, men han levde på förtidspension och hade inte råd. Han hade ofta tänkt att förr eller senare skulle det komma någon med tång för att klippa av skyltarna. Lyckligtvis var poliserna upptagna av annat. Det var den här Ida, de sökte efter henne. Han visste det och koncentrerade sig djupt för att inte störa dem. Han passerade, fortfarande stelt stirrande framför sig, men han kände att han blev iakttagen. Så svängde han till höger. Efter några få minuter tog han till vänster och in på Brenneriveien 12, där han bodde. Han parkerade och bredde ut den svarta presenningen över motorcykeln. Hans garage var fullt av skrot, det fanns inte längre plats för den. Han låste upp. I köket blev han stående och lyssnade. Vaksam som en katt med alla sinnen på helspänn. Han ställde ryggsäcken på bordet och tog upp varorna. Öppnade påsen med jordnötter och tömde ut några i handen. Gick sakta in i vardagsrummet. Dörren in till sovrummet stod på glänt. Han tittade bort mot den och stod kvar och andades tungt. Jordnötterna blev fuktiga i hans knutna hand. Till slut gick han bort till fönstret. Där hade Emil en fågelbur, och på en pinne satt en grå papegoja stor som en duva. Nu sjöng den en vacker mörk ton för att göra sig förtjänt av jordnötterna. Emil stack in fingrarna genom gallret och la nötterna i matskålen. Fågeln dök ögonblickligen ner, grep en nöt med klon och satte näbben i den. Det hördes ett torrt knäppande ljud när nöten knäcktes. Då ringde telefonen. Det var modern.

– Ja, sa hon, nu är det så att jag är upptagen både i morgon och dagen efter, så vi får ta städningen i dag.

Emil började tugga. Men han hade ingenting i munnen.

– Jag kan inte stanna så länge, fortsatte hon, för det är syjunta hos Tulla i kväll, och jag var inte med förra gången så i kväll måste jag iväg. Jag sätter på en tvättmaskin åt dig så får du hänga upp kläderna själv. Såpass klarar du, inte sant? Du måste bara komma ihåg att släta ut kläderna innan du hänger dem över linorna, annars blir de skrynkliga. Du är inte särskilt bra på att stryka. Jag ska dra över golven här hos mig först, så dyker jag väl upp om en timme, tänker jag.

– Nej, sa Emil förskräckt.

Han såg modern framför sig som en rengöringsmaskin, och nu skulle hon in i alla rum. Han såg plaskande vatten, löddrande såpa och moderns ansikte som långsamt blev rött. Han kände den starka lukten av Ajax, obehaget av möbler som flyttades från sina invanda platser, frisk luft som strömmade in genom fönstren för att hon öppnade dem, det otäcka draget, den främmande lukten av nytvättade sängkläder, han såg ...

– Du vet att jag måste, tjatade modern. Det där har vi ju talat om!

Hennes röst började darra. Emil andades snabbt i luren, ville inte höra på vad hon nu skulle säga.

– Har du ätit i dag? fortsatte modern. Hon var full av omsorger, det hade hon alltid varit. Du slarvar förfärligt med maten. Har du hört talas om frukt och grönsaker? Jag misstänker att du bara äter bröd, men kroppen behöver mer än så. Du borde skaffa dig vitaminpiller och ta dem på hösten och vintern, Emil. Du kan köpa Møllers, jag är säker på att de har det hos Joker, annars kan de beställa åt dig. Det är bara att lägga manken till, lite ansvar får du ta för dig själv. Jag blir inte precis yngre, malde hon på.

Emil kastade ett snabbt öga på sovrumsdörren. Sedan såg han på klockan.

– Har du tvättat dig i dag? fortsatte hon. Gud vet hur långt det går mellan gångerna du tvättar håret. Inte gör du det väl ordentligt heller, när du står och hänger över handfatet. Och annars? surrade hon på utan att vänta på honom. Klär du på dig ordentligt när du är ute och åker? Hösten är på väg, du får passa dig så att du inte får influensa. Blir du liggande är du hjälplös och jag kan inte städa hos dig vareviga dag. Jag har nog att stå i som det är. Margot Janson här bredvid sitter fortfarande på stolen vid sitt fönster med lårbensbrott. Hade hon inte haft mig så vete gudarna vad hon skulle ha tagit sig till. Undrar just om nån ställer upp för mig när jag inte orkar längre. Om du åtminstone hade haft en fru så skulle det ju ha varit något slags hopp om en värdig ålderdom, men om det är sant som folk säger att vi alla får vad vi förtjänar så måste jag ha syndat ordentligt i mina dagar utan att jag kan minnas det.

Hon gjorde sig beredd att avsluta monologen.

– Du kan börja med att dra undan möblerna. Ryamattorna kan du hänga på räcket utanför så att jag kan sätta i gång direkt. Jag hoppas bilen startar, sa hon bekymrat, den krånglade i går, jag undrar om det kan vara batteriet som börjar ta slut. Har du tvättmedel och sånt?

– Nej! sa Emil. Återigen såg han modern framför sig, hon var en vind nu, en tornado, hon pratade bort alla tankar, alla dem hon inte vågade tänka, hon närmast sopade dem framför sig, röjde undan dem med ord.

– Jag kan ta med en flaska Ajax, sa hon. En dag måste vi gå igenom dina skåp. Du tänker aldrig på nånting. Hur ofta har jag inte varit hos dig och inte hittat papper på toaletten? Jag minns inte hur många gånger. Du är trots allt vuxen. Men nu får jag ge mig. Börja du så kommer jag snart.

– Nej! sa Emil. Han sa det ännu högre. Modern hörde röstens stigning, den var ovanlig. Han sa alltid nej, och han sa det på alla slags vis, men det här gränsade till något nytt. En sorts desperation. Hon rynkade pannan och knep ihop läpparna. Fler problem ville hon inte ha, inte ett enda.

– Jo! sa hon.

Ruth trädde in armarna i en kappa. Hon stannade halvvägs inne i plagget eftersom hon hörde en bildörr slå igen. Med ena armen inne i

49

kappan tryckte hon ner dörrhandtaget och öppnade. En mycket lång, gråhårig man kom gående fram mot huset. Ruth kände genast igen honom. Vid foten av trappan stannade han och bugade sig, så tog han de sista stegen upp. Hon fick på sig kappan och tog honom i hand. Han var så lång att hon fick något ungflicksaktigt över sig. Nästan så att hon ville niga.

– Jag kommer just från Helga, sa Sejer.

– Jag ska dit nu, sa hon snabbt.

– Får jag be om ett par minuter?

– Naturligtvis.

Hon tog av sig kappan igen. Gick före honom in i köket. Det fanns en soffa där, i vinkel, med kuddar på sätet.

– När det gäller Ida, sa Ruth bedrövad, så är väl chanserna inte stora, eller hur? Hon såg på honom med skrämd blick. Helga förlorar hoppet, suckade hon. Jag vet inte hur det ska gå för oss om det allra värsta har hänt. Det blir nådastöten för henne. Hon lever bara för den flickan. Sedan Anders flyttade.

Sejer lyssnade medan Ruth talade. Eftersom hon var orolig talade hon mycket.

– Det är inte bra att vara ensam med barn, sa hon sorgset, hon vimsade omkring i köket utan att företa sig något. Barn ska inte betyda för mycket, det blir så tungt för dem att bära. Hur det ska bli för Helga när Ida kommer i tonåren och börjar ränna ute om kvällarna, det kan jag inte föreställa mig ens.

Hon blinkade förvirrat över sitt tankesprång.

– Kan du säga nåt om varför Helga skilde sig? frågade Sejer.

Ruth såg storögt på honom. – Varför frågar du det? sa hon förvånat.

Han log hastigt.

– Det förstår jag inte ens själv. Men jag frågar om allt.

Han sa det så enkelt, med nedslagen blick, som om det egentligen plågade honom. Hon fick lust att hjälpa honom.

– Men skilsmässan har väl ingenting med Idas försvinnande att göra? sa hon osäkert.

Sejer såg på henne. – Det tror vi inte heller. Jag är bara nyfiken. Är det svårt att tala om det?

Hon tvekade. – Ja, jag vet inte riktigt.

Hon la händerna på bordsskivan, som om hon symboliskt ville visa honom att de var rena.

– Alltså, återtog han, kan du säga nåt om brytningen mellan Helga och Anders Joner? Du är hennes syster. Ni står varandra nära?

Hon nickade utan att se på honom. – Nu är det väl inte så att jag vet så mycket, sa hon undvikande, men det var visst nån kvinnohistoria. Anders gjorde ett snedsprång och det kunde Helga inte förlåta. Hon kastade ut honom. Anders är tio år yngre än Helga, fortsatte hon. Och nu får du inte missförstå mig. Anders är en ordentlig man, han är inte en sån som rantar runt och prasslar. Men det hände alltså den här enda gången och Helga kunde inte hantera det. Hon är så … vad ska jag säga … så total i allting. Så fyrkantig.

– Gav hon dig några detaljer?

Ruth såg åt ett annat håll och stirrade till slut på gardinkappan över fönstret. – Det gjorde hon väl. Men jag tycker inte att jag kan sitta här och lämna ut dem. De detaljerna kan inte hjälpa dig heller.

Han drog sig tillbaka igen och nickade.

– Helga säger att Ida är bunden både till dig och till din man Sverre?

Ruth såg Ida framför sig igen, en kort, tindrande bild av en livs levande flicka här inne i hennes eget kök. Så blinkade hon, och bilden var borta.

– Vi är vana vid att hon kommer hit, nickade hon. Det är så tyst nu när hon inte kommer. Hon är ett mycket aktivt barn. Hon har fastrar och farbröder, men dem besöker hon aldrig.

– Är det nåt särskilt som gör att hon inte träffar dem? frågade Sejer försiktigt.

– Det har väl bara blivit så. Anders bröder har aldrig visat nåt intresse för Helga och Ida. De har väl nog med sitt. Eller kanske har de rätt och slätt ingenting gemensamt att bygga på. De bor lite längre bort än vi.

– Jobbar du? undrade han.

– Jag har några timmar på Glasbrukets skola, sa hon. Vid sjukdom och så. Annars är jag hemma.

– Din dotter Marion, hur gammal är hon?

51

– Tolv, sa Ruth. Hon går i sjuan. Hon är ofta tillsammans med Ida. Det här är mycket svårt för henne, jag vet inte vad jag ska säga. Men hon läser tidningarna och ser på TV. Det går ju inte att skona henne heller.

– Du har ju ingenting att berätta, sa han. Vi vet ju inte vad som har hänt.

Återigen häpnade hon över det neutrala sätt han uttryckte sig på, för hon var ganska säker på att Ida var död. Inte bara död, hon hade kanske dött en skräckfylld död. Den allra värsta. Den i smärta och ångest bortom det fattbara.

– Och din son, Tom Erik? frågade han.

Då han nämnde sonen fick hon en rynka i pannan. – Ja, vad är det med honom? sa hon.

– Hur tar han det som har hänt?

Hon skakade förtvivlat på huvudet. – Dåligt, erkände hon. Han är inte precis den som pratar mycket om sig och sitt. Marion och jag försöker åtminstone. Tomme var med i skallgången i går och det tyckte han var förfärligt. Jag måste medge att jag ofta har tyckt att han är en ganska så självisk pojke. Att han bara tänker på sig själv. Häromdagen fick han en buckla på bilen, log hon. Det var ingen hejd på hur förbittrad han var. Han hade bara haft den i tre veckor, la hon till. Och där stod jag. Med hela den andra tragedin. Då fick han lite att tänka på, avslutade hon. Hon hade pratat sig varm, hon var röd om kinderna.

– Har han arbete? ville Sejer veta.

– Han går sista året på gymnasiet. Han trivs inget vidare och han kommer knappast in på nån högre utbildning. Han vill bara ha arbete och lön, hålla på med bilen och vara med kompisar. Han sitter mycket vid datorn. Eller också tittar han på video. För mig är det okej. Jag är inte särskilt ambitiös på barnens vägnar. Jag vill bara att de ska ha det bra.

– Han råkade ut för en olyckshändelse med bilen, sa Sejer. Den första september? Förstod jag dig rätt?

– Ja, sa hon. Han åkte tidigt på kvällen och var inte hemma igen förrän på natten. Då var han ganska retlig, stackarn. Du vet ju hur det är med pojkar och bilar. Men jag tror nog att jag fick honom att inse

52

att en buckla på bilen är en bagatell i jämförelse med vad som verkligen kan drabba oss människor.

– Du sa tidigt på kvällen. Minns du när?

Hon rynkade pannan. – Lite över sex. Han ropade från hallen. Nyheterna på TV Norge började just då, jag brukar se på det.

– Och vart skulle han?

– Han är mycket tillsammans med en pojke som heter Bjørn. Det var visst dit han skulle, sa hon. Han bor på Frydenlund.

– Då ska jag prata med honom, sa Sejer. Han kan ha sett nåt efter vägen. Är han i skolan nu? fortsatte han.

– Nej, sa hon. I dag är han hos Willy. En annan kompis. Eller de var kompisar. Förut. Jag var inte särskilt förtjust över det, och det sa jag också till Tomme. Men den här Willy är bra på bilar. De håller på och ska slå ut bucklan.

Sejer blev nyfiken. – Varför var du inte särskilt förtjust?

– Willy är fyra år äldre, sa Ruth. Han har förmodligen varit inblandad i bilstölder och kanske ännu värre saker. Så jag tycker inte om det. Det är länge sedan nu. Men Tomme är så angelägen att få bilen lagad.

– Din man, Sverre, sa Sejer. Helga säger att han reser mycket?

– Nu är han i Stavanger, sa hon. Men han kommer hem till helgen. I vanliga fall tycker jag det är i sin ordning att han reser, vi behöver inte nöta på varann dag ut och dag in, och ungarna är stora och klarar sig själva. Men just nu är det svårt. Efter allt som har hänt. Vi talas vid i telefon varje kväll.

– Den här Willy, sa Sejer, bor han här i närheten?

– Längre in mot centrum. Willy Oterhals. Jag tror det heter Meieriveien, de har ett stort gult hus och ett ordentligt tilltaget garage. Han bor där tillsammans med sin mor.

– Du säger att han är äldre. Han har kanske arbete?

– Han jobbar i bowlinghallen. Åtminstone gjorde han det förr. Och ibland tar han ett pass på Shellmacken. På så vis har han tillgång till verktyg, du vet. Han är inte mekaniker, men en del har han säkert lärt sig.

Ruth förvånades över detta intresse för sonens kamrat. Hon kastade en blick på klockan och utbrast: – Jag måste iväg. Helga väntar!

– Jag har uppehållit dig länge, sa Sejer. Det var inte meningen.

Där kom den lilla bugningen igen. Hans sätt gjorde intryck på henne. Allt hos honom var så lugnt och säkert. De gick ut ur huset tillsammans. Ruth öppnade garagedörrarna. Sejer såg in på den vita Volvon och på den tomma platsen bredvid. Längst in mot väggen stod fyra däck, förmodligen vinterdäck som snart skulle på. Lite skräp, några lådor på en hylla. Alldeles vid dörren där han stod och tittade låg fyra slitna gummimattor. Opel, tänkte han. Sonen kör Opel.

Varför pratar jag så mycket? tänkte Ruth.

*

Willy Oterhals svettades. En arbetslampa dinglade i en bjälke i taket, och värmen från den starka glödlampan brände sig in i skallen på honom. Han hade skrapat bort stora delar av lacken med en fickkniv och den grå metallen lyste igenom. Det var annars en ganska enkel skada. Det avslutande lackeringsjobbet var det svåraste. Willy var vid gott mod, men han behövde en paus. Han satte sig på bänken vid väggen och tände en cigarrett. Ögonen låg så djupt att när han böjde på huvudet, såg de ut som svarta hålor i det magra ansiktet. Hans blick gled längs väggarna i garaget, över hyllorna med spikpaket, askarna med skruvar och muttrar, tändstift, olja och olika sorters verktyg. Vid väggen längst bort stod en gammal apotekskommod med hundra pyttesmå lådor. Ingen annan än Willy visste vad lådorna innehöll. Om någon skulle komma på att kika in, skulle han inte se något annat än askar och burkar. Ett var säkert. En del av det som låg i lådorna kunde säljas med god förtjänst på gatan. Han rökte och ögonen smalnade medan han tänkte. Då hörde han en bil knastra mot gruset. En lång gråhårig man dök upp. Willy hade alla tentakler ute. Automatiskt blev han på sin vakt. Han hann sätta upp en frågande min i samma ögonblick som Sejer tornade upp sig vid ingången till garaget. Willy såg honom som en skarp silhuett. Det var något bekant över just den känsla som växte inom honom, och han tänkte blixtsnabbt. Mannen blev stående ett tag utan att yttra ett ord. Men han såg nyfiket på den svarta Opeln, på verktygen som låg utspridda överallt och sedan på Willy.

– Oterhals? sa han artigt.

Willy nickade. En muskel knöt sig i magen på honom. Mannen som stod i dörren och såg på honom, en karl på bortåt två meter, var polis. Det var han alldeles säker på.

– Du mekar med bilen? sa Sejer nyfiket.

– Inte mekar, sa Willy avvisande. Det här är bara kosmetiskt.

Sejer gick några steg närmare. Han granskade skärmen.

– Jag är från polisen, sa han. Är Tom Erik Rix här?

Han mötte Willys blick. Samtidigt tog han upp legitimationen ur fickan.

– Nej, sa Willy snabbt.

Han hoppade ner från bänken och ställde sig med armarna i kors.

– Vet du var han är? frågade Sejer.

Willy motstod frestelsen att titta ut på gården. Tomme var borta vid kiosken. Han kunde komma vilken sekund som helst.

– Han dyker väl upp. Men jag vet inte när. Varför frågar du efter Tomme? sa han.

– Du har säkert hört om hans kusin.

– Självklart.

– Jag ville bara prata lite. Deltog du i skallgången? frågade Sejer.

– Nej. Men Tomme var med.

Willy tog några steg över golvet med händerna djupt nere i fickorna.

– Du har haft otur med bilen? fortsatte Sejer avledande. Han såg på den svarta Opeln.

– Det är inte min bil, sa Willy genast. Jag kör inte så dåligt att jag får bucklor. Det är Tommes. Han smällde in i vägräcket vid stadsbron. Precis fått lappen, sa han med en suck och försökte sig på ett förtroligt leende. Själv hade han kört i fyra år och räknade sig som en ypperlig chaufför.

– Nybörjare bakom ratten är inte roligt, nickade Sejer. Men det var kanske tur att han träffade vägräcket. Och ingenting annat?

– Självklart, sa Willy igen.

Han släppte cigarretten på golvet. En massa tankar rusade genom huvudet på honom. Var det här en tillfällighet? En snut inne i hans eget garage? Hade någon tjallat? Det svindlade för honom och han lutade sig mot väggen. Han ville komma åt att torka svetten ur pannan men hann stoppa reflexen i sista sekunden.

– Tur för Tomme att du är bra på bilar, sa Sejer.

Willy nickade. Han höll på att gripas av panik. Tomme kunde när som helst svänga in på gårdsplanen, i hans egen Scorpio, med Cola och cigg i en påse. Han visste inte var han skulle fästa blicken. Inte på Sejers granskande grå ögon, inte på apotekskommoden, inte på Tommes buckliga Opel. Det slutade med att han stirrade i golvet.

Sejer tog några steg inåt, närmade sig Opeln och kikade in. Därefter gjorde han en runda runt bilen.

– Sega bilar, de här gamla Oplarna, sa han kunnigt.

Willy nickade stumt.

– Jag träffar väl Tomme en annan gång, sa Sejer. Så såg han sig snabbt över axeln, mot bortre väggen i garaget. Stilig kommod, förresten. För skruvar och muttrar?

Willy nickade likgiltigt, men hjärtat hamrade vilt under arbetsstället. Nu drar han ut en låda, tänkte Willy, nu börjar han rota. Han vet vem jag är. Allt ligger på data. Det är bara att knappa sig fram till små och stora brott. Mest små, tänkte Willy och svettades. Men Sejer var äntligen nöjd. Han lämnade garaget. En bildörr slog igen. Willy stod fortfarande fastnaglad vid väggen och hörde den stora Volvon starta. Så backade den och försvann ut genom grinden. Han stod kvar lite för att lugna nerverna. Då hörde han åter en bil utanför. Det var Willys egen Scorpio. Tomme kom in med en påse.

– Vem var det?

Han såg misstänksamt på Willy. Willy tänkte blixtsnabbt. Det gällde att hålla Tomme lugn.

– Får jag Colan, sa han. Jag är törstig så in i helvete.

Tomme räckte honom en Colaflaska och öppnade sin egen.

– Han var från polisen, sa Willy långsamt.

Tomme bleknade. – Varför det?

Willy såg bort på Tomme, ett snabbt ögonkast som sedan sökte sig ner i golvet igen.

– Han sökte dig. Fan, jag trodde hjärtat skulle stanna. Han stirrade på kommoden.

– Kommoden? sa Tomme oförstående.

– Den innehåller lite av varje. Om du förstår vad jag menar, sa Willy.

– Men varför frågade han efter mig? sa Tomme ängsligt.

– Herre Gud, du är ju hennes kusin, sa Willy. Det är klart de frågar efter dig.

Willy drack halva Colaflaskan i ett drag.

– Lugna ner dig. Nu jobbar vi, sa han hårt.

*

Elsa Marie Mork var född 1929 och hon körde bil fortfarande. Hon gick igenom syntestet varje år och hon klarade det med glans. Hon hade falkögon. Inte en sparv vid vägkanten undgick henne, inte en dammtuss, inte en smula. Hörseln var det sämre med. Men eftersom hon aldrig hade varit av den lyssnande sorten märkte hon det knappt.

Hon la diverse städattiraljer i en låda bak i bilen och gav sig iväg mot sonens hus. Sonen, tänkte hon, som det inte fanns något hopp för. Som ung hade hon drömt om en dotter, kanske två döttrar. Och till slut en son. Men så blev det inte. Helt plötsligt kom en gallskrikande pojke. Fadern dog då Emil Johannes var sju år. Chocken över att bli mor till någon som hon inte förstod sig på avhöll henne från att skaffa sig en ny man, eller sätta fler barn till världen. Men han var nu en gång hennes. Hon var inte en sådan som smet från sina plikter. Folk fick bara inte tro att hon var av det svekfulla slaget. Därför åkte hon till Emils hus varenda vecka och tog hand om honom. Hans möbler och hans kläder. Hon höll distans genom att tala oavbrutet, medan hennes blick hela tiden var fäst tio centimeter ovanför hans huvud. Hon fick ändå inget svar. Nu tänkte hon på telefonsamtalet. Han var upprörd över något och en svag oro växte i henne när hon svängde ut på riksvägen. Eftersom hon avskydde varje känsla som liknade sentimentalitet övergick oron till ursinne. Om Emil hade ställt till det för sig, fick hon tvinga ur honom vad det var och ordna upp det. I fyrtio år eller mer hade hon väntat på det. Att något skulle hända. Nu stålsatte hon sig. Hon hatade tårar, förtvivlan och sorg, allt som kunde förvandla

57

vuxna, kloka människor till blödiga, oskärpta varelser utan handlings-
kraft. Om det hände blev hon osäker. Hennes hjärta var omslutet av en
nästan förstenad hinna, men innanför kunde det slå hårt, även om
ögonen var torra som fnöske. Något hopp hade hon inte kvar, inte på
något som helst, utom döden. Hon hade väninnor, men hon stod dem
inte nära. De var en klagomur hon använde sig av, och hon lät sig själv
användas i samma syfte. Det hände att hon skrattade, men då var det
ofta i ren skadeglädje. Hon stod gärna till tjänst åt andra, som grannen
Margot med sin brutna lårbenshals, men alltid med martyrglorian på.
Ändå var det så att när hon äntligen la sig på kvällen tänkte hon på alla
dem som inte klarade lika mycket som hon. Då kunde hon inte sova
för att hon tänkte på Margots värkande ben. Nu bekymrade hon sig
för Emil. Han sa nej. Det sa han jämt, men hon kände honom tillräck-
ligt väl för att ana att något hade hänt. Innerst inne tänkte hon sig att
sonen kunde tala. Att han bara inte ville. Hon sa det aldrig högt, ingen
skulle tro det ändå, och hon tog det som en personlig förolämpning
att han hade valt tystnaden. Om han var dum eller ej intresserade hen-
ne mindre. Hon orkade inte längre grubbla över honom. Han var Emil
Johannes och det hade hon vant sig vid. Hon påminde sig själv att om
några få år låg hon kanske djupt nere under jorden, och Emil skulle
böka omkring i huset medan allting växte honom över huvudet. I tan-
karna kunde hon se för sig både gräs och maskrosor växa upp mellan
golvplankorna i hans kök. Kanske kommunen skulle välsigna honom
med en hemhjälp. Om någon över huvud taget vågade närma sig den
bistra gestalten. Hon ryste till och insåg att det redan var september
och att vartenda fönster måste putsas innan frosten kom. Annars kun-
de hon alltid slå lite rödsprit i tvättvattnet. Sådana saker hade Elsa all-
tid en lösning på. Hon svängde in framför huset och steg ur bilen.
Öppnade bagageluckan och tog ut plastlådan. Så smällde hon hårt
igen bakluckan och gick fram till Emils dörr. Den var låst. Det gick en
irriterad darrning genom hennes sega kropp och hon började banka
så hårt på glaset att det nästan sprack.

– Kom hit, Emil! ropade hon ilsket. Jag har inte lust att leka i dag.
Det är fler än du som ska ha hjälp.

Det var dödstyst inne i huset. Hon lyssnade och bankade ytterligare

58

några gånger på den låsta dörren. Fortfarande var det uteslutande ilska som drev henne när hon satte ner plastlådan på trappan med en smäll och gick tillbaka till bilen. Han fick gärna vara vrång, men hon var alltid förberedd. Naturligtvis hade hon sin egen nyckel till sonens hus. Den låg i handskfacket och nu hämtade hon den. Resolut stack hon nyckeln i låset. Eller rättare sagt halvvägs in. Något spärrade nyckelhålet. Hon blev häpen stående på översta trappsteget, medan hon tryckte på nyckeln allt hon orkade. Den gick fortfarande inte in. Samtidigt var det väldigt svårt att få ut den igen. Vad i hela världen höll han på med? Han hade stoppat något i hålet, nyckeln satt fast i något segt. Hennes ansikte blev rött av förtrytelse och ängslan började sin resa genom hennes kropp. Den kom från magtrakten och skulle förr eller senare träffa det förstenade hjärtat. Hon travade nerför trappan igen, tömde lådan på tvättmedel och placerade den uppochner under köksfönstret. Så klev hon upp. Köket var tomt. Men ljuset var tänt. Hon flyttade lådan till det andra fönstret, till sovrummet. Där var gardinen fördragen. Det var inte så mycket som en springa hon kunde kika igenom. Hon gick tillbaka till dörren och såg på trehjulingen. Den stod som den brukade under presenningen. Alltså var han hemma. Emil rörde sig aldrig till fots. Han var inte trygg till fots, då kände han sig utsatt. Folk kunde komma på att hejda honom eller säga något eller fråga om något. För tredje och sista gången bultade hon hårt på dörren. Till sist gav hon upp. Hon lät lådan stå och satte sig i bilen. Där började hon tuta. Men Emil hade grannar, kom hon på, hon var rädd att någon skulle dyka upp. Hon bligade på köksgardinen, men sonen visade sig inte. Elsas tålamod var slut. Hon steg ur bilen och travade in i garaget. Letade efter verktyg där inne men fann ingenting användbart. I stället åkte hon hem igen, marscherade in i sitt hus och gick till telefonen. Just när hon fick ton, hände det något i bröstet på henne. Det snörde ihop sig våldsamt. Kanske hade han fallit i trappan ner till källaren. Kanske låg han på golvet där nere och var alldeles borta. Han var väldigt tung. Nej, det här är dumheter, tänkte hon. Det sitter något i nyckelhålet. Han stänger mig ute. Så lyftes luren. Han sa aldrig något, lyfte bara på luren, och hennes ordström kunde börja. Det var ingen annan som ringde till Emil.

När han svarade kände hon lättnaden flöda som en varm ström genom kroppen. Därefter plockade hon fram raseriet igen och var strax åter på hemmaplan. Hon var på gränsen till hotfull. Hon måste göra rent!

– Det måste du väl begripa, Emil!

Damm och tussar, ränder i handfatet, smulor på golvet, de var som demoner, de rev och slet i henne och hon fick ingen ro förrän hon hade städat bort dem. Hon kunde inte sova på nätterna om hans fönster var smutsiga. Hon kunde inte tänka klart om hans soffa var full av krossade chips.

– Nu öppnar du! ropade hon i luren. Den här leken vill jag inte vara med om! Det är bara tack vare mig som du inte är på ett hem. Gå ut och ta bort den där smörjan du har stoppat i nyckelhålet. Jag åker nu. Om fem minuter står jag på trappan och då öppnar du!

– Nej! skrek Emil.

Han la på. Elsa stod en stund och lyssnade på tystnaden. Så stegade hon över golvet och ut. De stadiga skorna smällde i parketten. Det gällde att hålla i gång, inte sitta ner och tänka. Bara handla, handla! Få undan saker och ting, sa det inom henne. Vidare, vidare, hela vägen fram till slutet, dit vi ska allesammans.

Hon hittade en grov mejsel i det gemensamma garaget. Så körde hon tillbaka till Emils hus. Nu stod hon böjd på det översta trappsteget med en hammare i handen. Hon körde in mejseln i glipan mellan dörren och karmen och började slå in den med hammaren. Elsa var stark och trävirket torrt och gammalt. Då mejseln hade trängt in några centimeter, började hon vrida och bända. Svetten rann på henne. Hon tänkte att någon av grannarna kunde se henne och oroade sig för det, men hon kunde inte sluta. Nu hörde hon sonen där inne, han travade runt och slog i dörrarna. Det hamrade i huvudet på henne. Plötsligt knakade det till i karmen. Dörren gled upp. Hon släppte mejseln, den landade på trappan med ett hårt, klingande ljud. Så gick hon in.

Emil stod i köket, rakt upp och ner, med hängande armar. Hon försökte tyda hans ansiktsuttryck men kunde inte. Själv var hon tyst. Det hände inte ofta. Länge stod de och stirrade på varandra.

– Förklara för mig vad som pågår, sa hon, ovanligt lågmält för att vara hon.

Emil vände henne ryggen. Han gick till bänken och tog påsen med jordnötter. Plockade ut en och bröt av den på mitten. Stod kvar och tittade på innehållet. Modern tog ett steg framåt. Hon slet påsen ur hans händer och la den på bänken.

– Jag vet att nåt har hänt, sa hon, högre nu. Hon vände sig om och gick in i vardagsrummet. Där tvärstannade hon, förvirrad.

– Vad i all världen, utbrast hon. Sover du på soffan? Inte har du vädrat på evigheter heller.

Hon flackade runt i rummet med ögonen, och en stor osäkerhet lyste i de bleka irisarna. – Det här är förskräckligt, sa hon. Du får inte låta matrester ligga kvar i grytan, du måste tömma grytan varenda dag, annars börjar det lukta på bara några timmar. Jag har sagt det så många gånger. Dessutom blir det massor av flugor om du inte ser upp för sånt. Och som den där fågeln skräpar ner! Du måste dammsuga under buren åtminstone en gång om dagen. Är det länge sedan du bytte tidningarna i botten? Är det därför det luktar?

Så såg hon på sovrumsdörren. Visste inte varför men drevs framåt med stor fruktan. Mot denna dörr. Steg för steg. Hennes ögon for mot täcket i soffan igen, och tillbaka mot sovrumsdörren. Emil följde henne med irrande blick. Ett kort tag stod hon vid dörren och lyssnade. Det hördes inte ett ljud där inne. Hon tryckte ner handtaget. Dörren rörde sig inte. Åter brast något förfärligt inom henne. Fruktan tilltog. Det var lukten, så genomträngande och underlig, så kväljande och söt. Hon drev undan den och arbetade sig upp i raseri i stället. Gick ut och hämtade mejseln på trappan, kom intravande igen. Emil tryckte sig mot väggen. Han var också rädd. Hon började bända igen, hamra och slå. För varje slag ryckte det till i Emils tunga kropp. Den här dörren var svårare att bryta upp än ytterdörren. Motståndet i trävirket gjorde henne fullständigt galen. Emil hukade. Då dörren äntligen for upp med ett brak slöt han ögonen och höll sig för öronen. Elsa Marie gick in i rummet. Där blev hon stående, förstenad, och stirrade.

*

61

Sökandet efter Ida Joner pågick med full styrka. Visst skulle de finna henne. Ett barn kunde inte bara försvinna i det blå. Kroppen måste finnas någonstans, helt eller delvis gömd. Någonstans i det distrikt där hon bodde. De utvidgade hela tiden sökområdet, och de plockade med sig de underligaste saker och samlade dem i påsar. Polisen fick avgöra vad som var viktigt. Människor som knappt hade bytt ett ord kom varandra nära. Idas försvinnande var som ett nät som snördes ihop om dem. Känslan var både positiv och skrämmande. Man hade något tillsammans. Samtidigt bar en människa omkring på sanningen. De tänkte sig en man, eller kanske två. De tänkte sig att i värsta fall var det någon de kände. Men sjuk, förstås. Fördärvad och farlig. Kanske på jakt efter andra barn. Då och då blossade raseriet upp inom dem, och tidvis blev de överväldigade av rädsla. Men först och främst hade de något att prata om. Inte vädret längre, inte regeringen. Men Idas mördare. De vuxna försökte dämpa sig när barnen var i närheten, men det lyckades inte alltid. Det fyllde dem helt, det sköljde över dem från radio och TV och tidningar. När barnen kom till skolan fortsatte lärarna. De kunde inte undgå det, och ville det inte heller. De kunde knappt minnas hur det var före det våldsamma skalv som händelsen gav upphov till.

Marion Rix åt frukost. Hon stack skeden i marmeladburken och rörde försiktigt om i hallonen. Allt gick så sakta. Tankarna var någon annanstans, skeden rörde sig av sig själv. Ruth såg på det böjda huvudet och kände en dov smärta inom sig. Vad kunde hon säga? Hur mycket tålde Marion att höra? Men jag vet ju ingenting, kom hon ihåg. Jag vet inte vad som har hänt Ida. Ändå kunde hon inte låtsas som om ingenting hade hänt. Det gällde att sätta ord på saker och ting. Och Ruth hade ord. Hon var bara rädd för att använda dem.

Marion kände moderns blick. Hon var äntligen nöjd med fördelningen av hallonen. Varför ser hon inte på mig? tänkte Ruth. Varför vågar vi inte tala? Vi borde skrika och slå, vi borde klamra oss fast vid varandra. Hålla fast vid detta enda, vi två, att vi har varandra. Och det är ingen självklarhet. Var det så Marion tänkte? Det hände Ida, det kan hända mig. Marion tuggade sakta och sköljde ner brödet med mjölk. Hon var en knubbig flicka med mörkt hår, inte spinkig och smal över axlarna som Tomme. Hon påminde faktiskt mycket om Helga.

Ruth såg på dotterns ansikte. Luggen stod upp i en våg och föll mjukt ner på var sida om den vita pannan. Det ena ögat hade svaga muskler som gjorde att Marion skelade lätt. Hon ville inte ha glasögon.

– Hur är det, Marion, började Ruth. Talar ni mycket om Ida i skolan?

Dottern slutade tugga. – Inte så mycket nu, sa hon tyst.

– Men ni tänker på det?

Hon nickade ner i bordet.

– Och lärarna? Vad säger de?

– En del talar mycket om det. Andra säger ingenting.

– Men vad tycker du? Vill du helst inte tala om Ida alls? Eller vill du hellre tala mycket om henne? Om du fick välja.

Marion tänkte. Hon rodnade av förlägenhet.

– Vet inte, sa hon.

– Men om jag frågar vad du tror? sa Ruth. Om det som har hänt? Vad svarar du då?

Marion var tyst länge. Ruth vågade nästan inte andas av rädsla för att dottern skulle censurera sig.

– Jag tror hon är död, sa Marion tyst. Hon lät så skuldtyngd att det knöt sig i Ruth.

– Det tror jag också, sa hon.

Nu var det sagt. Det som alla visste så väl. Alla utom Helga, tänkte Ruth. Helga var tvungen att hoppas, annars skulle kroppen rasa ihop och alla ben brytas. Allt blod skulle stanna och lungorna skulle inte öppnas mera. Hon skulle sjunka till marken som en säck full med brutna benbitar. Ruth flämtade över sina tankar. Hon hade sett det så tydligt för sig att hon måste hålla hårt om sin egen kropp för att hålla organen på plats. De skulle lossna från sina fästen, fruktade hon, och samla sig i botten på kroppen. Bara hjärtat skulle ensamt hänga kvar och slå tungt.

– Jag får så dåligt samvete, sa Marion. För då är det nästan som om jag skulle ha gett upp hoppet om henne. Och det har jag ju inte. Det är bara det att det har gått så lång tid. De har ju letat överallt! Hon sköt undan tallriken och böjde huvudet. Håret dolde hennes ansikte. Men egentligen har jag inte gett upp, sa hon. På kvällen när jag går och lägger mig har jag inte gett upp. Men så vaknar jag och det blir ljust igen, och de har fortfarande inte hittat henne. Då tror jag hon är död.

– Ja, sa Ruth. För man hoppas att det ska ske ett mirakel när man sover. Att andra ska ta över när man vilar och ställa allt till rätta. Men så blir det inte.

Marion drog till sig tallriken igen. Ruth såg på de runda kinderna och kände kärleken spränga i bröstet. Den var så stor att när hon tänkte på Helga höll hon på att förgås av förtvivlan. Om hon själv hade förlorat den ena, skulle hon ändå ha en kvar. Nu hade Helga varken man eller barn. Bara sin rastlösa kropp.

– Tomme gråter på nätterna, sa Marion plötsligt.

– Varför det? slapp det ur henne.

Marion ryckte på axlarna. – Jag hör honom genom väggen. Men jag vill inte fråga.

Hon åt upp resten av frukosten och gick till badrummet för att borsta tänderna. Så kom hon ut igen, satte på sig en jeansjacka och tog upp skolväskan. Ruth satt kvar vid bordet och funderade. Hade hon feltolkat sonen så totalt? Var han i själva verket en känslig själ som gömde sig bakom en likgiltig mask? Hon var säkert inte den första som tog miste. Ändå var det något som störde henne, hon förstod inte vad. Det befann sig på ett djup som hon inte nådde ner till. Eller inte vågade. Just då hörde hon Tomme komma nerför trappan. Hon reste sig snabbt för att klappa Marion på axeln innan hon gick. Det måste hon alltid göra, denna sista beröring betydde hädanefter skillnaden mellan liv och död. Om hon glömde det skulle hon mista Marion. Hon försökte förstå detta märkliga utslag av fruktan och valde att ha fördragsamhet med sig själv. Det rådde undantagstillstånd.

– Du ringer på hos Helene, va? sa hon.

Marion nickade.

– Ni ska alltid gå två och två. Ni får inte slarva.

– Det gör vi inte, sa Marion allvarligt.

– Om Helene är sjuk i dag måste du komma hem igen, så kör jag dig. Inte sant?

– Jo, sa Marion. Får jag gå nu?

Hon försvann. Blev allt mindre när hon försvann nerför vägen, så som Ida hade blivit mindre och mindre från fönstret i Helgas hus.

Tomme kom ut från badrummet. Själv gick hon till diskbänken och började göra i ordning bröd och pålägg.

Han satte sig utan ett ord och tog mjölkpaketet. Återigen drack han rätt ur tetran, men den här gången sa hon ingenting. I stället dök hon in i kylskåpet och hämtade fram ett paket smörgåsar, som hon omsorgsfullt hade brett åt honom kvällen före. Dricka köpte han i skolan. Hon gillade inte att han drack Cola till maten, men hon valde att se det som ett mindre problem. Det var så mycket som kunde drabba unga människor. Så många frestelser, så mycket svårt. Skulle någon tycka om dem, vilja vara ihop med dem? Fick han en flickvän, hus och arbete?

Hon la smörgåspaketet bredvid honom och stötte honom vänligt på axeln. Hon måste ta tag i det som Marion sa, att han grät på natten. Han reagerade inte på hennes beröring.

– Kommer du direkt hem från skolan? framkastade hon lite vårdslöst. Eftersom bilen stod, måste han ta bussen till skolan och det tyckte han inte om.

– Ska förbi Willy, sa han, lika vårdslöst som hon.

– I dag igen? Du gör ju nästan aldrig några läxor.

Så ångrade hon sitt tjatande om läxor. Han klarade sig i stort sett bra i skolan, och hon avskydde sig själv när hon höll på så där. Särskilt efter allt som hade hänt.

– Det gäller att bli färdig, sa han. Fattar inte att jag över huvud taget klarade mig utan bilen.

Han la smör på en brödskiva men kom aldrig längre. Han bredde och bredde, och till slut skrapade han bort smöret igen.

– Ringde du Bjørn som jag sa att du skulle? frågade hon.

Han vred sig på stolen.

– Jag ska ringa. Men vi måste få bilen färdig.

– Helge då? fortsatte hon. Ser du till honom nåt?

– Ja ja, det händer.

– Och bilen? frågade hon. Blir den lika fin?

Om man ska nå sina barn måste man gå in i det som är viktigt för dem, tänkte hon, och bilen var viktig.

– Lackeringen är värst. Willy har inte gjort det förut.

– Nej, jag förstår.

– Tur att den är svart, sa Tomme. Det måste stämma. Svart är svart.

– Det är det, log hon, men eftersom han inte lyfte på huvudet såg han inte det vänliga leendet. Du får trösta dig med att man lär sig nåt av allting, fortsatte hon. Nu kommer du att köra i åratal innan du får en buckla igen. Man blir försiktig av sånt. Både pappa och jag har krockat vi också. Jag har krockat tre gånger. Två gånger var det mitt fel, erkände hon. Han nickade och reste sig från bordet. Brödskivan låg orörd kvar.

– Jag förstår att du är glad för att Willy reparerar bilen åt dig, sa Ruth. Men jag tycker inte om att du är tillsammans med honom.

– Jag vet det, sa Tomme buttert.

– Inte så att jag inte litar på dig. Och nu är det väl länge sedan han var inblandad i sånt där. Men det går ju att välja sina vänner, sa hon. Och då skulle jag hellre se att du valde Bjørn. Eller Helge.

– Ja ja, sa Tomme irriterat och sköt stolen på plats.

– Så när bilen blir klar kan du väl bara släppa honom. Inte sant?

– Jo, mumlade han. Jag kan väl det.

Han tog skolväskan och störtade ut i hallen, väl fort, tyckte Ruth. Hon följde efter. Det var det där som Marion hade sagt, hon ville fråga om det, men han stängde henne ute. Det fanns inte så mycket som en springa hon kunde sticka in foten i. Han häktade av jackan från kroken och slängde den över axeln. Kastade en snabb blick på klockan, som om han hade ont om tid. Det hade han inte.

Varför frågar jag inte? undrade Ruth. Varför håller jag inte kvar honom och frågar? Hon kände sin egen feghet och skämdes. Gick ensam in i köket och såg ut genom fönstret. Hon såg Tommes smala rygg försvinna genom porten. Allt var så svårt. Ida, tänkte hon. Stackars, stackars Ida. Så började hon gråta.

*

Skarre tog ett papper ur skrivaren. Han skulle vika ett pappersflyg-plan. Samtidigt lyssnade han ut mot korridoren. Polischefen stod och talade med en reporter från TV 2. Ingen kunde beskylla Holthemann för att ha charmat sig till sin position, han kände sig högst illa till mods framför kameran och han hade inte heller mycket att säga, bort-sett från de vanliga fraserna, som han alltid använde.

– Ja, sa han, vi misstänker att det ligger ett brott bakom försvinnan-det.

– Betyder det att ni har gett upp hoppet att finna Ida i livet? frågade reportern, ung och ljushårig, klädd i en svart oljerock. Inte just en frå-ga Holthemann kunde svara ja på. Därför sa han det han måste säga.

– Vi hoppas självfallet.

Men han såg henne inte i ögonen när han sa det, han var mer intres-serad av knapparna i hennes rock, de var av trä och hade ett speciellt mönster.

– Problemet i det här fallet, fortsatte han eftersom han ville bli fär-dig så fort som möjligt så att han kunde dra sig in på kontoret igen, är att mängden tips är mycket mindre än den brukar vara i såna här fall.

Reportern var raskt framme med nästa fråga. – Vad tror ni det beror på? frågade hon.

Holthemann tänkte efter lite, så hörde Skarre åter hans torra röst.

– Det betyder i alla händelser inte att fallet inte engagerar folk. För det gör det. Det har helt enkelt inte gjorts några observationer som kan hjälpa oss.

Han blev mer och mer besvärad framför kameran, och reportern ökade tempot för att hinna med alla frågorna i blocket.

– Finns det på det hela taget några konkreta spår, eller teorier om vad som kan ha hänt Ida Joner? frågade hon.

– Vi har självklart våra teorier, sa Holthemann, återigen vänd till knapparna i hennes rock, men tyvärr måste vi erkänna att detta är ett fall med mycket få ledtrådar.

Han gjorde en paus. Så avslutade han hela seansen med att göra rös-ten så myndig som möjligt.

– Mer kan jag tyvärr inte säga för närvarande.

Äntligen fick han dyka in på sitt kontor igen. Skarre vek vidare på sitt flygplan. Han visste att Sejer var lika ovillig att tala med pressen. Men han visste också att Sejer skulle ha gjort ett helt annat intryck. Han skulle ha sett reportern rakt i ögonen, och rösten skulle ha varit fast och säker. Samtidigt var han så närvarande, så engagerad i sitt arbete, att folk som satt och såg på nyheterna skulle känna att det här fallet var i bästa händer. Folk skulle se på hans ansikte och höra på den fasta stämman att han var djupt och personligen engagerad. Som om han ville säga till dem: Jag tar ansvaret för det här fallet. Jag ska ta reda vad som har hänt.

Konsten att vika pappersflygplan var något som Skarre alltid hade behärskat. Men nu fick han slita. Papperet var för tjockt. Fingrarna var för stora och naglarna för korta, han fick inte tillräckligt skarpa veck. Han knycklade ihop papperet och tog ett nytt. När han höll det mellan fingrarna fladdrade det i luften. Han kände sig darrig. Just då dök Sejer upp. Han kastade en lång blick efter reportern och hennes kameraman, som försvann in i hissen.

– Jag var på fest i går, mumlade Skarre, eftersom Sejer hade upptäckt asken med Paracet och en Colaflaska på hans skrivbord.

– Gick det livligt till? undrade Sejer och såg på det vita papperet som fortfarande fladdrade mellan fingrarna på honom.

– Det skulle man kunna säga, sa Skarre med ett tappert leende. Jag var tvungen att plocka in en snubbe.

Sejer blinkade förvånat. – Du var väl inte i tjänst?

Skarre fortsatte vikningen. Plötsligt var det riksviktigt för honom att få till ett flygplan. – Är det så för dig också? frågade han. Att du dröjer i det längsta med att tala om vad du gör? Jag menar ute bland folk. På fest och sånt?

– Jag festar inte så ofta, sa Sejer. Men jag är bekant med problemet.

Skarre arbetade med papperet. – Det var en ordentligt uppblåst typ med på festen. En som hade en åsikt om allting. När jag berättade att jag jobbar här var det som att blåsa på glöd. Han flammade upp, helt enkelt. Det var i synnerhet straffsystemet i Norge han hade en del synpunkter på. Jag har hört alltihop förr och jag brukar inte svara. Men just den här typen fick jag ett obevekligt behov av att däcka.

Han vände på papperet och vek vidare. – Han la ut texten om de välutrustade norska fängelserna med dusch och värmeslingor och bibliotek och bio och dator på rummet. Om konserter med kända artister och psykologer och annan personal som står till de intagnas förfogande. Om gym och utflykter och permissioner och besök. Det var en oändlig radda förmåner som han menade att vanliga hederliga människor inte hade tillgång till. Kort sagt: han tyckte inte att en vistelse på hotell med tre måltider om dagen var att beteckna som straff.

– Så du sydde in honom? sa Sejer. Han höll inne ett leende. Själv hade han vuxit ifrån sådant.

– Det här var hos en vän till mig på Frydenlund, förklarade Skarre. Han bor i hyreshusen där. Gift och har en pojke. På grund av festen var pojken hos morföräldrarna. Barnkammaren stod tom. Ska vi leka lite, föreslog jag den där idioten. Du döms härmed till sex års fängelse. Och de åren ska du tillbringa på åtta kvadrat. Han tyckte det var kul. Grep efter konjaksglaset och ville iväg med detsamma. Jag måste påminna honom om att det inte var tillåtet att nyttja alkohol i cellen. Det förstod han ju så han satte ifrån sig glaset igen, och så bogserade vi iväg hela sällskapet till barnkammaren. Jag skulle tro att rummet var på cirka åtta kvadrat så storleken stämde. Jag frågade efter en nyckel till rummet, och det hade de. Så knuffade vi in drummeln, under mycket skrik och skrål förstås, han hade ingen aning om vad som väntade honom. Rummet innehöll en våningssäng, en liten TV, en bokhylla, några seriemagasin, en skivspelare och några skivor. Så låste vi dörren.

Skarre log belåtet och förkastade ännu ett papper.

– Och sedan? sa Sejer.

– Sedan festade vi andra vidare, sa Skarre. Han höll på med ett nytt flygplan. Men det dröjde inte länge förrän han började yla där inne. Det här var på tredje våningen, la han till, så han kunde inte smita ut genom fönstret. Vi lät honom ropa så länge vi orkade höra på honom. Då gick jag till dörren och frågade vad det var. Han sa: Sluta med det här helvetes tramset!

Skarre skrockade förnöjd när han tänkte på det.

– Tycker du det är trångt där inne? ropade jag. Jo, det erkände han. Du har i själva verket sex år kvar, sa jag, men det är okej. Du har suttit av tjugo minuter. Och du har redan panik. Vi hörde tumult där inne och blev lite oroliga. Jag sa att han inte skulle kämpa emot för då skulle det bli svårare. Ge upp bara. Se tiden an. Då går den alldeles av sig själv. Då blev det tyst där inne och så låste vi upp. En så härsken typ har jag aldrig sett.

– Tycker du den sortens uppförande är god reklam för polismyndigheten? frågade Sejer.

– Ja, sa Skarre. Men du vet, han förstod inte ens att polisen och fängelset är två skilda myndigheter. F 16, sa han till slut och höll upp det färdiga flygplanet.

– Det liknar mer en Herkules, sa Sejer.

Skarre skickade iväg planet. Det seglade i en överraskande elegant båge och landade mjukt på golvet.

– Vad ville du förresten? sa han och såg på Sejer.

– Jag vill att du ska prata med Idas kusin, sa han. Tom Erik Rix.

Skarre reste sig och hämtade planet. Damm från golvet hade fastnat under buken.

– Finns det nåt att hämta där?

– Antagligen inte, medgav Sejer. Men den gode Willy Oterhals var verkligen mycket nervös när jag dök upp i hans garage. Man kan ju fråga sig varför. Antagligen är jag på villospår. Men Tomme åkte från huset på Madseberget ungefär klockan sex. Den första september. Enligt modern skulle han till kompisen Bjørn, som bor här inne i centrum. För att komma till Bjørn måste han köra samma väg som Ida skulle cykla. Han kan ha sett nåt. När det gäller Willy Oterhals så har han ett förflutet. En villkorlig dom för bilstöld nittioåtta. Han misstänktes också för bruk och försäljning av narkotika, men det gick aldrig till åtal. Han kör en stor Scorpio och jobbar på Mestern Bowling. Jag tror inte Oterhals lever så gott på en sån lön. Det är möjligt att han håller på med annat vid sidan av.

– Ska vi slösa tid på det mitt uppe i Idafallet?

– Så länge vi inte hittar henne har vi tid till såna sidospår. Tomme går på S:t Hallvard-gymnasiet, på elteleteknisk linje. Så om du inte känner dig alltför eländig, vill jag att du sticker iväg och talar med honom.

Skarre körde in på besöksparkeringen. På vänster hand låg simhallen. Lukten av klor rev i näsan och väckte blandade minnen från hans egen skoltid. Skolan bestod av flera brunbetsade paviljonger, men Tomme Rix befann sig i huvudbyggnaden. Dörren in till klassrummet öppnades av en tunn, gänglig kille i jeans. Skarres uniform fick honom att rygga baklänges.

– Tom Erik Rix? sa Skarre.

Pojken ropade inåt klassrummet. Man kunde se på hans ansikte att han förstod vad som var på gång, att han kände till Tommes släktskap med Ida Joner. Ett ögonblick senare dök Tomme upp. Hans ansikte blev långsamt blekt.

– Jag behöver prata lite, sa Skarre. Vi sätter oss i bilen. Det tar bara en minut.

Tomme följde omtumlad med. Han körde händerna djupt ner i fickorna och satte sig, nästan motvilligt, i bilen. Hans ögon gled förskrämt över all utrustning på instrumentbrädan. Skarre vevade ner sidorutan och tände en cigarrett.

– Eftersom du är släkt med Ida, sa han. Och bor i samma område. Dessutom är du mycket ute på vägarna i din bil.

Tommes tankar flög omkring. Han var kusin. Nu tyckte han att ordet "kusin" lät suspekt, att släktskapet användes emot honom.

– Du var ute den första september också, sa Skarre. Du körde från Madseberget in mot centrum vid sextiden på kvällen.

Paus. Tomme blev tvungen att svara ja. Det lät som ett medgivande, tyckte han.

– För att besöka en bekant? sa Skarre.

– Ja, sa Tomme.

– Vad heter han?

Tomme kunde inte fatta varför Skarre ville veta det. Men det var ändå okej att svara. Det var ingenting hemligt med det. Ändå var han störd över allt de skulle ha reda på.

– Han heter Bjørn, sa Tomme till sist. Bjørn Myhre.

– Jaha, sa Skarre. Han tog upp ett anteckningsblock ur jackfickan och noterade namnet.

– Skulle du säga att du har god iakttagelseförmåga? frågade han.

– Ingen aning, mumlade Tomme. Han såg på en punkt på instrumentbrädan, ungefär där krockkudden satt. Han önskade sig en sådan nu. En kraftig stöt mot ansiktet som dolde honom helt.

– Om jag frågar dig vad du såg på vägen. Vad minns du då?

Tomme letade i minnet men förblev tyst.

– Alla som har befunnit sig i det här området den första september har uppmanats att anmäla sig till oss. Vi behöver allt vi kan få, särskilt bilobservationer. Vi hörde aldrig av dig?

– Jag såg ingenting, sa Tomme enkelt. Jag har ingenting att rapportera.

– Så du mötte inga bilar? frågade Skarre.

– Det var väldigt lugnt på vägen, sa Tomme. Jag måste ju ha mött några bilar. Men fråga mig inte om märken och sånt. Jag spelade musik, sa han.

– Vad då? sa Skarre intresserat.

– Vad jag spelade? Ska du veta det?

– Ja tack, sa Skarre.

– Tja, lite av varje, sa han. Lou Reed. Eminem.

– Jaha, nickade Skarre. Till och med det antecknade han.

Ny paus. Den varade länge. Tystnaden gjorde Tomme nervös.

– Varför drar du ut mig ur klassrummet egentligen?

– Jag drog inte ut dig, sa Skarre. Du följde med frivilligt.

Han bytte ämne.

– Du hade en olycka med bilen den dagen? Hände det ute på Glasbruket?

Tomme studerade sina smutsiga gympaskor på golvet i bilen. – Nej, inne i stan. Det var skit, sa han surt. Jag var inne i en rondell. En jävel trängde mig för långt ut mot kanten så jag åkte in i vägräcket med högra framskärmen. Det värsta var att han smet.

– Vilken rondell? frågade Skarre.

– Vilken?

Tomme drog efter andan.

– Den vid stadsbron. I centrum.

– Är det vägräcken där?

– Ja. Ner mot älven.

Skarre tänkte efter för att påminna sig just den rondellen. Så nickade han.

– Ja, det stämmer. Du var på väg ut ur centrum, eller skulle du över till västra sidan?

– Jag skulle mot Oslo.

– Så vi talar om den del av vägräcket som går runt i svängen mot bron?

– Ja.

– Var det mycket trafik i rondellen då?

– Ganska.

– Några vittnen?

– Vittnen? sa Tomme osäkert. Det fanns ju bilar där. Men jag är inte säker på hur mycket de såg. Det var mörkt, förklarade han.

– Och skärmen? Stora skador?

Tomme nickade. – En del. Lyktan gick. Men bucklan är värst.

– Vad för sorts bil var det som trängde ut dig?

– Det hann jag inte se. Den var stor och mörk. Den såg ny ut.

– Och det här hände på kvällen, säger du?

– Ja, sa Tomme.

– Vad gjorde du efter olyckan? Din mor sa att du kom hem sent. Att klockan var närmare ett?

– Jag for tillbaka till Willy, sa Tomme.

Skarre var tyst en stund och försökte samla ihop de olika upplysningarna. Blocket hjälpte honom. På bladet framför honom stod det Bjørn Myhre.

– Tillbaka till Willy? sa han högt. Skulle du inte till Bjørn?

– Jo visst ja, sa Tomme. För ett ögonblick tappade han bort sig. Jag svamlar lite.

– Det är den här Willy som hjälper dig att reparera bilen?

De pratar med varandra, tänkte Tomme, noterar och rapporterar. Får med allting.

– Den här bilen, som körde så hänsynslöst att du fick din Opel förstörd, sa Skarre. Vill du anmäla honom?

– Jag sa ju att han smet, mumlade Tomme irriterat.

– Jaha. Vad skulle du i Oslo att göra? fortsatte Skarre tålmodigt.

Tomme tvekade. – Ingenting, medgav han. Jag bara tycker om att köra. På motorvägen. Då kan jag dra på lite.

– Okej. Skarre nickade förstående. Över till nåt helt annat, sa han. Den här cykeln som Ida for iväg med. Vet du vilken sorts cykel det är?

– Ingen aning.

– Du är väl inte så mycket tillsammans med din tio år gamla kusin. Det förstår jag ju. Men hon var ju en del hos er. Vad var det för färg? Minns du det?

– Den är gul, tror jag.

– Rätt.

– Men det kommer jag faktiskt ihåg från tidningarna, sa Tomme. Det står ju överallt om den gula cykeln.

– Och du såg henne inte den första september.

– Det skulle jag ha rapporterat, sa Tomme snabbt.

– Ja, det skulle du, inte sant?

– Självklart!

Tomme hetsade upp sig en smula. Det var trångt i bilen, han kände sig hopklämd.

– Hur länge har du känt Willy Oterhals? frågade Skarre.

– Ett bra tag, fastslog han. Varför håller du på och frågar ut mig?

– Tycker du det är obehagligt? sa Skarre och fångade hans blick.

– Willy har ju ingenting med det här att göra, sa Tomme undvikande.

– Det här? sa Skarre oskyldigt. Du menar Idas försvinnande?

– Ja. Och vi är förresten inte särskilt mycket tillsammans längre. Han bara hjälper mig med bilen.

Skarre sprättade ut cigarrettfimpen genom fönstret. Så nickade han mot skolbyggnaden. – Trivs du här?

Tomme gjorde en grimas. – Det är väl okej. Är klar till våren.

– Vad har du för planer efter det?

– Du är värre än morsan, sa Tomme buttert. Jag har över huvud taget inga planer. Kanske jag får jobb, sa han. Helst i en skivaffär. Eller en videobutik.

– Sökandet efter Ida fortsätter, sa Skarre. Kommer du med, tror du?

Tomme vände sig bort och såg ut genom bilrutan. – Om morsan tjatar, sa han. Men jag har ingen större lust.

– Många tycker att såna här skallgångskedjor är spännande, sa
Skarre.
– Det tycker inte jag, sa Tomme.

*

Konrad Sejer svängde in på parkeringen vid Glasbrukets skola. Han
möttes av Idas klassföreståndare. En lång, blond och energisk kvinna i
fyrtioårsåldern. Hon presenterade sig som Grethe Mørk.
– Ja, nu sitter de och väntar, sa hon. Jag har naturligtvis förberett
dem väl. Och jag behöver förstås inte påminna dig om att de bara är
tio år. De är ju lättskrämda då och tål inte att få veta så mycket. Men
det här har du väl gjort förr, kan jag tänka mig, så du vet nog vad du
ska säga.
Hon höll upp dörren åt honom och gick med raska steg på väldigt
höga klackar. Hon var snyggt klädd i kjol och tröja. Runt halsen hade
hon flera kedjor och handlederna pryddes av armband.
– Jag har sagt att de får ställa frågor, fortsatte hon medan hon skyn-
dade genom korridorerna, och Sejer kände igen den säregna lukten av
skola, som var precis likadan som då han själv var liten. Linoleum.
Grönsåpa. Svettiga barnkroppar. Och lukten av fuktiga kläder på kro-
kar utanför varje klassrum.
– Och så vet du ju själv vad du kan svara på, och hur. De är väldigt
ivriga, sa hon. Jag har fått flera telefonsamtal från föräldrarna. Några
av dem frågade om de fick komma, men jag sa nej. Det var ju inte
överenskommet.
Sejer följde efter hennes vickande höfter och la märke till kjolen
som svängde runt benen på henne. Hon var nervös.
– När de kommer hem från skolan i dag blir de pumpade på upp-
lysningar, log hon. Då får jag hoppas att de håller fantasin i styr. Ungar
broderar gärna ut. Det kan jag berätta om. Sejer log artigt men förhöll
sig tyst. Så var det som om hon plötsligt fick höra sitt ordflöde för hon
tystnade tvärt. Till slut öppnade hon dörren till ett klassrum. Fjorton
barn såg nyfiket på honom. De skulle ha varit femton, tänkte han. I
fönsterraden var en av bänkarna tom. Det brann ett ljus där. Han såg

på bänken, på ljuset och på de allvarliga barnansiktena. En del stirrade öppet. Andra såg generat ner i bänken.

– Ja, det är bara att inta katedern, sa Grethe Mørk, jag sätter mig här nere så länge. Hon försvann mot bortre delen av klassrummet.

Sejer såg upp mot det som var lärarens plats. Han hade ingen lust att stå där uppe. I stället hittade han en ledig stol längst in i rummet, drog fram den mellan bänkarna och satte sig mitt i församlingen.

– Varför har du inte uniform på dig? frågade en orädd knatte. Så kom han på att han inte hade räckt upp handen. Den for i vädret, så föll den ner igen och några av barnen fnissade.

Sejer såg på pojken. – Jag har arbetat så länge vid polisen att jag slipper, förklarade han.

Detta var tydligen ett svar de inte förstod. Att man kunde få lov att ha polisuniform och så lät man bli helt frivilligt. Sejer såg att de behövde en närmare förklaring.

– Uniformen är väldigt varm, sa han. Och skjortorna kliar.

Barnen fnissade igen.

– Jag heter Konrad Sejer, sa han. Och jag har aldrig träffat Ida. Hennes mamma säger att hon var en väldigt pratsam och livlig flicka.

– Det är jag som är hennes bästis, sa en liten flicka med röd tröja. Jag heter Kjersti.

Upplysningen väckte ansatser till diskussion, för ett par andra flickor såg snabbt på henne som om de ville protestera.

– Konrad, sa en kraftig liten kille och vevade yvigt med handen.

– Ja, sa Sejer.

– Ska ni leta efter Ida i älven?

– Det ska vi, sa han. Men det är svårt. Älven är väldigt djup och bred och det är mycket strömt.

– Och då kan väl Ida flyta långt iväg, va?

Sejer tänkte ett ögonblick.

– Vi vet inte om Ida har fallit i älven, sa han.

– Det säger min pappa, hävdade pojken.

– Jaså? sa Sejer och log. Är han säker på det?

Nu blev pojken tyst. – Han säger att det inte finns nån annanstans hon kan vara. När de inte hittar henne på land.

– Jag hoppas vi ska hitta Ida, sa Sejer. Jag är faktiskt ganska säker på det.

– Hur kan du vara säker då? ville en flicka veta.

– För att det gör vi nästan alltid.

Idas lärare följde med längst bakifrån klassrummet. Alla ville gärna bidra med något, alla hade ett minne av Ida, eller en upplevelse. Alla ville vara den som kände henne bäst. Ständigt tittade de bort mot den tomma bänken. De förstår det egentligen inte, tänkte Sejer. Det har bara gått några dagar. De inser inte att bänken kommer att stå tom ända till våren. Och blir den upptagen igen, är det bara för att de andra flyttar fram.

Han talade med dem hela timmen. Han bad dem gå tillsammans på vägen till och från skolan. De sa att de åkte med bussen. Eller att mamma och pappa skjutsade dem. Han sa att det var bra. Han frågade om Ida hade sagt något särskilt dagarna innan hon försvann. Om hon hade uppfört sig ovanligt. De tänkte länge innan de svarade. Han sa att det var bra att de tänkte efter ordentligt. En flicka ville ha reda på om Ida skulle få en sten på kyrkogården, även om man inte hittade henne.

– Det skulle jag verkligen önska, sa Sejer. Men så länge vi inte finner henne så har vi ju också hopp. Folk försvinner hela tiden, sa han, och väldigt många kommer tillbaka igen.

– Barn också? sa en liten pojke.

Sejer teg. Nej, tänkte han. Inte barn.

– Fröken har gjort sig fin i dag, påstod en liten krabat. Grethe Mørk rodnade häftigt.

– Fint att ni har tänt ljus, sa Sejer.

Polischef Holthemann såg på honom över bordet.

– Bottenförhållandena i älven är väldigt besvärliga, sa han, särskilt den sista sträckan ut mot fjorden. Dykarna är inte vidare optimistiska. Som att leta efter en kontaktlins i en simbassäng, sa han dystert.

Han reste sig och gick fram till kartan på väggen. Så som staden framställdes på kartan, kunde den påminna om ett varigt sår. Älven skar genom landskapet som ett skärsår, och bebyggelsen klibbade gult intill åbrinken.

– Ida skulle cykla fyra kilometer. Var skulle vi börja?

– Där det går väg ända ner till älven, sa Sejer. Där man kan köra med bil. Här, sa han och pekade. Vid det gamla gjuteriet. Och här går en kärrväg ner till en fiskeplats. Det är en början. På den här sträckningen är det mycket vegetation in mot älvbrinken. Hon kan ha fastnat i den.

– Är båda de här vägarna genomsökta?

– Flera gånger, sa Sejer. Allt av byggnader och lador har vi vänt upp-ochner på. Och resterna av det gamla gjuteriet. De har till och med lyft på stenbumlingar, sa han.

Han blev stående i tankar. För sitt inre öga såg han en vägsträcka.

– Hur lång tid kan det ta för en man, om han kör bil, att bromsa invid Ida på cykeln, få henne att stanna, säga några ord till henne, kliva ur bilen, eventuellt försätta henne ur spel med ett slag, kasta in henne i bilen, som uppenbarligen måste vara nån sorts varubil, därefter kasta in cykeln och så köra iväg?

Holthemann såg på sekundvisaren på sitt armbandsur. Så slöt han ögonen.

– Det är antagligen möjligt att klara det under minuten, sa han efter en paus. Kanske bilen stod vid vägen. Kanske såg han henne i backspegeln. Han kan ha hunnit förbereda sig. Så att manövern, när den till slut skulle genomföras, snabbt hade tänkts igenom.

Sejer nickade. – Eller så stannade han henne och pratade lite. Medan han väntade på en lucka i trafiken.

– Då skulle nån ha sett dem. Och det är lugnt på den sträckan klockan sex på kvällen, sa polischefen. Han pekade på kartan. Här ligger Holthesletta. Det ligger inte ett enda hus på just den sträckan. Slätten är niohundra meter lång och svänger här, vid Glasbrukets kyrka. Sedan blir det mer bebyggelse igen. Det är nåt visst med den slätten, menade Holthemann, jag föreställer mig att det är där hon har blivit upplockad.

– Men den är ju väldigt överskådlig, sa Sejer.

– Överskådlig för gärningsmannen, sa Holthemann. Plötsligt är han ensam på vägen. Så långt han kan se är det inte ett hus, inte en bil. Då ser han Ida på cykeln.

– Han måste också ha hunnit se vem som satt på den, påminde Sejer. För att se att den som cyklade var en liten flicka, måste hon ha varit ganska nära innan han bestämde sig för att slå till. Kanske har han passerat henne först och därefter vänt och kört tillbaka.

– Har vi hört alla släktingarna? frågade Holthemann.

– Inte formellt, sa Sejer. Men vi håller på. Båda Idas farbröder deltar i sökandet. Skarre har talat med hennes kusin. Än så länge har vi inte funnit nåt i Idas familj som väcker intresse. Inga konstigheter. Vi har täckt de flesta hushållen längs vägen. Folk är väldigt hjälpsamma, men inte en käft har sett nånting.

– Och det går inga rykten heller?

– Inte såvitt jag vet. Men om det dröjer ännu längre innan vi hittar henne, så kommer de säkert.

Helga fick en idé. Hon skulle göra något alldeles vanligt. Många förtvivlade dagar hade gått. Om hon levde som vanligt skulle allt bli som förut. Om hon lämnade huset för att köpa mjölk och bröd skulle Ida dyka upp medan hon var borta. Skulle telefonen ringa. Allt det som inte hände just för att hon hade väntat så. Därför hade hon tagit på sig en kappa och skrivit en komihåglapp. Som hon alltid gjorde. Ytterdörren lämnade hon olåst. Det var bara för Ida att promenera in och sätta sig i soffan. Hon kunde läsa en serietidning medan hon väntade. Tidningarna låg i en bunt på bordet. Det här var vändpunkten. Nu skulle Ida vänta på henne.

Hon parkerade framför Jokerbutiken. Satt kvar ett ögonblick i bilen medan hon såg ut genom rutan. Så öppnade hon dörren och satte en fot i asfalten. Hon såg ner på sin tjocka vrist och sin bruna sko. Lyfte blicken. Den gled mot ingången till butiken. I nästa ögonblick stelnade hon till.

Hon såg rakt på en gul cykel. Helga började darra. Det skalv i hela kroppen på henne. Hon störtade ut ur bilen och började gå mot cykelstället. En hastig värme for genom kroppen. På avstånd märkte hon att dörren gick upp och en figur kom ut ur affären. De kom fram till cykeln samtidigt. Helga såg tvivlande på den rödhåriga flickan, en fullständigt främmande flicka med trulig uppsyn, som grep styret med båda händerna och ryckte ut cykeln ur stället. En Nakamura. Hon drog ut den på asfalten och slängde över benet. Just så som Ida hade gjort. Raskt och självsäkert.

– Nej! skrek Helga. Hon började springa. Ville slå klorna i pakethållaren och hålla emot, men hon klarade det inte. Flickan såg häpet på henne och började trampa iväg från butiken det fortaste hon kunde. Helga rusade efter. Hon var ovan att springa och var tung och klumpig.

– Nej! Vänta!

Flickungen cyklade fortare. Den tunna kroppen trampade för livet. Helga blev efter. Hon tvärstannade, störtade tillbaka till bilen och hoppade in. Vred om nyckeln, rusade motorn och backade. Det hördes en skarp smäll och hon stoppade tvärt. En kundvagn hade kommit bakom bilen, och nu hade hon träffat den med bakändan. Hon kokade över fullständigt. Hon kastade sig ut igen och spanade efter cykeln. Strax skulle den försvinna i kurvan. Hon rev loss kundvagnen och lät den rulla bort över asfalten. Satte sig bakom ratten igen utan att se efter skador på bilen. Krängde ut på vägen. Fick syn på cykeln just som den svängde in i ett radhusområde. Hon kände till det området, det var djurnamn på alla vägar, Ulvesnaret, Ekornlia och så vidare. Nu kunde hon inte se den längre. Hon stannade och backade. Tittade i backspegeln. Vart hade flickan blivit av? Det var ju Idas cykel. En alldeles ny Nakamura, gul och skinande! Hon lät motorn gå och steg ur bilen. Stod stilla och lyssnade. Men hon hörde ingenting annat än vinden, och steg på vägen bakom sig. Klackar som klapprade skarpt mot asfalten. En kvinna med bärkassar kom gående. Helga sprang och mötte henne.

– Ursäkta, sa hon hektiskt, känner du en rödhårig flicka som bor här i området? Tio tolv år gammal?

Kvinnan såg på Helga och tvekade.

– Mm, rödhårig? Kanske.

– Jag måste få tala med henne!

Kvinnan blev osäker. Helga såg vild ut, ögonen lyste.

– Tala?

– Jag måste. Det är viktigt!

Helga kunde inte behärska sig, hon grep tag i kvinnans jacka och drog i den.

Kvinnan backade för att komma ur Helgas grepp. – Det bor en flicka på Røyskattlia, upplyste hon. I huset längst in. Hon har väldigt rött hår.

Hon slet sig lös och försvann med raska steg. Helga satte sig i bilen igen. Gled sakta nerför vägen på ettans växel. Stannade i hörnet. Hon såg att det stod Røyskattlia på skylten och hon såg huset längst bort. Det var nästan svartbetsat. Hon satt kvar i bilen en stund med en enda tanke i huvudet. Att cykeln skulle hem. Den skulle stå på gården som den alltid gjorde. Så vände hon, körde ut ur området och hem igen så fort hon kunde. Ingen Ida satt i soffan och läste. Själv satte hon sig i en stol och väntade på mörkret.

Det kom sakta krypande vid tiotiden. Åter körde hon mot Jokeraffären. Butiken var stängd och parkeringsplatsen tom. Hon skulle gå den sista biten till fots. Helga var klädd i en mörk jacka, och med sitt mörka hår var hon knappt synlig från fönstren. Det var långt mellan lyktstolparna. Hon fann huset igen och blev stående några meter ifrån och såg in på den mörka gårdsplanen. Det lyste starkt genom köksfönstret. Hon smög in på en smal remsa av gräsmatta och slank runt gaveln. Två cyklar stod lutade mot husväggen och syntes inte från vägen. En stor svart herrcykel och Idas lilla gula. Hon gick dit och blev stående och strök över sadeln. Nyfiket såg hon mot huset. Vem bodde där inne? Skulle det höras om hon rullade cykeln över gruset? Försiktigt drog hon i styrstången. Den hade fastnat i den andra cykeln. Hon ryckte till och det hördes ett dunk när styret slog i väggen. Helga höll andan. Hade de hört det? Nervöst rullade hon iväg cykeln. Hon valde att gå genom trädgården. Däcken rullade ljudlöst över gräset.

Det var ljust utanför Jokerbutiken. Helga studerade cykeln mer ingående nu. Det var Idas. Hon öppnade bagageutrymmet och försökte lyfta in cykeln. Den var tung, och halva hängde utanför trots att hon knuffade och klämde allt vad hon orkade. Luckan gick bara igen till hälften. Febrilt började hon leta efter en bagagerem utan att finna någon. Men hon hade en grön bogserlina av nylon. Hon löste upp rullen med darrande fingrar. Cykeln skulle hem, den var Idas! Blodet rusade i huvudet på henne då hon plötsligt hörde steg. Skrämd rätade hon på sig. Av någon anledning kände hon sig som en tjuv. Det var en äldre man som styrde kurs mot bilen.

– Du ser ut att behöva hjälp, sa han barskt.

Helga klämde bogserlinan mellan händerna. – Jag måste ha med mig cykeln hem, sa hon.

Mannen tittade in i bagageutrymmet.

– Den ryms inte, konstaterade han. Du har ju en Peugeot 306.

– Jag vet det, sa hon stressat. Nåt måste få hänga utanför. Men jag har en lina.

Han tog linan för att hjälpa henne. – Ska du långt med cykeln?

– Jag ska hem, upprepade hon.

– Och var är det?

Han var resolut och effektiv. En som alltid grep in och brydde sig, med självklar rätt. Helga var lättad. Lät armarna hänga, lät honom ta över och ordna upp.

– Glassblåserveien. Jag kör försiktigt.

– Det får du lov att göra. Jag är rädd att du kan få repor i lacken om du inte är försiktig. Men det har du visst redan, sa han och pekade på skadan efter kundvagnen.

– Jag struntar i lacken, sa Helga snabbt. Hon betraktade honom nervöst medan han arbetade med linan. Visste inte om han kände igen henne, om han visste om allt som hade hänt. Om den gula cykeln fick honom att börja fundera. Men han var skicklig. Hade gjort det här förut, han fick till det. Hon såg på knutarna och tänkte: Dem får jag aldrig upp igen. Men då tar jag en kniv. Till slut var mannen nöjd. Han ryckte lite i styret på cykeln, det rörde sig knappt. Hon tackade honom. Sedan körde hon snabbt och vårdslöst tillbaka. När hon kom hem klippte hon av linan med en sekatör, som hon hittade i garaget. Hon kämpade sig uppför förstubron med cykeln. Skulle ha den ända in i hallen. Där blev hon stående och såg på den. Det kändes skönt att ha cykeln hemma igen. Nu saknade hon bara Ida. Hon gick till telefonen och slog numret till Sejer.

– Jag har hittat Idas cykel, sa hon.

Senare stod han i hennes hall. Han synade den gula cykeln och försökte vara taktfull.

– Varför är du så säker? sa han.

Hon stod skälvande och stark framför honom. Ansiktet var bestämt.

– För att det är jag som har köpt den, sa hon. På Sporthuset. Det är Idas cykel. Jag ser det på sadelhöjden, som är den lägsta, och på styret, som riktades uppåt lite för att hon skulle slippa åka så framåtlutad. Jag ser det för att den är ny och inte har några märken. Ida fick inte sätta klistermärken på den.

– Jag skulle önska att hon hade fått det, sa Sejer, ett enda märke hade övertygat mig. Hörde nån i huset att du tog den?

– Det tror jag inte.

Han såg granskande på henne. – Om det här är Idas cykel och de som bor på Røyskattlia har nåt att dölja, kan de neka till att den nånsin har stått på deras tomt. Förstår du mig?

Hon knep ihop munnen och såg trotsigt ner i golvet. – Jag hade rätt att ta den. Den är Idas.

– Jag ska tala med dem, sa han, mildare nu. Men jag ber dig i alla fall bereda dig på att du kanske tar fel. Om de har ett kvitto på cykeln i huset, betyder det att de själva har köpt den till sin dotter. Det är ett märke som går mycket. Och många vill ha gul.

– Hon hade dåligt samvete! sa Helga. Det syntes tydligt!

Sejer hade inga problem med att föreställa sig den skräck en liten flicka kunde känna, när en desperat kvinna som Helga Joner började att springa efter henne och skrika.

– Hur är det med ramnumret? sa han lugnt. Alla cyklar har ett nummer. Då du köpte cykeln fick du säkert med dig ett registreringskort. Minns du det?

Hon rynkade pannan. – Ja, sa hon. Men jag måste leta.

Hon försvann in i köket. Sejer hittade numret på ramen och antecknade det i ett block. U 9810447. Så gick han in efter henne. Helga rotade i en låda.

– Det är rött, sa hon hetsigt, jag minns att kortet är rött. Kvittot är fasthäftat inuti. Den kostade 3 999 kronor. De tror vi är idioter, stammade hon, medan papper och annat flög omkring henne. Jag minns att de måste kapa sadelstången. Fem centimeter. Gå ut i hallen och se om inte sadelstången är kapad. Det var för att Ida måste ha sadeln på det lägsta. Gå ut och titta! ropade hon och letade vidare. Sejer gick ut och granskade stången. Han drog med ett finger över kanten. Den var kapad. Han gick in igen. Helga hade funnit registreringskortet. Hon vek upp det och gav honom det. Sejer såg på kortet och på sitt eget block.

Han kände till kvarteren som ett bra medelklassområde. Han hittade Røyskattlia och körde in till det innersta huset. Ett ansikte kom till synes i fönstret. En kvinna. Hon kastade en snabb blick ut på gården och den främmande bilen. Så försvann hon igen. Sejer gick fram till dörren och ringde på. Hörde klockan ljuda gällt. En man dök upp med frågande blick. Sejer läste namnet som stod under ringklockan.

– Heide? sa han artigt.

Mannen såg på polisbilen. – Ja? Vad står på?

Han såg ut som oskulden själv. Sejer hade heller aldrig inbillat sig att han nu promenerade rakt in på gårdsplanen hos den eller dem som hade röjt undan Ida från jordens yta. Att Heide skulle ha gjort Ida illa och därefter förärat sin dotter hennes cykel. Men han hade hört talas om det som var värre och mer obegripligt.

– Konrad Sejer, sa han och hälsade. Jag vill gärna växla några ord med dig. Du har familj? En dotter?

Heide nickade men stod kvar.

– Får jag stiga på? sa Sejer direkt. Heide släppte in honom i hallen. En kvinna kom ut från köket. Sejer gav henne ett leende men fick inget i gengäld.

– Varför frågar du om Hanne? sa Heide och såg på honom.

– Hon ligger kanske och sover? sa Sejer undvikande.

– Hon ligger och läser, kom det från modern.

– Det vore bra om du hämtade henne, sa Sejer.

Föräldrarna såg på varandra. – Hämta henne? Nu? Klockan är nästan elva.

– Det vore bra, upprepade Sejer tålmodigt. Jag ska bara fråga henne en sak.

84

Modern försvann inåt huset och kom strax tillbaka med en rödhårig flicka. Hon hade morgonrock utanpå nattlinnet och tassade ganska så ängsligt efter modern in i vardagsrummet. Sejer log vänligt mot henne. Hon såg skuldmedveten ut, slog det honom.

– Jag är från polisen, sa han. Men du behöver inte vara rädd för det. Jag vill bara fråga en sak, sa han. Har du en gul cykel?

Hon blev genast röd om kinderna.

– Nej, sa hon snabbt. Hon såg långt på fadern, fadern såg tillbaka på henne. Modern var tyst.

– Varför frågar du om det? sa fadern och la armarna i kors.

– Din dotter iakttogs i eftermiddags då hon cyklade omkring på en gul cykel, förklarade Sejer. Personen som såg henne följde efter henne hit. Hon fann cykeln parkerad vid husväggen här.

– Ja, sa flickan fort. Men den är inte min!

Sejer såg på henne och nickade. – Jag vet det, sa han. Och nu väntar jag på fortsättningen.

– Jag har lånat den av nån.

– Av vem har du lånat den? frågade han.

– En kompis bara. Hon såg ner i golvet. Fadern rynkade pannan.

– Men vad är det med den där cykeln? frågade han. Vi måste väl få nån förklaring.

– Det ska ni få, sa Sejer lugnt. Men först måste du tala om för mig vad din kompis heter.

Han var mild på rösten. Samtidigt var han upprymd.

Flickan hade det svårt. Fadern såg otåligt på henne.

– Men säg vad hon heter då, Hanne!

Hanne ville inte se honom i ögonen. Modern tog några steg framåt.

– Du har väl inte tagit den? sa modern nervöst. Är cykeln stulen? Hon såg osäkert på Sejer. Hanne är ingen simpel tjuv. Det måste vara ett misstag.

– Jag tror ingenting, sa han lugnt. Och jag kan upplysa om att cykeln är avlägsnad nu. Av personen som följde efter Hanne. Du såg henne, inte sant? Hon ropade på dig.

– Ja, sa flickan. Hon såg fortfarande ner i golvet. Händerna plockade med knytskärpet som höll ihop morgonrocken.

– Varför stannade du inte?

– Jag blev rädd, sa hon. Rösten var nästan inte hörbar.

Sejer tog några steg närmare. – Det är viktigt att du berättar för mig var du hittade cykeln.

Hon teg igen.

– Men vad är det med den? sa modern.

Sejer såg på föräldrarna. – Ingen av er vet alltså var hon har fått cykeln ifrån?

– Hon kom hem med den i går, sa fadern. Hade varit hos en kompis och fick låna hem den. Vi har sagt att hon inte ska åka nånstans utan att tala om det för oss. Därför blev vi arga på henne. Kompisen heter Karianne. Hon bor ett par minuter härifrån. Och cykeln ska återlämnas.

– Cykeln tillhör den saknade Ida Joner, sa Sejer. Vi har kollat ramnumret. Kvinnan som följde efter Hanne är Idas mor. Hon kände igen den.

Fru Heide slog handen för munnen.

– Herre Gud. Herre Gud! sa hon högre. Var hittade du den? Du sa att den var Kariannes. Ljuger du för oss?

Hanne började gråta. Sejer klappade henne på armen. – Ta det inte så hårt. Har du kanske önskat dig en cykel?

– Ja, snyftade hon.

– Hör på mig. Sejer försökte fånga hennes blick men det var inte lätt. Du är mycket värdefull för mig. Det är mitt jobb att ta reda på vad som hände med Ida Joner. Du kan kanske hjälpa mig. Om du berättar för mig hur du fick tag i cykeln.

Hon började darra.

– Nej! ropade hon.

– Vill du inte det?

Hon gömde ansiktet i en härva av rött hår. Modern var undrande och uppgiven. – Du måste, Hanne, det förstår du väl!

Fadern stod rådlös mitt på golvet. Motstridiga tankar flög genom huvudet på honom.

– Men är det samma cykel? sa han tvivlande. Är ni alldeles säkra?

Sejer nickade. Han såg på den modlösa flickkroppen. Det kunde inte finnas mycket motstånd i en så liten kropp, tänkte han. Det är klart att vi ska få dig att tala, Hanne. Det kommer bara att ta lite tid. Några minuter kanske.

Hon rörde sig fortfarande inte. Modern lyckades inte dölja sin ängslan.

– Hanne! Jag blir rädd när du är så här. Har du stulit cykeln? Svara mig då!

Hanne var som förstelnad.

– Jag betraktar absolut inte det här som stöld, log Sejer, berätta bara var du hittade den så är saken ur världen.

– Den låg där bara. I diket, sa hon. Bakom en transformator.

– Här, i det här bostadsområdet?

– Nederst på Ekornlia. Där vägen slutar.

– Och du hittade den i går?

– Ja. Först trodde jag att det kanske var en gammal cykel som nån hade kastat. Men den var alldeles ny. Jag skulle bara cykla en bit och sedan lägga tillbaka den igen. Men jag ångrade mig. Sedan hade jag den till butiken i dag. Då kom den där kvinnan och ropade efter mig. Och jag förstod inte varför hon blev så galen för den där cykeln.

Hon snyftade till igen, mer av lättnad den här gången, för att hon hade sagt allt. Sejer nickade.

– Ja, sa han, vi är rätt så galna för den där cykeln. Och nu vet du varför. Känner du Ida Joner?

– Jag vet vem det är, sa hon. Men jag går i sjuan. Vi är inte med dem som går i femman.

– Det förstår jag, sa Sejer.

– Man går inte och tar med sig en cykel så där utan vidare, sa fadern i ett försök att upprätthålla något slags ordning. Han gillade inte läget. Du måste väl ha begripit att den tillhörde nån! Du sa att du hade lånat den. Jag tycker inte om att du ljuger för oss!

Hanne kröp ihop lite. – Men den låg där bara, i diket, viskade hon.

Sejer klappade henne på axeln. – Jag är i alla fall väldigt glad för att du hittade den, sa han. Vi har letat och letat efter den.

Han lämnade dem och åkte omkring i området tills han fann Ekornlia. Kort efteråt såg han transformatorn. Den låg alldeles i utkanten av området. Bakom transformatorn började åkrarna. Det var för mörkt för att leta. Han gick ändå ur bilen och trampade runt i det fuktiga gräset. Ett märkligt ställe att lägga den, tänkte han. Å ena sidan gömd bakom den här grå murväggen, och å andra sidan så nära bebyggelsen att den snart skulle upptäckas. Det var något slarvigt över det hela. Något dåligt genomtänkt. En sorts hastverksmanöver.

*

– Du har ju talat med Tomme Rix, sa Sejer. Vilket intryck fick du av honom?

Skarre såg honom för sig.

– En helt vanlig artonåring, menade han. Lite osäker på sig själv. Kanske lite i försvarsposition. Och ganska plågad av det som har skett.

– Ingenting som väckte din nyfikenhet?

– Jo, medgav Skarre. Han surrar en del.

– Exakt vad surrar han om? frågade Sejer tåligt.

– Han for hemifrån den första september för att besöka en kompis, sa Skarre. Bjørn. På kvällen ville han ut på motorvägen för att dra på lite. Så hände det där missödet i rondellen. Då jag frågade vad han gjorde sedan sa han: Jag åkte tillbaka till Willy. Det var som om han försa sig, sa Skarre. Antagligen hade han varit hos Willy hela tiden. Jag vet inte vad det betyder.

– Hans mor är inte alls förtjust i den där vänskapen, påminde sig Sejer. Han har kanske ljugit för henne om vart han skulle. Sedan kan han inte hålla reda på det efteråt. Frågade du mer om missödet med bilen?

– Ja. Jag åkte iväg för att kolla, sa Skarre. Jag tänkte att om han har smällt i med bilen och repat av en del lack, borde det sitta kvar lite på vägräcket efter honom. Och det gör det.

– Jaha. Sejer nickade. Ingen kan komma och säga att du slarvar, log han.

De satt tysta båda två.

– Var i all världen har han gjort av henne? sa Sejer efter att ha tänkt efter länge. Vi brukar ta dem. Vi tar dem fort. Efter bara några timmar.

Eller så tar vi dem nästa dag. Vi vet att de handlar snabbt. Två timmar, sa han, är den marginal de arbetar mot. Bortförandet. Övergreppet. Mordet. Och till slut problemet att göra sig av med kroppen. De är under press. Gömställena är sällan noga utvalda. Det handlar om att rafsa ihop några grenar eller gräva en hastig grav, men det förutsätter att han har en spade inom räckhåll.

– Antag att han väntar, sa Skarre. Kanske är det här nåt annat.

– Vad menar du? frågade Sejer.

– Det är ju så vi tänker. De dödar dem och gör sig av med kroppen i all hast. Antag att han inte förivrar sig. Utan har henne hos sig nånstans, i ett hus. Ett hus dit inga andra kommer.

Sejer nickade.

– Ja, sa han. Det är ju en möjlighet. Men naturen är som den är, sa han sedan. Det är inte lätt att lägga sig att sova om kvällen med liket av en liten flicka under samma tak.

– Nu talar vi väl inte om en helt vanlig människa heller, invände Skarre.

– Jodå, sa Sejer. Det mesta har han gemensamt med oss. Jag är glad att Helga Joner inte kan höra oss, la han till.

– Hon hör oss nog, sa Skarre nedslagen. I sina mardrömmar.

Sejer gick och hämtade en Farris i kylskåpet.

– Hur var det med cykeln? sa Skarre hoppfullt. Jag trodde vi hade ett genombrott där.

– Det finns ingenting på den, sa Sejer uppgivet.

Han drack några klunkar Farris. – Mitt tips är att det inte dröjer länge förrän vi hittar henne.

Han såg gravallvarligt på sin yngre kollega.

– Helga Joner kommer att fråga om allting. Hon kommer att kräva detaljerna, varenda en. Du som har en Gud får be en bön. Att liket är i ett sådant skick att det fortfarande ser ut som Ida.

*

Ruth tryckte långsamt ner dörrhandtaget. Sedan stod hon i springan och kikade på Tommes bakhuvud. Det låg helt orörligt på kudden.

Han andades jämnt men för lätt, tänkte hon. Han ville inte visa att han egentligen var vaken. Inte så att hon ansåg att han var skyldig att vända sig till henne jämt och ständigt eller att hela tiden göra henne till viljes. Han var ju i den ålder då han skulle slita sig lös och finna sig en annan flotte att segla på. Hon fick inte vara med, och det ville hon inte heller. Hon hade varken rätt eller lust att följa efter honom.

Hon suckade tyst och gick ut igen. Stängde dörren så ljudlöst hon kunde och gick ner i vardagsrummet, där Sverre satt med ett korsord.

– Sorg, sa han. Tio bokstäver.

– Förtvivlan kanske, sa hon lågt.

Han såg upp. – Är det tio bokstäver?

– Vet inte. Hon ryckte på axlarna. Mannen räknade.

– Det är nåt med Tomme, sa hon och såg envist på honom.

– Vad menar du?

Han la undan tidningen, efter att ha skrivit in ordet med blyerts. Satt kvar och luktade på radergummit.

– Det är nåt som plågar honom.

Han protesterade inte. Han var mycket hemifrån. Det dåliga samvetet syntes i ansiktet på honom. Så sträckte han ut en hand och vinkade henne till sig. Hon satte sig på stolens armstöd.

– Ja du mor, sa han. Fram med det!

– Han är ledsen för nånting, sa hon. Marion säger att han gråter på nätterna.

– Ja, sa han, det händer ju mycket. Du och jag och Marion är förtvivlade för allt som har hänt. Det är väl Tomme också. Även om han aldrig hade nåt med Ida att göra.

– Har, rättade hon honom. Aldrig har nåt med Ida att göra. Vi vet inte vad som har hänt.

Han strök henne över armen. – Kan vi inte vara ärliga här i rummet? Jag blir trött av att hoppas. Du tror väl inte att Ida lever? Efter så lång tid?

– Nej, sa hon.

Det var tyst en stund. Därefter såg hon enträget på honom. – Jag vill att du pratar med Tomme.

Han nickade. – Det ska jag göra, lovade han. Jag pratar med honom i morgon.

*

Willy Oterhals var äldre än Tomme, längre än Tomme. Han var smartare också. Var mer säker på sig själv. Hade mer pengar och fler idéer. Och han utnyttjade allt vad livet hade att erbjuda. Men han var verkligen inte lat. Nu kokade det inne i nylonoverallen. Det glatta materialet andades inte, och svetten klibbade vid kroppen på honom. Han strök undan håret från pannan med en trött, överdriven rörelse. Tomme skulle bara veta hur mycket kraft och skicklighet det här hade kostat honom.

Själv stod Tomme med en hink i handen. Han såg på skärmen. Den var äntligen på plats över högra framhjulet och välvde sig slät och fin och utan en enda skugga eller repa.

– Fan vad bra, sa han lyckligt. Han var alldeles blank i ögonen.

– Nu kan du tvätta den, sa Willy belåtet.

Tomme nickade. Han kände en stilla fröjd inom sig för att bilen var hel. Han doppade andäktigt svampen i vattnet och lät schampot skumma. Började tvåla in taket på bilen, sträckte sig så långt han kunde för att räcka ända till mitten. Det fick inte finnas bucklor på bilen, inga repor i lacken, inte smuts eller gyttja. Han gnuggade ordentligt med svampen, kroppen arbetade energiskt med uppgiften, armen gick i stora cirklar, smutsen rann nerför rutorna. Att bilen var hel fick honom att känna sig hel själv. Allt föll på plats inom honom.

– Nåt nytt annars? frågade Willy nyfiket. Han satte sig demonstrativt och vilade vid väggen och tände en cigg. Det var hans tur att slappna av nu och låta den andre svettas lite. Han såg granskande på Tomme. De rytmiska rörelserna med svampen upphörde, men han vred inte på huvudet.

– Vad då nytt? sa Tomme kort.

Willy sög på cigarretten med håliga kinder. Han höll den mellan tummen och pekfingret, som man håller en fimp.

– Tja, jag bara frågar, sa han. Du förstår väl vad jag menar.

– Du får läsa tidningarna, sa Tomme. De vet mer än jag. Men de har visst hittat cykeln.

Han talade högst motvilligt om kusinen Ida. Svampen började röra sig igen, fortare nu. – Jag kan ju för fan varken göra från eller till! utbrast han.

Orden uttalades i uppriktig förtvivlan och inte så lite trots. Så lugnade han sig. Han tänkte på alla de dagar som hade gått. Han klarade sig bra så länge det var ljust, så länge ljuden från allt välbekant strömmade genom hans huvud. På kvällen hade han datorn. Hyllor fulla av filmer och musik av alla de slag. Alltid något att försvinna in i. Men på natten, i mörkret och tystnaden, kröp han ihop under täcket och blev till en smula. När han inte höll tankarna samlade kring något, flög de i alla riktningar till de förfärligaste ställen. Det kunde hända att han hörde Idas röst, eller hennes fniss. Varje gång var det lika ofattbart att hon aldrig mer skulle komma hem till dem. Hela tiden medan han tvättade lyssnade han. Han hörde ljudet av Willys steg över golvet i garaget. Han släpade fötterna. Skorna var trasiga och orimligt smutsiga. Hans egna var våta av vattnet som rann från biltaket. Han kände sin puls i tinningen. Ådrorna på armen avtecknade sig tydligt under huden, eftersom han höll så hårt i svampen.

– Jag kan i nödfall förstå snubbar som kastar sig över vuxna kvinnor. Eller tonårstjejer. Och sätter på dem. Sa Willy. Han var djupt koncentrerad på denna tankeräcka. Jag kan till och med förstå paniken. Att de helt enkelt stryper dem efteråt.

Tomme lyssnade och jobbade febrilt på med svampen.

– Men småflickor, fortsatte Willy. Vad ska de med dem till? Varför låter de alla spärrar släppa och misshandlar dem allt vad de orkar? Vi pinar katter och metmaskar när vi är barn, sa han. För att vi ska få det överstökat. Kanske fick de inte pina katter och metmaskar som barn. Jag hörde om en typ en gång som ryckte in en flicka i bilen. Han använde en massa verktyg han hade innan han var nöjd. Han arbetade sig faktiskt igenom hela verktygslådan och gick löst på henne med skruvmejsel och hammare och fälgkors och allt för att förstöra så mycket som möjligt, och hon var inte gammal, den flickan, och i jävligt dålig kondition då de äntligen hittade henne, om man säger så.

Såna människor är sjuka. Såna människor får de gott spärra in för mig. Eller skjuta i nacken. Ja, jag menar det, sa Willy och tystnade eftersom Tomme stod och stirrade på honom med brinnande blick. Han kramade svampen i handen.

– Kan du hålla käft! skrek han. Det droppade från svampen och från hans panna, vattnet trängde in genom gympaskorna, han kunde inte se klart. Det är min kusin du talar om! vrålade han med hes röst. Den hade aldrig varit stark, och när han tog i tappade den all kraft.

Willy rynkade pannan. – Jag talar väl inte om din kusin. Det var inte så jag menade.

De stod och stirrade ilsket på varandra. Willy hade aldrig sett Tomme tappa fattningen på det viset. Han backade lite.

– En del slipper ju undan lättare, sa han. En del blir ju bara nerslagna och … ja, du vet.

Han slog ut med armarna i en ursäktande gest.

Tomme stod fortfarande och flämtade efter sitt utbrott. Han ville skrika. Han ville slå svampen rakt i ansiktet på Willy. Rakt in i hans smala käft så att schampot skvätte. Men han vågade inte.

– Lugna ner dig, sa Willy försiktigt. Tomme var som en osäkrad handgranat. Han var vit runt näsvingarna. Vi kan väl ha en fest i kväll. Eller va? Jag kan köpa en kartong Corona.

Willy vände ryggen åt honom och gick ut i ljuset. Han måste få lite avstånd. Tomme lyfte svampen igen. Han hade ingen lust att festa men han kände att han stod i skuld.

– Ja visst. Kanske det. Vi är ju i mål, sa han.

Willy kände sig säkrare nu, han stod en bit bort.

– Du är i mål, rättade han. Kanske jag behöver en tjänst nån gång. Då kan jag ju be dig, va?

Det stack till i Tomme. Han kände sig som fångad i en fälla, allt var hårt och spänt. En ofrihet han aldrig hade känt. Som att balansera med armarna tätt intill kroppen, inte snudda vid något, inte snubbla, inte falla. För Guds skull inte falla! Han böjde sig ner för att vrida ur svampen och rätade på sig för fort. Det svindlade för honom.

– Kör ut bilen när du är klar, kommenderade Willy. Jag hämtar slangen.

Tomme ramlade in i pojkrummet klockan två på natten. Där föll han ihop som en säck och somnade med kläderna på. Långt fram på lördagen låg han fortfarande och sov. Ruth stod i dörren och såg på honom. Han sov så djupt att det liknade medvetslöshet. Nu räcker det, tänkte hon. Nu får det vara slut med att hänga ihop med den där Willy. Det blir ju bara elände av det. Hon gick fram och puffade honom på axeln. Han grymtade lite och vände sig under täcket, men han vaknade inte. Så mager han är, slog det henne. Så trött han ser ut. Hon öppnade fönstret. Hennes tankar for åt alla håll. Sonen var så tyst på dagarna. Mycket tystare än vanligt. Det var Marion också, men inte på samma sätt. Marion kunde tala om Ida, men om hon försökte med Tomme drog han sig undan. Han saknar väl ord, tänkte hon. Vad ska han egentligen säga? Och varför ville han plötsligt vara så mycket ihop med Willy? Vad var det som band dem samman? Hon kände den sura lukten av öl och kände en stor vanmakt. Men han är ju arton, tänkte hon. Han är myndig. Han får köpa öl i affären. I natt har han fått lite för mycket, men det kan hända alla. Varför är jag så ängslig? För att Ida är borta, tänkte hon. Ingenting är som det ska. Jag kan inte tänka klart.

Hon gick ner igen.

Sverre satt i vardagsrummet med en karta. Han vred och vände på den, satte fingret på Madseberget där de bodde och tittade upp på Ruth.

– Tomme kommer i alla fall inte med på skallgången i dag, sa hon med ett ursäktande leende, eftersom hon inte visste hur hon annars skulle se ut. Han sover nog halva dagen, skulle jag tro.

– Jag hörde honom, sa Sverre och nickade. Han föll flera gånger på väg uppför trappan. Jag tror att de är färdiga med bilen. De skulle väl fira lite.

– Ja, sa Ruth och satte sig. Hon tyckte inte om att hennes son låg och sov, medan grannar och andra var ute och letade efter hans kusin. Till och med hans kompisar var med, både Helge och Bjørn. Vad tyckte de? Hon såg på Sverre.

– Du ska väl tala med honom?

Sverre tittade upp från kartan igen.

– Jaja. Han tog av sig glasögonen och la dem på bordet. Sverre Rix var ljus och kraftig, inget av barnen bråddes på honom, tänkte Ruth.

– Men vad ska jag egentligen fråga honom om? sa han.

– Inte fråga, sa hon snabbt. Bara prata om allt som har hänt. Han behöver väl prata han också.

– Det är inte alla som för död och pina måste prata om allting, menade Sverre och vek ihop kartan. Alla kan inte lösa sina problem på det sättet.

– Men det borde de, sa Ruth envist.

Sverre såg granskande på henne. – Vad är det? sa han tyst.

Hon såg ner i knät, på sina händer och hörde tankarna fara omkring i huvudet som en bisvärm. Hon blev alldeles vimmelkantig.

– Jag vet inte, svarade hon, lika lågt som han.

Det uppstod en lång tystnad mellan dem, då Sverre valde att fästa blicken i bordskivan och Ruth snurrade vigselringen runt runt.

– Han brukar inte bli full, sa hon slutligen.

– Det brukar inte jag heller, sa Sverre. Men det händer ändå. Nån enstaka gång. Så enkelt är det. Vad är det egentligen du är ute efter?

Återigen snurrade hon ringen på fingret. – Jag tänker på den där bilen, sa hon.

– Varför det? sa han oförstående.

Det kunde Ruth inte förklara. Men hon kom ihåg den där natten den första september, då hon satt vid fönstret i vardagsrummet och väntade. Hon kom ihåg hans steg när han äntligen kom, han nästan smög uppför trappan. Hon såg hans rygg för sig när han öppnade dörren, och hon kom ihåg den grötiga rösten.

– Jag vet inte, sa hon.

*

Nio dagars ihärdigt sökande hade inte givit resultat. Finkamningen avblåstes. Sejer visste att de snart måste ge upp. Hoppet sinade. De sökte inte med samma iver, de drog iväg nästan hur som helst, småpratande om annat än Ida och vad som kunde ha hänt henne. De hade gått in i den normala lunken. De var inte lika koncentrerade och efter-

95

som hoppet att hitta Ida hade reducerats, hade en del med sig sina barn. Så fick de åtminstone vara med om det, tänkte de vuxna, att de hade varit med och hjälpt till så gott de kunde.

Klockan var nästan åtta på kvällen den nionde september. Sejer snörde på sig joggingskorna och drog på sig en reflexväst. Hans dotter Ingrid hade köpt den åt honom. Den var egentligen avsedd för ryttare och hade följande text på ryggen: Please pass wide and slow. Kollberg stannade kvar i vardagsrummet. Han såg långt efter honom men reste sig inte. Den gula västen betydde fart, och det hade han inte längre. I stället gäspade han långt och länge och lät huvudet sjunka ner på tassarna igen. Sejer sprang fortare än vanligt. Han tänkte: Om jag bara pinar mig lite extra i kväll kan det ge resultat. Han tänkte på Idas cykel som var ivägskickad på teknisk undersökning. För blotta ögat fanns det ingenting. Inga repor, inga blodspår eller annat. Cykeln hade helt enkelt lämnats orörd av det som hade drabbat Ida.

Två småbarn kom emot honom på vägen. Först störde det honom att de faktiskt gick ensamma. Så upptäckte han en vuxen som kom en bit bakom. En kvinna. Hon höll ögonen på dem. Barnen bar på en påse. Nu stannade de och drog upp något. Stoppade något i munnen. Två barn med en godispåse. Att de var så omättliga. Ida hade också varit på väg till kiosken. Hon hade aldrig kommit fram. Han rynkade pannan. Kvinnan som ägde kiosken, Laila Heggen, hade sagt att Ida aldrig hade kommit dit. Varför hade de godtagit den förklaringen utan vidare? Omedvetet hade han sänkt takten, nu ökade han den igen. Jo, de tänkte så för att hon var kvinna. Till och med en sympatisk kvinna. Men var hon därför också automatiskt sanningsenlig? Varför hade de ägnat mindre än fem minuter åt den människa som Ida faktiskt var på väg till? Hur många sådana invanda föreställningar präglade undersökningen? Antagligen många. Varken han själv eller Skarre hade kommit på tanken att syna Laila Heggen i sömmarna. Om innehavaren hade varit en man, och om han dessutom hade haft en dom på sig, eller ett sedlighetsåtal, kanske för länge sedan, hur skulle de då ha klämt åt honom? Han sprang ännu fortare. Envist nu när han hade förstått. En kvinna kunde också förfölja barn. En kvinna som stod bakom disken varenda dag och plockade godis i hyllor och skålar. Sega gubbar, chokladnallar och lakritsremmar. Medan hon såg på barnen med deras röda kinder och blanka ögon.

Han sprang i nittio minuter. Senare gick han ur duschen och kände sig avslappnad, varm och lugn, som man gör efter ett träningspass. Klockan var nästan elva på kvällen, det var för sent att hälsa på hos någon. Ändå körde han till Helgas hus. Han visste att hon skulle öppna.

– Jag har ingenting att berätta, sa han genast, men om du vill kan vi prata en stund.

Hon hade fortfarande den stickade koftan på sig. Bara översta knappen var knäppt. Resten av plagget samlade hon i handen. Det såg ut som om hon försökte klämma ihop ett öppet sår.

– Jag trodde inte ni hade tid med sånt här, sa hon. De satt i vardagsrummet. Han funderade på om hon menade att han hellre borde vara ute på gatorna och leta efter Ida. Eller om det var ett utslag av tacksamhet. Det var svårt att veta vilket. Hennes röst var neutral.

– Hur är det med Anders? frågade han försiktigt. Kommer han och hälsar på?

– Nej, sa hon kort. Inte nu längre. Jag sa att han inte behövde. Han är med och söker, sa hon. Varenda dag.

– Jag vet, svarade Sejer. Han tänkte på vad Holthemann skulle komma att säga vid morgonmötet nästa dag. Sökandet upphör. Han sa det inte högt.

– I dag la jag mig ner på golvet. Jag bara la mig ner på golvet. Det var ingen vits med att flytta sig upp i soffan. Eller sängen. Jag bara låg där på mattan och andades in och ut. Det var det enda jag gjorde. Det var skönt. När man ligger på golvet går det inte att komma längre ner.

Sejer satt med högra örat mot Helga och lyssnade.

– Jag låg där och krafsade i mattan, fortsatte hon, då jag plötsligt hittade nåt runt och glatt. Det var en smarties.

Han såg på henne som efter en förklaring.

– Smarties, upprepade hon. En chokladpastill med sockeröverdrag. De har olika färger. Den här var röd, som mattan. Därför har jag inte sett den förut. Det slog mig att Ida hade tappat den när hon satt där du sitter nu. Den där lilla pastillen höll på att ta knäcken på mig. Allt det

97

jag hittar efter henne. Alla småsaker. Jag tänker på hur länge jag ska gå omkring och hitta saker. Minnas saker.

– Har du förlorat hoppet? frågade han.

Hon tänkte efter.

– Jag vet inte. Hoppas ni?

– Jag hoppas absolut att vi ska hitta henne, sa han, men jag är rädd att det är för sent.

Helga föll framåt i stolen. Sejer upptäckte plötsligt något. Ett vitt kuvert som låg på bordet. Han kunde läsa adressen. Det var ett brev till Ida. Helga följde hans blick.

– Jag skulle egentligen vilja öppna det, sa hon. Men det har jag ju inte rätt att göra. Jag läser aldrig Idas brev, dem ska hon läsa själv, anser jag. Brevet är från Christine. En flicka i Hamburg i Idas ålder. De har brevväxlat i nästan ett år. Jag tycker det är fint med breven, Ida blir duktig i engelska av dem.

– Varför vill du läsa det? frågade han.

– Jag måste ju svara henne, sa hon plågat. Förklara. Jag vet inte om jag orkar. Och jag kan inte skriva på engelska.

– Jag tycker att du ska läsa det, sa han. Han visste inte varför han sa det. Men brevet frestade honom. Som en liten snövit hemlighet på bordet. Hon tog det tvekande. Satte en nagel under fliken. Rev upp det med pekfingret. Sejer gick fram till fönstret. Stod där och såg ut på Helgas trädgård. Han ville inte störa. Utöver papperets prasslande hörde han ingenting. När han till slut vände sig om, var det för att hon undslapp sig en förvånad harkling. Hon satt med ett av arken i handen. Därefter såg hon dystert på honom.

– Jag kan inte mycket engelska, sa hon. Men jag tror det står nåt om en fågel. Att Ida vet en fågel som kan prata. Det förstår jag inte.

Sejer gick till hennes stol. Han såg ner på brevpapperet.

– Det har hon aldrig talat om för mig, sa Helga. I vanliga fall, när nån har ett djur, av vilken sort som helst, så talar hon om det från morgon till kväll.

Hon pekade ner på brevet.

"Tell me more about the bird. What can he say?"

Sejer läste meningarna gång på gång.

– Richard, en pojke här i närheten, har en häst som heter Cannonball, sa Helga. Ida talar hela tiden om den, som hon alltid talade om Marions katt. Men jag har aldrig hört talas om en fågel. Vi känner ingen som har nån fågel. Varken en undulat eller nåt.

Hon kramade resten av brevet i handen. Hennes ansikte hade ett bekymrat uttryck.

– Helga, sa Sejer försiktigt, finns det fler brev från Christine?

Hon reste sig långsamt och försvann upp till övervåningen. Kort efteråt kom hon ner igen med ett träskrin. Det var blåmålat och med en dekoration på locket, lite klumpigt utförd av Ida själv. Nu höll hon fram skrinet. Sejer tog andäktigt emot det. Öppnade locket och tittade ner. Skrinet innehöll en tjock bunt brev.

– Jag ska gå igenom dem allihop, sa han. Vi får ta dem vi har nån användning av. Om du vill kan vi ringa och förklara för Christine i Hamburg.

Det var natt när han satte sig i bilen. Träskrinet låg i sätet bredvid. Sejer såg på armbandsklockan. Skarre hade väl gått och lagt sig, tänkte han. Ändå slog han numret på mobilen. Det svarade på andra signalen.

Sejer körde in till centrum och parkerade. Gick in i trappuppgången där Skarre bodde och letade efter namnet vid ringklockorna. Kort därpå hördes den välkända summertonen. Han småsprang uppför trapporna.

– Du har bara sjuttio steg, sa han överlägset, han var inte andfådd efter trapporna. Jag har tvåhundraåttioåtta.

– Det vet jag väl, sa Skarre. Han höll upp dörren. Fick syn på skrinet.

– Brev, förklarade Sejer. Från Christine Seidler i Hamburg till Ida Joner i Norge. De har brevväxlat i tolv månader. Han följde Skarre i hälarna in i vardagsrummet.

– Kan vi hitta nåt där? Är det det du menar? sa Skarre nyfiket.

– Hittills har vi hittat en fågel, log Sejer. Som kan tala. Vi vet ju hur det ligger till med Ida och djur. Men Helga har aldrig hört talas om nån fågel, och det tycker hon är märkligt. Det kan faktiskt betyda att Ida har träffat nån och låtit bli att berätta det för Helga.

– Det är bra att ha nåt att sätta tänderna i, nickade Skarre.

– Nu delar vi på bunten, sa Sejer. Christine har skrivit tjugofyra brev till Ida och Ida har kanske skrivit lika många till Christine. De är ordnade kronologiskt. Kom ihåg allt som kan ha med den där fågeln att göra.

Skarre släpade fram en golvlampa till soffan och vred på skärmen så att Sejer skulle få det mesta ljuset. Han fick ett strängt ögonkast efter den välmenta manövern.

– Du är ju så närsynt, sa Skarre urskuldande.

De satt med var sin brevbunt i knät. Skrinet stod på fönsterkarmen med locket uppslaget. Ett ögonblick blev de sittande och såg på varandra, förlägna över vad de var i färd med att göra. En flickas brev till en annan var inte avsett för deras ögon. Sejer hade läst dagböcker, han hade bläddrat i privata album och sett videoinspelningar. Varit inne i barnkammare och i vuxna människors sovrum. Det kändes alltid påträngande. Även om ändamålet var gott, även om målet var att finna Ida så kändes det inte rätt. De erfor båda ett stick av självförebråelse. Så började de läsa.

Det var alldeles tyst i Skarres vardagsrum, bara pappersarken prasslade. Christine från Hamburg laborerade med olika sorters brevpapper. Arken var dekorerade med fåglar och blommor. På en del var bokstäverna färglagda, röda eller blå. En del var utsmyckade med klistermärken, hästar och hundar, månar och stjärnor.

– Vi får nog satsa på Idas brev, sa Skarre. De hade läst länge. Båda var berörda.

– Kan du tyska? frågade Sejer.

– My German is excellent, sa Skarre malligt.

– Hur är det med Holthemann?

Skarre övervägde polischefens företräden i tankarna.

– Tror inte det. Men Christine är tio år. Det betyder att föräldrarna är trettio eller fyrtio. Då talar de säkert engelska.

– Vi slår en signal, sa Sejer. Kan du ta samtalet, Jacob?

Sejers generade bön fick Skarre att le. Sejer förstod engelska bra men talade det ogärna. Det var något med uttalet, han fick inte till det.

– Aber doch. Selbstverständlich! sa Skarre. Sejer himlade med ögonen.

De läste om igen. Christines ton var artig och charmerande, hon kanske liknade Ida, duktig och plikttrogen i skolan.

– Eftersom fågeln talar, sa Skarre, så är det väl en undulat. Eller en papegoja.

– Eller en korp, sa Sejer. Korpen är ganska bra på att härma. En annan sak, kom han på. Han la brevbunten på bordet. Laila i kiosken.

– Ja, sa Skarre. Jag har tänkt på det. Vi har bara Lailas ord på att Ida inte var där. Det tog vi bara för gott. Det handlar ju om en kvinna. Så trångsynta är vi.

Sejer såg överraskat på honom.

– Därför har jag kollat upp godistanten, sa Skarre lätt vårdslöst, som någonting alldeles självklart. Laila Heggen har haft en hel del att göra med skattemyndigheten. Hon trasslar lite med bokföringen, flinade han. Hon är barnlös, ogift, född sextioåtta och har drivit kiosken fyra år. Innan dess jobbade hon på barnavårdsnämnden i Oslo. Med kontorsarbete, tillfogade han. Inte ute på fältet.

Sejer lyssnade imponerad.

– Vem slutar på barnavårdsnämnden och öppnar kiosk? sa han tankfullt.

– Laila Heggen, sa Skarre. Och jag ska ta reda på varför.

– Du är rätt klar i knoppen, du Jacob, sa Sejer lågt.

– Jag har lärt mig av dig, sa Skarre.

Det uppstod en liten paus.

– Har du med dig tobaken? frågade Skarre.

Sejer skakade på huvudet. – Jag har aldrig med mig tobaken. Varför frågar du?

– Jag har en flaska Famous Grouse.

Sejer övervägde anbudet medan han frånvarande såg ut genom fönstret. Han tänkte: Jag kan ju ta en whisky. Bilen kan stå till i morgon. Jag kan promenera hem. För en gångs skull.

– Prince vill jag inte ha, sa han när Skarre höll fram paketet. Men jag tar gärna en whisky.

Skarre hoppade genast upp. Han tyckte om att chefen sa ja. Tyckte om att de kunde sitta tillsammans i mörkret och fundera. Hans beundran för Sejer var gränslös. Ibland kände han sig regelrätt utvald.

Sejer var annars inte särskilt social till sättet. Kommissarien hade helt enkelt tagit honom under sina vingars skugga. Hade uppmuntrat honom och givit honom ansvar. Det var en gest han visste att förvalta väl.

– Vad är det med småflickor, sa Sejer, som gör att de skriver brev i ett helt år som bara handlar om djur? Nästan ingen människa omnämns. Bara kaniner, hästar och hundar.

– Hon skriver om en ödla också, sa Skarre medan han förflyttade sig inåt rummet efter glas. En iguan som heter Iggy Pop. Ganska roligt, tycker jag.

– Har människorna gjort så dåligt intryck på dem?

Sejer höjde rösten eftersom Skarre var längre bort.

– Det är typiskt flickor, menade Skarre. Flickor vill gärna styra och ställa. Visa omtanke och vara nyttiga. Pojkar håller på med annat. Pojkar föredrar sånt som de kan kontrollera. Som att ratta en bil. Arrangera, bygga, sammanfoga, påverka och manipulera. Flickor vågar andra saker, de vågar ge sig hän. Och de är inte lika rädda för att göra fel.

Han tog ut whiskyflaskan ur ett skåp. Den var full till tre fjärdedelar.

– När började du dricka whisky? frågade Sejer.

– När jag lärde känna dig.

Sejer fick sin whisky. Han lyfte glaset till näsan. Skarre tog upp en Prince ur paketet och tände. Sejer sträckte sig efter skrinet på fönsterkarmen för att lägga breven på plats. Av en slump kom han att titta i botten. Det låg något där, något mjukt och lent.

– En fjäder, sa han överraskat och lyfte den undrande. En röd fjäder. Skarre såg på fjädern som Sejer höll i handen. En vacker röd fjäder, tio centimeter lång.

– Den där kommer inte från nån undulat, hävdade han. Nåt större. En papegoja. Aran kan vara röd. Kanske en ara?

– Hon har inte visat den för Helga, sa Sejer tankfullt. Varför inte?

Skarre mötte hans blick över bordet.

– Det skulle jag ha gjort, sa han bestämt. När jag var tio. Om jag hade haft en sån fjäder. Jag skulle ha visat upp en kråkfjäder, försäkrade han.

– Det skulle jag också, sa Sejer. Jag ska fråga Helga för säkerhets skull. Men den här fjädern är säkert en hemlighet.

Sejer fick ett kuvert av Skarre. Han la försiktigt ner fjädern och stoppade det i innerfickan. Sedan gick han i snabb takt genom staden, upphetsad av det blygsamma fyndet. Så måste han le igen. En röd fjäder. Något så konkret. Ungar samlar på mycket. De är närmare marken, tänkte han, och de ser mycket bättre än vi. Han såg sin egen skugga under gatlyktorna, den växte till ett monster, sedan krympte den till en dvärg. Gång på gång, från lykta till lykta. I morgon är det tio dagar, tänkte han. I morgon har Helga Joners mardröm varat i tvåhundrafyrtio timmar. Hon ligger i sin säng och väntar. Hon ser ut genom fönstret och väntar. Telefonen står på bordet i vardagsrummet, i ena sekunden som ett glödande hopp, i nästa svart och fientlig.

Ida väntade inte på något. Den späda kroppen var inrullad i ett blommigt sängtäcke. Just som Sejer öppnade dörren till sin lägenhet på trettonde våningen, stannade en bil några kilometer bort och någon la ett bylte i ett dike. Det syntes väl i det gråbruna gräset. Nu kunde dagsljuset bara komma.

*

10 september.

Klockan var sju på morgonen. Sejer stod vid fönstret i vardagsrummet och såg ut mot parkeringsplatsen. Han hade just knutit slipsen och börjat skjuta knuten den sista biten upp mot kragen. Då ringde telefonen.

– Vi har hittat henne, hörde han.

Det var Skarres röst. Kort och definitiv. – Hon är inrullad i ett sängtäcke.

– Var? sa Sejer. Samtidigt sjönk något inom honom. Han var förberedd men måste ändå ha hoppats, för nu kände han en stor sorg.

– Vid Lysejordet. Kör till Spinneriet. Följ vägen inåt en fyra–femhundra meter. Då ser du oss.

Trots att många människor var samlade var det mycket tyst på skådeplatsen. Folk rörde sig sakta omkring, allt var överlagt och koncen-

103

trerat. Alla talade med dämpade röster. Sejer smällde igen bildörren.
Sakta gick han de sista meterna.

– Vem ringde? frågade han och såg på Jacob Skarre.

– En lastbilschaufför. Han körde först förbi. Så backade han. Han
säger själv att han inte vet varför, men han backade. Han pekade bort-
åt vägen. Han står där borta och röker.

Sejer stannade vid det lilla byltet. De andra vek åt sidan för honom.
Han tänkte: Detta har vi väntat på. Nu är det här. Han knäböjde i grä-
set. Det blommiga paketet var varsamt öppnat i ena ändan. Idas ansik-
te syntes i öppningen. Hennes ögon var slutna. Huden i kinderna var
mycket blek. Vid första ögonkastet syntes inga skador och sår. Inga
röda fläckar, inga skador på kraniet, inte blod någonstans, inga spår av
smärta. Men något var fel. Han kände en djup förvirring. Det här bar-
net har inte varit dött i tio dagar, tänkte han. Kanske ett dygn eller två.
En tekniker tog en tapetkniv ur väskan och skar upp den bruna tejpen
som var surrad runt byltet. Så vek han täcket åt sidan. Sejer ruskade
oförstående på huvudet. Kläderna, tänkte han och såg sig omkring,
var är kläderna hon hade på sig? Joggingdressen och skorna. Där låg
Ida på det blommiga täcket i ett vitt nattlinne. Hon var barfota. Han
reste sig igen. Fylldes av en konstig känsla.

Något sådant har jag aldrig sett, tänkte han. Aldrig i livet. Han såg
sig omkring på Lysejordet. Det var en ödslig plats. Inte ett hus så långt
ögat nådde. Ingen som kunde ha sett något. Den som hade tagit hit
henne hade gjort det i skydd av mörkret. Hon hade lagts ner, inte kas-
tats, slog det honom, hon låg platt på rygg. Åsynen av den lilla flickan
i nattlinne var så stark. Det vilade något sagoaktigt över hela scenen.
Han tänkte på Helga Joner och var glad att hon skulle kunna få se den
döda dottern. Hon var nästan lika vacker som förut. Resten av krop-
pen och vad den dolde visste de ingenting om. Han knäböjde igen.
Hon hade en mycket liten mun. Den var färglös nu, men på bilderna
av henne var den mörkröd som ett körsbär. Ögonlocken hade slutit sig
över de insjunkna ögongloberna. Hon hade inga fläckar i ansiktet,
men händerna hade börjat samla blod i små röda prickar. Håret, som
på bilderna var stort och lockigt, var slakt och livlöst. Men i övrigt.
Nästan som en docka, marmoraktig och ömtålig.

– Liket har varit nedfruset, sa rättsläkaren Snorrason. Han reste sig för att sträcka på ryggen. Hon är faktiskt bara delvis upptinad.

Sejer såg överraskad på honom.

– Hon kan alltså ha varit död i tio dagar. Det ser bara inte så ut.

– Varför nedfrusen? undrade Sejer och såg på Jacob Skarre. Han hade ju sagt just det, att förövaren kanske inte förhastade sig utan gömde henne någonstans i huset.

– Han kanske ville vinna tid. Eller så blev han förvirrad. Vad vet jag, sa Snorrason.

– Vinna tid. Till vad då? Han har inte försökt gömma henne. Hon ligger ju alldeles intill vägen. Han ville att vi skulle hitta henne. Sejer fick syn på något som låg i gräset och plockade upp det. Något mycket litet och snövitt.

– Dun? sa han frågande och såg på Skarre. Från täcket?

Skarre rynkade pannan. Nöp med fingrarna i en flik av täcket.

– Kanske, sa han tvivlande. Men det här är inget duntäcke, tror jag. Det är ett billigt syntettäcke från Ikea som går att tvätta i maskin och torka i tumlaren.

Han hade hittat tvättanvisningen och pekade med ett finger.

Sejer letade i gräset. Han hittade fler pyttesmå vita dun. De flesta satt fast i täcket, men några hade fastnat i nattlinnet också. När han grep efter dem, yrde de i luften som maskrosfrön. Han ropade på fotografen.

– Ta bilder på nattlinnet, sa han, och se till att få med halslinningen med den röda snodden och spetsarna på ärmarna. Ta bilder på täcket. Få fram mönstret så tydligt du kan. Leta efter fler såna här dun. Han höll fram handen. Var försiktig med täcket. Det får inte skakas eller röras på något sätt. Allt som finns av partiklar på det kan vara avgörande.

Sedan tog han Skarre avsides och gick några meter i det fuktiga gräset. Hela tiden såg han täcket längst ut i synfältet. Han lät ögonen glida i en vid cirkel och la märke till varenda ås och varenda trätopp. Från den stora gruppen människor som arbetade på platsen hördes ett lågt, allvarligt mummel.

Just då dök de första bilarna upp. Pressen skulle ha sitt.

– När är det helt mörkt på kvällen, nu i september? frågade Sejer. Runt tio?

– Nåt ditåt, sa Skarre. Det blir ljust klockan sju på morgonen. Mellan tio i går kväll och sju i morse har en bil kommit körande på den här vägen. Det har inte tagit mer än några sekunder att flytta henne från bilen och ner i diket.

– Det är så prydligt alltihop, sa Sejer. Nattlinnet. Täcket. Sättet hon ligger på. Vad menar han med det?

– Vet ej, sa Skarre.

– Han har kanske förläst sig på kriminalromaner, föreslog Sejer. Fattas bara att vi hittar en dikt under nattlinnet.

– Kan vi utesluta att det rör sig om en ung pojke? mumlade Skarre.

– Skulle tro det. Det här är mer vuxet. En tonårsgrabb skulle inte ha arrangerat nåt sånt.

– Det är nåt feminint över det.

– Instämmer, sa Sejer. Jag hatar Ikea, la han till. De tillverkar så förbannat mycket av allting.

– Vi får satsa på nattlinnet. Det ser fint ut.

– Kan du avgöra sånt? sa Sejer imponerad.

– Det är gammaldags, fastslog Skarre. Flickor i dag har nattlinnen med Bamse på och liknande. Det här ser ut som från en annan tid.

– Vem köper nattlinnen från en annan tid? tänkte Sejer högt.

– Människor från en annan tid, kanske. Gamla människor, sa Skarre.

– Gamla?

Sejer rynkade pannan. De tittade bort mot klungan igen.

– Jag hoppas han har slarvat, sa Sejer. Ingen kan tänka på allt.

– Det ser inte särskilt slarvigt ut, menade Skarre.

– Jag håller med, sa Sejer. Vi får höra vad labbet säger.

Han gick tillbaka till Snorrason. Rättsläkaren arbetade sakta och metodiskt. Ansiktet var outgrundligt.

– Vad tror du om de här dunen? frågade Sejer.

– De är konstiga, sa läkaren. De klibbar fast vid underlaget, samtidigt yr de iväg så långt när de lossnar. Det sitter några i håret på henne också.

– Har du funnit nåt mer?

Bardy Snorrason lättade försiktigt på Idas nattlinne. – Jag tycker inte om att spekulera, sa han. Det vet du ju.

Sejer såg inträngande på honom. Snorrason började rulla upp det vita nattlinnet längs Idas kropp. Det syntes att just det hade han gjort många gånger. Han hade en egen teknik, en alldeles speciell varsamhet i händerna. Sejer såg de tunna låren bli synliga. Han såg den bara magen. Hon hade inga trosor. En plötslig nervositet grep honom allteftersom resten av kroppen avtäcktes. Och där var det. Bröstet. Det var insjunket på ett anmärkningsvärt sätt, och svagt missfärgat. Snorrason satte två fingrar på de nedersta revbenen. Då han tryckte till gav hela skelettet efter.

– Hon har utsatts för slag, sa han. Eller en spark. Det ser ut som en kraftig stöt.

Sejer såg på Idas bröstkorg. Späd som ett fågelbo. Han var stum.

– Det är brott på flera revben. Det är nästan fult att säga det högt, men jag skulle önska att huden hade spruckit upp eller hade sår, medgav Snorrason. Då skulle vi haft större chans att bestämma orsaken till skadorna.

Sejer var tvungen att resa sig och smälta intrycket. Det fördärvade bröstet blev för mycket för honom.

– Det som har träffat henne har träffat med våldsam kraft, sa Snorrason. Nåt stort och tungt. Utan skarpa kanter.

Sejer såg ner på Ida igen. Han följde det missfärgade området med ögonen och försökte föreställa sig vad som hade orsakat den väldiga fördjupningen.

– En stor sten? försökte han.

Snorrason svarade inte.

– En stock? En stövel?

– Ingen stock, menade läkaren. Nåt större. Inte en stövel heller. Då skulle vi ha sett avtryck av klacken. Det tjänar ingenting till att gissa, Konrad. Jag måste öppna henne först.

Sejer teg. Snorrason såg på honom. – Vad tänker du på? frågade han.

– Jag tänker på Helga Joner, erkände Sejer. På vad jag ska säga. Hon kommer att ha många frågor.

107

– Säg som det är, sa Snorrason. Vi vet inte vad som har hänt.

– Jag skulle önska att hon slapp se bröstkorgen, sa Sejer ansträngt.

– Det kan inte hjälpas om hon ber om det, sa Snorrason. Och du, hon är ju förberedd. Jag vill inte vara cynisk, men det kunde ha varit värre. Det kunde ha varit väldigt mycket värre.

Sejer visste att läkaren hade rätt. Han nöjde sig med en nick till svar. Vad Helga hade sett i sin egen fantasi visste han inte, men kanske var det värre än det som nu låg vid hans fötter. Hon såg ut som en sovande docka. Och nattlinnet, som inte var hennes, var rörande vackert i all sin enkelhet. Vad hade hänt? Var hade hon varit? Han fick lov att åka till Helgas hus. Kanske satt hon i stolen vid fönstret. Kanske sökte sig hennes ögon till telefonen. Han tänkte på hur rädd hon var. Han tänkte: Hon är förberedd. Men ännu lever hon i ovisshet. Några få minuter till, tänkte han, i skärande ovisshet.

Fyndplatsen var omsorgsfullt säkrad. I åtskilliga timmar arbetade de med Ida och med terrängen runt omkring. Senare möttes Sejer och Skarre på kontoret. Äntligen hade de något. Konkreta fysiska spår som kunde undersökas och leda dem vidare. Mitt upp i alltihop var det en lättnad. Detta var den punkt de hade väntat på, nu kunde de lägga den bakom sig och komma vidare.

– Nattlinnet är från Calida, sa Skarre. Tillverkat i Schweiz. Vi importerar stora mängder nattkläder och underkläder därifrån, det finns att köpa i väldigt många affärer.

Sejer nickade.

– Snabbt jobbat, sa han erkännsamt. Fick du nåt från Hamburg?

– Lite.

Han stödde baken mot bordet.

– Christines mor heter Rita Seidler. Hon hittade det sista brevet från Ida och faxade över det. Jag har översatt det. Och rättat lite för sammanhangets skull. De är duktiga i engelska, de här flickorna. Jag visste inte att tioåringar kunde så mycket engelska, sa han.

– Läs för mig, uppmanade Sejer.

"Kära Christine", läste Skarre. "Tack för brevet. I dag är det måndag, och då ser jag alltid ett program på TV som heter Pet Rescue. Det är ett

gäng som räddar djur. I dag var det om en tjock hund. Den kunde näs-
tan inte gå."

Sejer tänkte på Kollberg, som nästan inte heller kunde gå. Han lyss-
nade andlöst, för att Skarre läste med inlevelse och för att han tyckte
att texten var så charmerande.

"Folket från Pet Rescue kom för att hämta hunden och ägaren blev
väldigt arg. Han sa att han fick mata den så mycket han ville för det var
hans hund. Så de sa till honom att hunden kunde dö av hjärtattack om
den inte blev magrare. Så de gav honom tre veckor. Men då de kom
tillbaka igen var hunden död."

Skarre tog en paus. Sedan fortsatte han igen.

"Jag känner en papegoja som kan prata. Jag försöker lära den nya
ord, men det tar så lång tid. Mamma vet inte om det. Papegojan heter
Henrik. Den är väldigt arg och sur men den biter inte mig. Jag ska frå-
ga mamma om jag kan få en egen fågel. Jag ska tjata i många år. Till
slut säger hon ja. Berätta mer om din kanin."

Skarre tittade upp på Sejer innan han dök ner i papperet igen. Det
var ett litet PS på slutet.

"Snart fyller jag tio år. Den tionde september. Hälsningar Ida."

Han vek ihop papperet.

– Hon har födelsedag i dag, sa han allvarligt. I dag, den tionde sep-
tember.

– Jag vet, sa Sejer.

Skarre la ifrån sig brevet på skrivbordet.

– Och Helga? sa han lågt. Hur gick det med henne? Vad sa hon?

– Ingenting, sa Sejer. Hon svimmade.

*

Elsa Marie knackade inte. Hon öppnade dörren med sin egen nyckel
och stegade in i köket. Dörren var reparerad igen så gott det gick, av
Emil själv. Han stod vid diskbänken och fumlade med en trasa. Smu-
lorna ville inte fastna på trasan, han bara flyttade dem hit och dit över
bänken. Till slut sopade han bort dem med bara händerna.

– Ta dig en tur på motorcykeln, uppmanade modern. Det här kommer att ta tid. Precis som hon hade förutsett muckade han inte längre. Emil hörde den skälvande undertonen i moderns röst och blev orolig av den. Han lämnade köket med ryggen till och tog den gamla jackan som hängde på en krok i förstugan. Han drog skinnluvan över huvudet. Modern såg efter honom. Hon såg på den löjliga skinnluvan. Hennes kropp var spänd till det yttersta, varje rörelse var en plåga. Hon påminde sig själv om att hon stod inför en viktig uppgift. Hon skulle göra sig till en rengöringsmaskin. Skulle gno sig genom rummen hos honom och lämna efter sig en stark lukt av Ajax och Klorin. Det gällde hela huset den här gången. Ner med gardinerna, ut med sängkläderna. Hennes käkar var hårt sammanbitna. Emil smög ut på gården och satte sig på motorcykeln. Den ville inte starta. Han utstötte några irriterade grymtningar och fick syn på moderns ansikte i fönstret. Han försökte bli arg men lyckades inte. Det skulle mycket till för Emil. Äntligen började motorn hosta. Han gasade, lite mer än vad som strängt taget var nödvändigt, och moderns ansikte försvann. Han såg gardinen röra sig efter henne.

Emil höll samma jämna fyrtio kilometer i timmen som alltid. Han hade ingenstans att åka, inga bekanta att hälsa på. Inga pengar på fickan heller. Men tanken var halvfull. Han kunde köra länge på halv tank, ända in till staden och tillbaka, och kanske upp till Solberg dessutom. Vattenfallet var fint. Han skulle åka till vattenfallet. Sitta på motorcykeln ute vid kanten och känna röken från fallet i ansiktet. Det gjorde han ofta. Det var inte kallt och jackan var vindtät. Gick att knäppa igen helt och hållet. Han hade bruna handskar på händerna och de tjocka stövlarna på fötterna.

Efter fem minuter passerade han "Jesu Kristi Kyrka av Sista Dagars Heliga". Han kunde läsa några korta ord men han förstod inte alltid vad de betydde. Emil var trött. Modern hade skrikit i flera dagar. Säg något då! tjatade hon. Jag förstår mig inte på dig! Och han ville. Han kände att orden låg någonstans bak i huvudet. Han kunde ordna dem och sätta upp dem i rader, som de kallade meningar. Men han vågade inte släppa fram dem. Han var rädd att de skulle komma ut fel och göra allting värre. Så illa ute som han var nu hade han aldrig varit.

110

Där låg travbanan till vänster. Han blev omkörd hela tiden. Det var han van vid, van vid hetsiga bilister som låg bakom honom och tryckte på. Emil var snabbare än cyklister men långsammare än vanliga motorcyklar, och han tog mer plats. Alla hade bråttom. Det hade aldrig Emil. Han funderade på vad de skulle hinna till allihop. En gång såg han en bilolycka precis när den hände. Det small öronbedövande, ett skärande ljud av metall och stål som knakade och brast, och glas som gick sönder och regnade över asfalten. Han mindes tystnaden efteråt, och lukten av bensin. Genom en vindruta såg han ett huvud på en ratt och blod som rann i en strid ström över grå byxknän. Han skyndade sig iväg när han hörde sirenerna. Nu såg han avfarten till Solberg en bit längre fram. Han blinkade i god tid åt höger och tog svängen med precision. Längre upp måste han till höger igen och snart såg han fallet. Han växlade ner till tvåan och svängde ut mot kanten. Steg av motorcykeln och gick bort till räcket. Lutade sig över. Han tyckte om det dova dånet från vattenmassorna, tyckte om att stå så och hänga över kanten. Nej, sa han, ut i luften. Han kände vibrationen i bröstet. Han försökte forma ett O med munnen. Något som liknade en ugglas skrik hördes genom forsens dån. Han böjde på huvudet och stirrade in i virvlarna. Inom sig kunde han säga allting. Han kunde säga: Har du ingen skam i kroppen, har du blivit fullkomligt från vettet? Eller vad i all sin dar ska jag göra med dig? Inom sig hörde han orden, och rösten var behaglig att lyssna till, en vacker mansröst. Inte som hans eget grova Nej. Han tänkte på modern som yrde runt och vände ut och in på lådor och skåp. Hon frågade och tjatade om allting. Men hans tystnad skyddade honom. Han var granit. I femtio år hade modern försökt med hacka och spade och dynamit. Hon hade hetsat honom för att få honom att spricka upp, hon hade frusit ut honom och stuckit honom med ord spetsiga som nålar. Men han var tyst. Han skulle alltid vara tyst.

Medan Emil Johannes stod och stirrade ner i de dånande vattenmassorna, satt Ruth och Sverre Rix och väntade på Tomme. De hade försökt nå honom på mobilen, men han svarade inte. Ruth hade ringt både Helge och Bjørn, men han var inte där. Marion bläddrade i ett fotoalbum med bilder på henne själv och Ida. På flera bilder var katten med. Den blev överkörd av skolbussen och de hittade den i en snödriva. Den var platt och alldeles sölig av sitt eget innanmäte. Nu var också Ida borta. Det är bara jag kvar, tänkte Marion. Hon satte ett finger över katten och Ida och såg sitt eget ansikte lysa vitt och ensamt på bilden. Äntligen hörde de Opeln på gården. Ruth och Sverre såg på varandra. De hörde garagedörren glida upp och sedan stängas med en smäll. Nu tog han i ytterdörren. Sedan hörde de hans steg, han kom inte in i vardagsrummet. Det gjorde han nästan aldrig längre, tänkte Ruth. Han var mer som en hyresgäst som kom och gick, utan samröre med resten av familjen. De reste sig och gick efter honom upp. Marion såg långt efter dem. Så böjde hon sig över albumet igen.

Sverre Rix knackade lätt på sonens dörr, sedan öppnade han den. Tomme hade satt på datorn. Det hördes en rad underliga ljud från högtalarna på sidorna, små ploppanden i ojämn takt, som lustiga regndroppar, tänkte han. Då fadern steg in i rummet, hördes ett djupare surrande som la sig under ploppandet. Det fick Sverre att genast tänka om. Det småregnade men snart skulle regnet öka i styrka.

– Tomme, sa han och såg på sonen. De har hittat Ida. Hon är död.

Tomme, som godmodigt hade tittat upp på dem, blev som förstenad.

– Var? sa han snabbt. Var hittade de henne?

Fadern såg allvarligt på honom.

– Tja, var? Nånstans i närheten av Lysejordet. I ett dike. Hon är död, återtog han. Helga har fått ett sammanbrott.

– Lysejordet?

Tomme sänkte huvudet. Han studerade mönstret i mattan ett tag.

– Men ... hur dog hon då? sa han lågt. Han ser konstig ut, tänkte de. Hans röst låter inte som vanligt.

– Det vet de inte än, sa fadern. Men det tar de naturligtvis reda på. Vi har inga detaljer, la han till.

Tomme var alldeles blek. Han kom inte på ett dugg att säga. Ingen hade någonsin kommit in på hans rum med ett dödsbud förut. Så kom han ihåg sin moster.

– Hur är det med moster Helga? frågade han.

Fadern såg på Ruth.

– Vi vet inte så mycket. Hon är full av mediciner, sa han. Det går inte att tala med henne. Kan vi sätta oss lite?

Ruth satte sig på sängen. Fadern stod kvar i dörren. Tomme sänkte volymen på datorn. Han skruvade sig på stolen och kände sig illa till mods.

– Så nu blir det begravning. Jag tänkte att du kunde bära, sa Sverre. Du och jag. Morbror Anders och Tore och Kristian. Och nån lärare från skolan. Blir det bra?

Tomme nickade automatiskt. Så slog det honom vad det innebar. Han skulle resa sig i kyrkan och gå fram till Idas kista. Den skulle inte vara särskilt stor, tänkte han. Sedan måste han lyfta upp henne tillsammans med fem andra. Han skulle känna hennes tyngd. Om han gick först skulle hans eget huvud vara väldigt nära Idas huvud. Han måste gå i samma takt som de andra, inte snubbla, inte tappa taget. Kistan måste hållas vågrätt hela tiden, annars kunde hon kanske glida från ena ändan till den andra. Han visste inte riktigt. Men allvaret gick upp för honom och en intensiv värk satte in nederst i magen.

– Går det bra? återtog fadern.

Tomme nickade igen. Därefter tänkte han att just detta, att bära Ida till graven också skulle bli en vändpunkt. För att han skulle se kroppen försvinna i jorden för gott. Då skulle de kanske kunna lägga hela eländet bakom sig.

Han nickade igen, och nu såg han fadern rakt i ögonen.

– Tomme, sa fadern och såg tillbaka på honom. Det är nåt jag måste fråga dig om. Nåt helt annat.

Tomme fick något vaksamt i blicken och den unga kroppen stålsatte sig. Han fingrade lite på tangentbordet.

– Du har börjat hålla till hos Willy igen, sa han, och det vet du att vi inte tycker om.

– Men bilen, började Tomme.

– Ja. Men den är ju klar nu.

– Den är kanon, sa Tomme nöjt.

– Då vill jag att du slutar umgås med honom en gång för alla, sa Sverre.

113

– Det är många år sen de där bilstölderna, invände Tomme. Ska ni hålla det emot honom för evigt?

– Nej, sa fadern. Men ett tag till. Du har ju andra att vara tillsammans med. Vi vill röja undan det här nu, en gång för alla. Det har hänt så mycket. Vi måste få ordning på saker och ting.

Det blev alldeles tyst. Tomme ville inte möta faderns blick.

– Och den här olyckan med Opeln, sa fadern. Du hade väl inte druckit, hoppas jag?

– Hade jag vad? sa Tomme lågt.

Fadern såg inträngande på honom. Det svaga bruset från datorn hördes, liksom Ruths tunga andhämtning.

– Du hörde frågan, sa fadern dämpat. Varför kör du omkring på gatorna mitt i natten förresten? Varför kom du inte hem? Det är det jag tycker är så konstigt, sa han. Det är därför jag frågar. Han gjorde en paus. Marion säger att du ligger och gråter på nätterna, fortsatte han. Har du problem med nåt?

Nu spärrade Tomme upp ögonen. Så tog han ordentlig sats.

– Det är struntprat! röt han.

– Hon säger det. Att hon hör dig.

– Är det förbjudet kanske? sa Tomme. Han vände ryggen åt fadern och stirrade envist in i dataskärmen.

– Naturligtvis inte, sa fadern, lite mildare. Jag bara frågar. Du kan väl svara.

Återigen tystnaden, och suset från skärmen. Ruth darrade som ett asplöv och förstod inte varför. Hon hörde sonen resa sig från stolen. Han stod rakt upp och ner framför fadern, tio centimeter kortare.

– Jag ska gå ut, sa han trotsigt.

– Du har ju just kommit hem, invände Sverre. Varför blir du så arg?

– Jag är inte arg, sa Tomme och försökte komma förbi. Men ni tjatar så förbannat!

Fadern stängde vägen.

– Vi bryr oss, sa han bestämt. Jag vill bara vara säker på att du mår bra.

Tomme försökte åter komma förbi honom ut ur rummet. Fadern spärrade fortfarande öppningen, stod tung och bred som en balk framför dörren. Ruth satt på sängen och såg på dem. Hon gömde händerna mellan låren.

– Ida är död, sa hon rakt ut i rummet. Kan vi låta bli att gräla?

Fadern drog sig motvilligt bort från dörren. Tomme rusade genom korridoren, de hörde ytterdörren slå i bottenvåningen och därefter Opeln som startade.

– Det blir för mycket för oss, sa Ruth och höll båda händerna om huvudet. Hur ska det gå för Helga? Kanske hon bara blir liggande där på sjukhuset. Varför skulle hon stiga upp och fortsätta som förut? Jag skulle inte ha gjort det, sa hon och torkade tårarna. Jag skulle helt enkelt ha legat kvar för gott.

Sverre satte sig bredvid henne. Länge satt de så, i total tystnad. Datorn sände ut ett blått, skimrande ljus.

*

– Vad säger labbet? sa Skarre nyfiket.

Sejer vände sig långsamt om i stolen. Han satt med ett fax i handen.

– Du hade rätt om täcket, sa han. Det är fyllt med syntetmaterial. Dunen som vi fann på täcket och nattlinnet kommer alltså nån annanstans ifrån. Till exempel från en fågel. Teoretiskt sett finns det alltså en fågel i det hus där Ida befann sig när hon blev inpackad i täcket.

– Vad för sorts fågel? sa Skarre snabbt.

– Det kan de inte säga. Det är ju dun. De har inga spolar, de kan inte artbestämmas. Vad det anbelangar kan det vara höns, sa han.

– Eller en papegoja, sa Skarre ivrigt. Vad hittade de mer?

– Faktiskt en hel del, sa Sejer. Bland annat rester av jordnötsskal. Några hårstrån som kommer från Ida själv och lite annat obestämbart. De jobbar fortfarande.

– Den röda fjädern, har du den här? frågade Skarre.

Sejer drog ut skrivbordslådan och tog fram det vita kuvertet.

– Tre kvarter härifrån ligger det en djuraffär, sa Skarre. Mama Zoonas. Kanske de säljer papegojor. Kanske den fågeln som Ida talar om är köpt på Mama Zoonas. Det är dyra fåglar, vem som helst har inte råd att skaffa en. Kanske de för bok över alla de säljer. Det finns säkert nån burfågelförening också, han kan vara medlem där. Eller kanske han går dit för att köpa sånt som fågeln behöver. De behöver inte bara mat. Såna fåglar ska ha allt möjligt konstigt, sa Skarre. Leksaker. Vitaminer. Det man inte kan köpa i speceriaffären.

– Kors vad du vet, sa Sejer imponerad.

– Jag kan ta mig en promenad, sa Skarre och spratt upp. Ska jag köpa nåt åt dig? Han var redan på väg ut genom dörren. En hamster kanske? Ett par guldfiskar?

Sejer skakade förskräckt på huvudet. – Jag ringde Snorrason, sa han. Han säger att Ida dog av inre skador. Hur får man inre skador?

– Fall från hög höjd, föreslog Skarre. Det är möjligt.

– Slag eller sparkar, sa Sejer. Eller en påkörning.

– Men cykeln var oskadad.

– Kanske hon inte satt på cykeln just då.

– Varför skulle hon gå av cykeln?

– Herre Gud, inte vet jag. Men det händer väl att vi går av cykeln, sa Sejer. Just då började han klia sig i ena knävecket. Det var psoriasisen som högg till.

Efteråt gned han ögonen hårt och länge. Såg upp mot den yngre kollegan som stod kvar i dörren.

– Där rök flera blodkärl, sa Skarre.

Namnet Mama Zoonas kom honom att tänka sig en energisk kvinna som innehavare av djuraffären. Men en man i trettioårsåldern kom fram och presenterade sig som ägaren.

– Bjerke, sa han och hälsade. Den säregna lukten av djur och djurfoder, tung men inte obehaglig, fyllde hela lokalen. Det var varmt där inne, och luftfuktigheten var hög.

– Du säljer fåglar? frågade Skarre och lyssnade inåt, mot ett annat rum. Bjerke nickade. Där inifrån hördes skärande skrik och ett väldigt kvittrande.

Skarre gick in. Han stannade mitt på golvet. Där fanns gula, gröna och blå undulater. Kakaduor. Arapapegojor, en korp, flera nymfparakiter i olika färger, små svarta beostarar med gula näbbar och en grå, mer oansenlig papegoja han inte kunde namnet på. De två männens

116

entré i rummet gjorde att fåglarna höjde volymen. Omedelbart såg Skarre de två arapapegojorna eftersom de var röda. Men det var fel färg. Aran hade en stark och varm röd färg. Idas fjäder hade en dämpad och kyligare nyans. Ett ögonblick blev han omtumlad av allt skrikande.

– De lever om väldigt, sa Skarre och såg på Bjerke. Vet folk om det?

– Nej, log han. Men alla låter inte lika illa. Och här inne är de ju många. Kakaduorna är värst, erkände han, de har ett förfärligt läte. Och inte är de vänliga heller.

– Men du säljer dem? sa Skarre.

– Nej, sa han tvärt.

– Men du har ju två stycken här? Gultofsar.

– Det är mina egna, sa han. De är inte till salu. Inte om du så hade hundratusen.

Skarre skakade på huvudet. – Hundratusen har jag inte. Är de värda så mycket?

– För mig, sa han. Det är världens vackraste fåglar.

– Men arapapegojan då?

– Aran är fin, sa han, men gultofsarna är finare.

Skarre gick från bur till bur och beundrade fåglarna.

– Vad skulle du rekommendera mig att köpa om jag ville ha en fågel? Jag är nybörjare.

Bjerke blev på gott humör av att få bidra med sin expertkunskap.

– Nymfparakit, föreslog han. Eller en sån där. Han pekade på den grå papegojan. Skarre såg genast att den hade röd stjärt.

– Lite oansenlig i färgen, sa Skarre. Men stjärten är fin.

– African Grey, sa Bjerke. Bland de bästa på att tala. Väldigt livliga. Men papegojor är inte som hundar och katter. De är oberäkneliga och individuella. Personligen är jag inte mycket för hundar, sa han och satte i gång pratkvarnen, lycklig över en kund som visade så stort intresse. De blir så beroende av en. Och så måste de ut hela tiden. Men papegojor är stora personligheter. Man kan lämna dem en helg om man måste, de klarar sig fint. Buren är lätt att städa och de är lätta i maten. Lite frön och ett uppskuret äpple. Kanske jordnötter på lördagskvällen, log han.

117

– Jordnötter? sa Skarre intresserat.

– Osaltade, sa Bjerke. De knäcker nötterna med näbben. Det nyps lite, jag har känt det några gånger under åren, medgav han.

Dun från en fågel och rester av jordnötsskal, tänkte Skarre. Han gick bort till den grå papegojan och såg noga på den röda stjärten. Fågeln var stor som en duva, i vackra gråblå nyanser. Runt ögonen var den ljusare, nästan svagt rosa. På bröstet var fjädrarna små och runda som pärlor i alla nyanser av grått. Över ryggen var fjädrarna djupare grå, som skiffer. Den kom närmare gallret och la huvudet inbjudande på sned. Så började den sjunga vackert. Skarre stirrade in i de blanka ögonen. De gjorde honom lite förvirrad. Två svarta, uttryckslösa knappar.

– Jag behöver tala med dig om papegojor, sa han. Fjädrarna där på botten av buren, det är dun, inte sant?

– Just det, sa Bjerke. De släpper dun hela tiden, eller noppar av det med näbben. Det yr som frön och fastnar överallt. En renlig form av avfall, tycker jag, i jämförelse med hundhår och sånt.

– Du får knappast sälja en sån i veckan, sa Skarre. Vad kostar den?

– Omkring sextusen.

– För du bok över dem du säljer?

– Självklart.

– Antecknar du namnet på köparen?

– Nej, sa han, inte namnet. Varför skulle jag det? Men det är klart att jag kommer ihåg en del av dem. Det är inget man köper på impuls. De kommer tillbaka gång på gång och väger för och emot. Läser lite i fågelböcker och diskuterar med familjen. Och sånt.

– Finns det nån förening för papegojägare?

– Ja. Men den har nästan inga medlemmar. Jag är förresten ordförande.

– Så lämpligt, sa Skarre. Om jag frågar dig hur många fåglar du har sålt i år, kan du svara mig då utan att titta i bokföringen?

Han tänkte efter lite, räknade på fingrarna.

– Tre stycken, tror jag.

– Det var inte mycket?

– Det är inte det jag lever på. Jag lever på att sälja djurfoder och

118

marsvin och guldfiskar och kaniner. Det är det folk vill ha. Det är synd, för de lever så kort tid. Om man köper en papegoja kan man ha den ett helt liv.

Skarre log.

– Blir de så gamla?

– Bortåt femtio år. Det talas om papegojor som har blivit hundratjugo, skrattade han. Det kanske inte är sant, men min poäng är att det är en allians som varar livet ut. Och om man ser det så är den värd de sextusen kronorna. Varför frågar du så mycket om papegojor? sa han plötsligt, han kunde inte tygla sin nyfikenhet längre.

– Jag letar efter en person, sa Skarre. Och den personen har en papegoja. Det är rimligt att anta att han bor här i trakten, och om han gör det har han köpt fågeln hos dig.

– Absolut. Det förstår jag, sa Bjerke.

– Vilken sorts människor köper papegojor? frågade Skarre. Går det att säga nåt generellt om dem?

– Det tror jag inte. Papegojor är djur för vuxna människor, men ofta är det ungarna som drar hit de vuxna. De förstår inte hur svåra de är att sköta. Sedan blir de besvikna när de kommer hem och inte kan lyfta ut fågeln ur buren och stryka den över ryggen. Det här är ju inte direkt nåt keldjur, sa han. Det har hänt att de har kommit tillbaka i ren frustration.

– Och det accepterar du? sa Skarre häpet.

– Visst. Om den inte är välkommen, tar jag hellre tillbaka den.

Han öppnade dörren till en av burarna och lyfte ut den grå papegojan. Den satt helt stilla på hans hand. Fjädrarna darrade.

– African Grey, sa han hänfört. En hona. Fem månader gammal. Personligen föredrar jag hannen. Den blir lite större, stjärten är djupare i färgen och näbben är mycket vackrare. Men de är svårare att tämja än honorna. Ibland dyker det upp elaka hannar. De kan inte användas för avel och sjunker i värde. De dödar honan, helt enkelt, i stället för att para sig med henne. Han fnissade vid tanken, som om han hade stor förståelse för fenomenet. Men om jag säljer en sån, säger jag till. Det är nämligen så att en del av intresset mattas av när folk har haft fågeln ett tag. De försummar den mer och mer och löser problemet med det dåliga samvetet genom att köpa en fågel till. Ibland slutar det i blodbad, log han.

Han började stryka fågeln över huvudet.

– Varför flyger den inte? sa Skarre förundrat.

– Den kan inte flyga. Den är vingklippt, sa Bjerke.

Omedelbart tappade Skarre en del av respekten för honom.

Bjerke förklarade. – Bara så länge den är här. Fjädrarna växer ut hela tiden och läks igen.

– Det var då för väl, sa Skarre lättad. Han tog fram den röda fjädern ur fickan och höll upp den framför ögonen på honom.

– Den här, sa han spänt, vad tror du om den?

Bjerke satte tillbaka fågeln i buren och tog fjädern mellan två fingrar.

– Den kommer säkert från en African Grey, menade han. En stjärtfjäder. Antagligen ett stort exemplar.

– Minns du när du senast sålde en sån? frågade Skarre.

– Å, sa han och drog på det. Det är länge sedan. Jag minns faktiskt inte. Folk föredrar parakiter. De har fler färger.

– Har alla fåglarna namn? frågade Skarre.

Bjerke skakade på huvudet. – Mina gultofsar heter Castor och Pollux. Ingen av de andra har namn. Folk vill hitta på namn själva. Då är det dumt om de redan har fått ett.

Skarre förstod. – Kan du hålla utkik när folk kommer för att handla till sina papegojor? bad han. Fråga ut dem lite, var lite nyfiken. Särskilt när det gäller namnet på fågeln. Jag letar efter en fågel som heter Henrik, sa han.

Sejer kom inte vidare med pappersbunten på skrivbordet. Han hade läst sig blind på alla rapporterna, letat efter något de kunde ha förbisett. Försökt finna mening eller sammanhang, försökt skapa sig en bild av händelsen. Vad för slags ogärning är det egentligen fråga om? tänkte han. Det är något underligt med hela det här fallet. Något främmande. Jag känner inte igen någonting från motsvarande fall.

Han lämnade kontoret och satte sig i bilen. Körde säkert vägen mot Drammen och parkerade efter trettiofem minuter utanför Rättsmedicinska institutet.

– Du förnekar dig inte, sa Snorrason. Du får väl komma in då. Sätt dig.

Han talade till Sejer som till ett mycket otåligt barn. Så släckte han läslampan och svängde runt på stolen.

– Som jag redan har sagt, började han, dog Ida av inre blödningar. Hon har utsatts för en stöt av nåt mycket tungt, eller så har hon fått ett slag med våldsam kraft, vi vet inte med vad. Ändå kan hon ha levt ett tag.

– Kan du ge mig nån idé om hur länge?

– Kanske en timme eller två.

Sejer krängde av sig jackan och satte sig.

– Förklara grundligt för mig, bad han. Hur fick hon inre blödningar, och varför dog hon av dem?

Snorrason knäppte händerna i knät.

– Flera revben är brutna och de är brutna på flera ställen. Ena lungan är perforerad och levern söndertrasad. Alltså blöder hon från levern och ut i bukhålan. Blodtrycket sjunker hela tiden. Den lilla flickkroppen innehöll kanske två och en halv liter blod. Då en liter har försvunnit ut i magen, närmar hon sig döden. Medvetandet försvinner långsamt. Om trycket faller under fyrtio femtio, försvinner hon från denna världen.

– Har hon haft mycket ont? frågade Sejer. Han tänkte på Helga Joner.

– Med perforerad lunga? Ja. Det sticker som knivar när hon drar in andan. Hon har varit illamående och känt sig mycket dålig. Hon har varit matt och kall och törstig.

Snorrasons ansikte visade inga tecken på känslor när han satt där och förklarade. Han docerade närmast, och så länge han rörde sig inom sitt eget fack var det lätt för honom att hålla undan känslorna.

– Hon kan ha blivit påkörd, fortsatte han. Till exempel borde strålkastaren på en motorcykel ligga i höjd med hennes bröstkorg. Men det är nåt som inte stämmer med den teorin.

– Vad då? sa Sejer.

– Låt oss först tänka oss en bil, sa han. Om Ida gick längs vägen och blev påkörd av en bil skulle den träffa benen. Hon skulle ha brutit benen. Därefter skulle huvudet ha slagit i asfalten om hon blev påkörd bakifrån, eller i motorhuven på bilen om hon träffades framifrån. Och om hon blev påkörd när hon satt på cykeln, skulle cykeln ha haft skador. Det har den inte. Men det verkar nästan som om hon låg ner när hon fick de här skadorna. Och då lutar det ju mer mot nån form av misshandel. Som slag eller sparkar. I så fall har hon inte hunnit värja sig med händerna. De är helt utan sår eller andra skador. Och om hon utsattes för sparkar måste det ha skett med bara fötter. Skorna skulle ha satt spår efter sig på ett eller annat vis. Men han är smart. Han har bytt kläder på henne. Hennes egna kläder skulle ha gett oss fler spår.

– Så du tror att det är därför som hon påträffades i nattlinne? Att detta med nattlinnet har mindre betydelse, bara att poängen var rena kläder, utan spår? sa Sejer.

– Tror inte du det? frågade Snorrason. Han tog en blå termos och hällde upp kaffe åt sig i en mugg. Sejer tackade nej.

– Han kunde ju bara ha lagt henne naken i täcket. Det är nåt romantiskt med det här, sa Sejer tankfullt. Nåt kvinnligt.

– Hon var mäkta snyggt paketerad, sa Snorrason. Det är inte så vi vanligtvis hittar dem. Men ingenting med detta är vanligt.

– Är hon utnyttjad på nåt sätt?

– Jag har inte kunnat upptäcka nåt sånt. Men det är mycket man kan göra med ett barn som inte ger fysiska spår. Täcket är förresten lagat, sa han. Nån har reparerat det fasligt noggrant.

– En person som kan sy, sa Sejer. Återigen den kvinnliga aspekten.

– Det är skarvat med en bit enfärgat tyg som kan vara från ett lakan, sa Snorrason. För övrigt fanns det inte en droppe blod, varken på Ida eller kläderna eller täcket.

– Hur är det med tejpen hon var surrad med? frågade Sejer.

– Vanlig brun pakettejp som alla har hemma.

– Och maginnehållet? Vad fick du ut av det?

– Att hon inte hade ätit på flera timmar. Det där nattlinnet, fortsatte han, du har inte fått napp där?

– Vi håller på. En kvinnlig polis påstår att det inte är köpt i nån av billighetskedjorna. Vi ska söka i butikerna för underkläder.

– Det finns väl inte så många såna?

– Fem stycken bara i vår stad. De fem butikerna har sammanlagt tolv anställda. Det blir ett trevligt jobb för Jacob Skarre, sa Sejer. Innan han är klar kommer han att känna stadens salonger för damunderkläder som sin egen byxficka.

– Han är ju singel, sa Snorrason och skrattade. Kanske han kan lära sig ett och annat. Underkläder har nästan blivit en hel vetenskap, log han. Vet du att mycket av det som flickorna har under kläderna är biprodukter från rymdforskningen?

– Nej, sa Sejer. Sånt vet jag ingenting om.

Han hade rest sig igen och började dra på sig jackan. Snorrason tömde kaffet i en klunk och sköt undan muggen.

– Jaha, sa han. Vad tänker du på nu?

– Just nu tänker jag på följande, sa Sejer. En överväldigande stor andel av de människor som blir dödade i detta land, blir dödade av nån de känner.

*

Tomme hörde dörrklockan pingla nere i bottenvåningen. Han sprang nerför trappan för att öppna. Åsynen av den främmande mannen på bron gjorde honom genast nervös.

– Konrad Sejer. Polisen.

Tomme försökte strama upp sig.

– Mina föräldrar är på sjukhuset, sa han snabbt. De hälsar på moster Helga.

Sejer nickade. Det var något hämmat och nervöst över den unge mannen. Det väckte hans nyfikenhet.

Tomme stod kvar i dörröppningen. Nu ångrade han att han hade öppnat alls.

– Du är Ida Joners kusin, antar jag.

Tomme nickade.

– Jag skulle just iväg, påstod han och såg på sin klocka som om det var något som hastade.

Brådskan fick Sejer att haja till. Det var som om det brann under fötterna på honom.

123

– Ge mig bara ett par minuter, bad han impulsivt, du kände ju Ida väl.

Ja, tänkte Tomme, jag är hennes kusin. De är alltid ute efter farbröder och kusiner. Han drog sig inåt hallen. Sejer följde efter.

– Det är förfärligt med din kusin, började han. De var inne i vardagsrummet. Det föll inte Tomme in att be honom sätta sig. Därför stod de kvar och såg på varandra.

– Ja, sa Tomme. Han gick till fönstret. Stod och såg efter Volvon. Om de bara kunde komma och rädda honom från det här svåra. Han hade inga ord alls när det gällde Ida och allt som hade hänt.

– Jag tänkte jag skulle fråga dig om en sak, kom Sejer på. Det handlar om den här olyckan med bilen.

När han nämnde bilen blev Tomme nervös igen. Sejer märkte det. Han förstod inte vart han ville komma. Antagligen hade pojken kört rattfull. Det måste vara därför han var så blek.

– Du fick en skada på bilen, sa Sejer, i rondellen vid stadsbron. Den första september. Den dagen då Ida försvann.

– Ja? sa Tomme.

– Din bil hade både en buckla och en del skador i lacken. Och en polis hittade rester av färg just på det stället vid bron, som kanske kommer från din bil.

Tomme hade hela tiden stått med ryggen till. Men nu vände han sig om.

– Det finns med andra ord inget skäl att tro annat än att skadan tillkom just så som du har beskrivit det, sa Sejer. Men jag vill ändå höra lite mer detaljer om händelseförloppet. Precis hur det gick till. Du har sagt att du blev prejad ut till höger av en annan bil?

Tomme nickade. – Det var en som körde in i rondellen samtidigt med mig. Men han låg i fel fil, och han körde för fort. Jag hade att välja mellan att få honom in i min vänstra sida och att svänga till höger och träffa vägräcket.

– Men du har inte anmält nån, eller skrivit nån skadeanmälan?

– Han smet, sa Tomme snabbt. Jag fick aldrig chansen.

– Så han smet? sa Sejer. Vad var det för sorts bil?

Tomme tänkte efter. – Vad var det nu igen? En mörkblå bil, ganska stor. Kanske Audi eller BMW.

– Varför smet han, tror du?
– Vet inte. Kanske han hade druckit.
– Hade du druckit?
– Nej, nej! Jag kör aldrig på fyllan.
– Var han nära din bil egentligen?
– Nej.
– Har du gjort nåt försök att få tag i honom?
– Hur skulle det gå till?
– Hur är det med vittnen, Tomme? Nån måste väl ha sett det?
– Jag antar det.
– Men ingen stannade?
– Nej.
Sejer lät tystnaden sjunka in. Då och då såg han på Tomme.
– Kör du ofta omkring så sent på kvällen, utan mål och mening?
– Mål och mening? sa Tomme osäkert.
– Du ser nervös ut, Tomme, sa Sejer. Sånt gör mig nyfiken.
– Jag är inte nervös, sa Tomme snabbt.
– Jo, sa Sejer. Du är blek och nervös. Det har du ingen anledning till
om det helt enkelt förhåller sig så, att en bil har kört fel i en rondell
och tvingat ut dig åt sidan och sedan smitit ifrån hela ansvaret. Du
borde vara arg.
– Det är jag också! utbröt han.
– Inte alls, sa Sejer. Du är förtvivlad.
– Opeln är reparerad för länge sedan, sa han plötsligt. Den är som ny.
– Det gick verkligen undan, sa Sejer. Raka vägen från rondellen och
in i Willys garage, log han. Har han hjälpt dig gratis?
– Ja. Tomme nickade.
– Det är väl vad man kallar en verkligt god vän, sa Sejer långsamt.
Tomme blev osäker. Hans förklaring, den lät så famlande. Så föga
trovärdig. Han hade inte gått igenom den ordentligt i tankarna, nu
verkade alltsammans så föga sannolikt.
– Exakt hur mycket var klockan då det hände? frågade Sejer tålmo-
digt.
När? Tomme tänkte så det knakade i honom. Han visste mycket väl
när det hände. Klockan var nästan midnatt. Det var mörkt. Kunde han

säga klockan tolv? Det var ju sant. Men vad skulle nästa drag bli? Oavsett vad han svarade, kunde Sejer komma med en ny vinkling som han inte hade tänkt på. Nu stod han där och väntade på svaret, han kunde inte söla längre så han sa som det var, att klockan var tolv på kvällen. Och Sejer lyssnade, funderade. Tomme vågade nästan inte röra sig, men han fruktade det värsta. Att hela sanningen, att han hade fått en buckla på bilen precis där och precis klockan tolv, skulle bli ödesdiger för honom.

– Du for härifrån klockan sex, sa Sejer, långsamt resonerande som om han såg alltsammans framför sig.

– Ja, sa Tomme. Det var också sant. Nästan allt är ju så fördömt sant, slog det honom.

– Vart skulle du?

– Till Bjørn, förklarade han. Men så var han inte hemma. Jag for till Willy i stället.

Sant igen. Alldeles sant.

– Och där stannade du … hur länge?

– Nästan till tolv.

– Sedan körde du in till centrum. Klockan tolv på natten?

– Ja.

Sant igen. Outhärdligt sant.

– Och efter det hade du den där olyckan i rondellen. Vad skulle du i centrum att göra så sent på kvällen?

– Tja, bara köra omkring. Utan mål och mening, sa han trotsigt.

– Du har sagt att du skulle mot Oslo. Stämmer det?

– Bara för att köra lite på motorvägen, sa han, jag hade inte tänkt köra ända till Oslo.

– Du var hemma klockan ett, sa Sejer. Vad gjorde du mellan tolv och ett?

– Jag åkte tillbaka till Willy, erkände han. Också det helt sant.

– Efter att ha tillbringat hela tiden mellan sex och tolv där så for du tillbaka till honom?

– Ja. På grund av bucklan. Jag var ganska stressad, medgav han. Jag måste få visa den för nån. Willy måste få se den, om han kanske kunde fixa den åt mig.

126

Allt låter så misstänkt, tänkte Tomme betryckt. Även om det jag säger nu är sant.

– Hur länge har du känt Willy Oterhals? frågade Sejer.

– Några år.

– Är ni mycket tillsammans?

– Inte nu längre. Mina föräldrar gillar det inte, tillstod han.

– Känner du till nåt om hans förflutna? undrade Sejer.

Nu blev Tomme osäker. Han visste lite. Han hade aldrig frågat om detaljer, just för att han inte ville dras in i något olagligt. Han var trots allt en hederlig pojke. Men det skulle kanske inte vara trovärdigt om han sa att han inte hade en aning om någonting. Det var inte gott att veta vad den här mannen skulle ta för ett bra svar.

– Jag får erkänna att jag inte alltid har total överblick över vad han håller på med, sa Tomme till slut. Jag håller mig bara undan det.

Sejer backade igen. Men han såg länge och tankfullt på Tomme. Mitt i nervositeten var det något oskuldsfullt över honom. Något hederligt.

– Var noga med vilka du väljer till kompisar, sa han allvarligt.

Sedan åkte han sin väg.

De satte all sin lit till nattlinnet. Det var deras starkaste kort, det kunde spåras tillbaka till butiken och från butiken till köparen. Om de hade tur. Skarre traskade målmedvetet längs stadens gågata med en bärkasse i handen. Han letade efter en underklädesaffär som hette Olav G. Hanssen. Den låg mitt emot Magasinet. Jacob Skarre hade aldrig någonsin varit inne i en affär full med underkläder. Han fann den mycket exotisk. Ett hav av vackert välvda skålar, rosetter och spetsar, rysch och pysch. Vidunderliga färger. Korsetter med imponerande snörning, underkjolar och strumpor. En välformad dam stod bakom disken och bläddrade igenom en kartong med silkesstrumpor. Hon såg krulltotten i polisuniform och log förekommande. Skarre knallade fram till disken och såg på strumporna. De hade ett gummiband överst så att de satt uppe av sig själva.

Han såg på expediten. Väluppfostrad, välvårdad och välväxt. Antagligen hade affären en fast kundkrets, och antagligen var kunderna vuxna kvinnor som expediten själv. Hon kände deras rumpor, bröst och lår, och efter några år bakom den här disken visste hon säkert mycket om människorna som kom hit. Vad de tyckte om och inte tyckte om och hur de såg ut i bara underkläderna.

Skarre la kassen med Idas nattlinne på disken. Försiktigt packade han upp det. Det var torrt igen och alldeles rent och man kunde tydligt se att det var nytt. Det var vitt, av tjock bomull och med en röd rosett i halsen. Längst ner vid fållen och längst ner på ärmarna satt en liten enkel spets. Det var allt. På insidan fanns en lapp som visade att nattlinnet var i storlek fjorton år. Det räckte Ida nästan till fötterna.

– Känner du igen det här nattlinnet? frågade han och bredde försiktigt ut det på disken.

Expediten reagerade ögonblickligen.

– Jadå, det gör jag. Hon nickade och Skarre såg på hennes ansikte att hon var säker på sin sak. Vi har sålt dem. Vi tog hem fyra stycken i storlekarna tio till sexton. Jag har ett kvar, det största, sa hon.

Skarre nickade belåtet.

– Så det kan vara köpt här?

Expediten blev nyfiken, men hon ville vara korrekt så hon koncentrerade sig på att svara på hans frågor.

– Absolut. Men det finns fler som kan ha tagit hem det. Det är från Calida. Merceriserad bomull, sa hon med kännarmin. Calida har väldigt fina saker.

– Jag har redan varit i de fyra andra salongerna som säljer damunderkläder, förklarade Skarre. De förde inte det här.

Han strök lite över nattlinnet.

– Och ni är säkert fler anställda här, fortsatte han, men kan du själv minnas om du har sålt ett sånt och i så fall till vem?

Hon tänkte efter. – Vi är bara två. Jag arbetar från tio till fyra varje dag. Sedan har jag en yngre dam som står här på lördagar. Jag har sålt åtminstone två. Få se nu. Det ena sålde jag till en man som kan ha varit i trettioårsåldern. Det var en födelsedagspresent, påminde hon sig. Han ville ha det inslaget. Och så var det en äldre dam som köpte det andra. Hon har varit här några gånger förr så henne känner jag igen. Hon har säkert barnbarn. Jag menar av åldern att döma. Hon köpte storlek fjorton, tror jag, så det kan ju ha varit det där. Hon såg ner på nattlinnet igen. Hon var väldigt osäker på storleken. Såg sig inte omkring särskilt noga, hon tog första bästa, och det skulle inte slås in. Det var väl ingen present.

Detta väckte Skarres nyfikenhet.

– Kan du säga nåt mer om hur hon såg ut? frågade han.

– Hon var väl drygt sjuttio kanske. Snyggt klädd. Lite tystlåten.

– Vad hade hon på sig? Minns du det?

– Kappa. Mörk och anonym kappa, du vet en sån där med persiankrage. Hon betalade kontant.

Jäklar, tänkte Skarre.

– Det kostar femhundranittio kronor, sa hon. Men kvittot ville hon inte ha. Det tyckte jag var konstigt. Jag sa uttryckligen att hon måste ha det om hon behövde byta, men hon sa att det inte var aktuellt att byta. Hon ville inte ens ha papperet. Hon tyckte att det blev så mycket skräp. Och så minns jag hennes portmonnä. Hon hade en sån där krokodilskinnsbörs.

– Kan du ta reda på tidpunkten? frågade Skarre, alltmer nyfiken.

– Jag kan gå igenom kvittenserna. Men då behöver jag tid på mig.

– Du säger att du har sett henne förr?

– Hon har varit inne ett par gånger och köpt strumpor och underkläder. För det mesta är hon ganska pratsam.

– Så du skulle kunna komma ihåg hennes ansikte? Om jag bad om det?

– Visst, sa hon tvärsäkert. Det tror jag nog.

Skarre log förnöjd. Den här kvinnan skulle det gå att värma upp ordentligt, det skulle gå att få henne att minnas både det ena och det andra om han gav henne tid. Men han kände till folks gränslösa iver när det gällde att stå till tjänst med observationer. För mycket kunde lätt bli till fel och föra dem på villovägar. Därför hejdade han sig och frågade om något annat.

– Du hade sålt ett till. Eller kanske hon som är här på lördagarna? Var kan jag träffa henne?

Skarre fick ett nummer han kunde ringa. Han vek ihop nattlinnet och skulle till att gå.

– Tack för hjälpen, log han. Jag kommer kanske tillbaka. Vill du ringa det här numret när du har tagit reda på när de såldes.

Han gav henne sitt kort. Sedan gick han gågatan fram och upp till tingshuset. Telefonen ringde just som han satte sig vid sitt skrivbord.

– Nattlinnet i storlek tio år köptes den 29 augusti, upplyste hon. Och det andra, den äldre kvinnan, den 7 september.

– Tusen tack, sa Skarre.

Sejer hade just spelat upp följande meddelande på sin telefonsvarare:

"Hej. Det är Sara. Är du aldrig hemma, eller? Jag saknar dig. Inte hela tiden, inte varje timme på dagen, men då och då. Särskilt på natten. Särskilt alldeles innan jag somnar. Och särskilt om jag har druckit lite rödvin, och det har jag varenda kväll. Jag har varit ute på nätet och läst tidningarna. Klara ut det där med Ida nu. Låt inte den där typen slippa undan! New York är fantastiskt men jobbigt. Må så gott."

Han satt vid fönstret med ett glas. Han hade hört meddelandet två gånger och ett lustigt leende lekte runt munnen på honom. Hunden vilade vid hans fötter. I bakgrunden hörde han Tracy Chapmans djupa röst. "Baby, can I hold you tonight." På väggen hängde bilden av hans döda hustru Elise. Han såg upp och släppte fram henne, släppte fram allt som han hela tiden annars måste hålla nere. Det tjänade ingenting till att sörja längre, det var bara tröttsamt.

– Vacker är du också, mumlade han och tog en klunk av whiskyn. Han lät ögonen vila på hennes ansikte. Och du är väl bibehållen, la han till. Mycket bättre än jag.

Han ställde undan glaset och tog paketet med Tidemanns mild nummer tre. Började rulla en tjock cigarrett. Han tyckte om att plocka ut en nypa tobak och slita i den, han kände de tunna trådarna hänga fast vid varandra, kände att de lossnade, att han kunde lägga dem i en ränna i papperet och sedan rulla med känsla, en tjock cigarrett med maximalt drag. Han tände och drog in djupt. Medan han lyssnade till Tracy Chapman. Han var trött och kunde lägga sig och somna på sekunden, men han hade det för skönt där han satt i stolen. En kvinna, tänkte han undrande och försökte få till en tankekedja. En äldre kvinna hade kanske köpt nattlinnet. Skyddade hon någon annan? En kvinna kunde också ha lagat täcket. Varför den omsorgsfulla inpackningen? Vackert blommigt täcke. Splitter nytt nattlinne. Femhundranittio kronor hade Skarre sagt. Det måste betyda att den som var ansvarig för hennes död också var en ansvarskännande människa. Med omtanke om Helga Joner. Som äntligen kunde lägga Ida i en grav och fylla kistan med kramdjur. Var det så hon hade tänkt? Eller han? Eller de?

Från trettonde våningen såg han ut över staden. Att bo så högt gav honom en känsla av överblick. Och kontroll, medgav han. Han hade alltid tyckt om att åka från tingshuset, på riksväg 76, svänga av och köra uppåt åsen för att därefter forcera de tretton våningarna ända upp i toppen av det stentorn som var hans hem. Hade alltid tyckt om att titta ner på människorna. Men ibland, som nu, gav det honom en känsla av ensamhet. Han tänkte tillbaka på barndomshemmet på Gamle Møllevej utanför Roskilde, där han kunde sitta i vardagsrummet och se rakt ut på ett träd. Vara ända nere på marken.

Han rökte färdigt och reste sig. Bar ut glaset i köket. Sköljde det noga under kranen. Hunden segade sig upp och lunkade med största självklarhet in i hans sovrum, där den hade en matta vid sängen. Sejer släckte alla lampor. Strök med ett finger över porträttet av Elise, vände ryggen till och gick till badrummet. Han sköljde ansiktet med kallt vatten och borstade tänderna länge. Med den gammaldags tandborsten, fast det stod en eltandborste från Braun inpluggad i urtaget. Han hade fått den av sin dotter Ingrid men använde den aldrig. Det vågade han inte tala om. Han öppnade fönstret i sovrummet. Väckarklockan var inställd på sex. Han släckte lampan på nattduksbordet och slöt ögonen. I hela huset fanns det femtio lägenheter bebodda av mer än etthundrafemtio människor. Men det hördes inte ett ljud.

*

Tomme lät bli att svara när han såg Willys nummer i displayen på mobilen. Fortfarande låg det ett meddelande där. Efter ett tag började han svettas. Det verkade som om Willy inte skulle ge sig och det kändes omöjligt att komma undan. Till slut satte han sig i Opeln och körde in på hans gård. Som vanligt var han i garaget. Scorpion stod med motorhuven öppen och Willys bak syntes över kanten.

– Har du gått i ide? frågade han då Tomme kom gående.

– Nej, nej, sa han. Det är morsan och farsan.

– Du är ju för fan myndig, sa Willy. Du umgås väl med vem du vill?

– Visst, hävdade Tomme. Jag är ju här nu, va?

Willy dök ner i motorn igen. Han sa ingenting. Tomme väntade.

– Var det nåt särskilt? frågade han. Egentligen ville han åka hem igen eller sticka över till Bjørn eller Helge. Men han kunde inte spola Willy utan vidare. Han kände det. Efter allt som hade hänt.

– Jag har tänkt mig en tur till Köben, sa Willy.

Han rätade på sig och drog ut lite trassel ur en påse på golvet. Så spottade han i handflatorna och började gnida smuts från fingrarna.

– Jag tänkte du ville följa med.

– Till Köpenhamn? sa Tomme osäkert.

– Med M/S Pearl of Scandinavia, sa Willy. Han tog upp en broschyr ur fickan. Sedan la han ut texten om skeppets förträffligheter.

Tomme hade aldrig åkt med Danmarksbåten. Inte hade han pengar heller.

– Splitter ny båt, sa Willy ivrigt. Rena kryssningsfartyget. Jag har ett ärende i Köben. Du kan väl följa med? upprepade han. Det lät som en befallning. Tomme kände sig olustig. Han tog broschyren.

– Den är inte alls ny, sa han efter att ha läst en stund. Den är bara uppsnyggad.

– Det är väl samma sak, menade Willy.

– Du vet att jag inte har råd, sa Tomme.

Han la ifrån sig broschyren på bänken. Den blev liggande där tillsammans med putstrasor och annan röra.

– Och du vet att du kan låna av mig, sa Willy.

Tomme hade sina funderingar. – Ett ärende, sa han tvivlande. Jag är inte med på dina grejer och det vet du.

Invitationen gjorde honom osäker. Kanske Willy hade baktankar.

Willy ryckte på axlarna. – Det är bara en bagatell. Jag ska förbi en bar. Spunk, sa han. Det tar ett par minuter. Du kan vänta nån annanstans. Om du är rädd att det ska bränna under fötterna på dig. Resten av tiden går vi på stan.

– Jag vill inte bli inblandad i nåt, sa Tomme.

Han sa det med uppammande av allt han hade av myndighet. Om Willy trasslade in sig i något, kunde han själv dras med i baksuget. Tomme hade aldrig haft någon flickvän, men han föreställde sig att det skulle vara lättare att göra slut med en tjej än att vända Willy ryggen.

Samtidigt kände han sin egen dubbelhet, det bekväma i att Willy alltid hade pengar. Att han ville kosta på honom en biljett tur och retur Köpenhamn. Att han reparerade bilen utan betalning. Det kändes lite lockande också, att sticka iväg från allt. Den tryckande stämningen i huset där hemma. Polisen som plötsligt stod i dörren. Modern och hennes forskande blick.

– Från fredag till söndag, sa Willy övertalande. Då får vi några timmar i land.

Tomme försökte vinna tid.

– Jag måste höra med dem där hemma. De säger antagligen nej.

– Säg att du åker med Bjørn och dem.

– Det kommer de säkert på, menade Tomme.

– De ställer säkert upp, sa Willy. Det är bara att ge dem instruktioner. Du är ju jävlar i mig myndig. Måste du fråga om allt?

– Jag bor ju där. I huset, hos dem.

Han kastade med huvudet åt hemmet till, generad över förhållandena där, medan han samtidigt tänkte på att Willy var äldre. När jag är tjugoett, tänkte Tomme, då bor jag inte hemma ens.

– Jag beställer biljetter, sa Willy. Vi tar en billig hytt längst ner i båten.

Tomme kände att han satt som fastklistrad. Han ville slita sig loss men var bunden till Willy. Samma kväll frågade han modern om lov att åka med Danmarksbåten tillsammans med Bjørn. Hon sa ja. Bra att du tar upp kontakten igen, sa hon. Jag tycker om Bjørn. Han är en bra pojke. Och du behöver komma ut lite. Tomme nickade. Bjørn hade lovat ställa upp om det blev nödvändigt. Jag måste nästan följa med, förklarade han för kompisen, Willy har fixat bilen åt mig. Han vill absolut ha sällskap.

På eftermiddagen den 20 september knuffades de i en ändlös kö vid incheckningen till M/S Pearl of Scandinavia. De hade tagit bussen in.

Ingen av dem ville ha bilen stående en helg i Oslo. Båda hade en bag över axeln. Tommes var en blå och röd Adidasbag, Willy hade en svart och vit Puma. Bagarna var ungefär lika stora och innehöll ungefär samma saker. Tandborste. En extra tröja. Vindtät jacka. Senare tittade Tomme in i hytten. Han tyckte inte om den.

– Rena kryptan, mumlade han och sneglade in i det trånga utrymmet.

– Vi ska inte vara här hela tiden, sa Willy entusiastiskt. Vi ska till baren, ju.

De kastade in bagarna på golvet och orienterade sig fram till en bar. Väderutsikterna för helgen var dåliga, det tyckte Willy var fint.

– En storm, Tomme, det skulle väl vara nåt, va?

Tomme beställde en stor stark. Han önskade sig inte någon storm. Han såg på Willy över bordet. Överläppen stramade varje gång han sög på cigarretten. Han drack öl i rasande fart. Tomme kände sig plötsligt ensam, övergiven av den andre. Det var svårt nog hemma, men där hade han sitt eget rum. Han kunde välja hela tiden. Den behagliga värmen i vardagsrummet och moderns kakor. Eller ensamheten på rummet och filmerna eller datorn. Nu satt han där med Willy, och måste göra det till på söndag.

– Skutan väger fyrtiotusen ton, upplyste Willy, han läste fortfarande i broschyren. Såg sig omkring, gjorde stora ögon upp i taket och sedan ut över havet. Den rymmer tvåtusen människor, kan du tänka dig?

– Vilken fartygskatastrof om den skulle gå under, menade Tomme och drack öl i pyttesmå klunkar. För min del tänker jag leta reda på var flytvästarna är, sa han. Lika bra först som sist.

– Toppfart tjugoen knop, förkunnade Willy. Hur mycket är tjugoen knop?

Tomme rynkade pannan. – Ingen aning. Kanske fyrtio kilometer.

– Fyrtio? Det låter inte mycket.

Willy såg ut genom fönstret, ut mot de tröga grå vågorna. Han höll sitt halvlitersglas med båda händerna.

– Å andra sidan, kom han på, den här grejen på fyrtiotusen ton, genom vågorna, mitt ute på havet i fyrtio kilometer i timmen. Och kanske i dåligt väder! Jo, den plöjer nog undan en del.

Han drack mer öl. Han är nervös, tänkte Tomme. Han har gjort det här många gånger och det har alltid gått bra, men nu är han nervös. Det är jag också. Polisen har varit i hans garage, och han är rädd. Men det var mig de frågade efter. Kanske är de efter oss båda två. Han rös och drack av ölet.

– Och annars? sa Willy och sneglade på honom. Har ni hört nåt mer från snuten?

Tomme tänkte noga efter vad han skulle svara. Han ville helst inte alls tala om Ida och allt som hade hänt. Men det var svårt att slingra sig undan.

– Jag hade nån sorts kommissarie på tröskeln häromdagen. En jävla flaggstång till karl. Just då såg han upp på Willy. Det är han som leder undersökningen. Jag har sett honom på TV.

– Samma som var i garaget, nickade Willy.

– Han skulle ha reda på allt om den där bucklan på bilen. Precis hur det gick till. Nu såg han intensivt på Willy. De hade till och med kollat vägräcket vid bron. De skickade faktiskt ut en polis för att leta efter svart lack från Opeln!

– Ja? sa Willy, som var så nyfiken att ögonen nästan sprätte ut ur huvudet på honom.

– Och det hittade de. Men jag var skitnervös.

– Men det är ju sant! sa Willy övertygande. Du säger bara sanningen!

– Det vet jag. Men jag var skitnervös.

– Och sedan då? sa Willy igen. Vet du vad de håller på med?

– Jag tror de har ett spår. Jag skulle bra gärna vilja veta vad det är. Jag fattar ingenting, avslutade han och gned sig i nacken med en fuktig hand. Golvet darrade under fötterna på honom, trots de tjocka mattorna. Det var underligt att tänka sig att de befann sig på en båt. Det kändes inte så, det var mer som en stor restaurang, där det brummade häftigt i källarvåningen. Ett kraftverk eller något. Tomme la åter handen bakom nacken och började massera den. Han satt längst in, med ryggen mot väggen, och det blåste kallt från det runda fönstret bakom honom.

Han drömde ingenting. Han somnade fort och det djupa motorljudet följde honom genom natten. Nästa morgon gick de i land. Känslan av fast mark under fötterna var skön, men det blåste kraftigt. Pojkarna gick sidledes i den starka vinden och tog emot de värsta kasten med axlarna. Tomme hade en vindtät jacka med huva, han drog upp den över huvudet och knöt igen. När man såg honom från sidan, stack den smala näsryggen ut som en tunn näbb. Under lördagen uträttade Willy sitt lilla ärende på baren Spunk. Det var så han själv uttryckte det. Inget märkvärdigt, bara en liten affär. Helt oförarglig. Han prackade inte sina varor på andra än dem som tiggde och bad. Vuxna människor, samma varje gång. Som han såg det var det en välbehövlig extra-inkomst, han tjänade uruselt på Mestern Bowling, och såvitt han hade kunnat konstatera, hade ingen av dem han med jämna mellanrum försåg med varorna hamnat i nån sorts elände.

– Det kan väl inte du kontrollera, menade Tomme. Om det kommer i händerna på småungar. Om det kanske leder till olyckor ibland.

– Det får stå för andras räkning, sa Willy. Jag säljer till ansvarskännande människor. Vad de gör sedan är inte mitt problem.

Tomme satt på en restaurang och åt kyckling och pommes frites. Willy hade gett sig iväg med Pumabagen över axeln. Den såg inte nämnvärt tyngre ut då han kom tillbaka efter en knapp timme. Efter det drog de runt på gatorna och tittade på folklivet. En gång under lördagens lopp ringde Tomme hem till modern för att försäkra henne att allt var som det skulle. Både med honom och Bjørn. Så var det hemresa. De satt i baren igen, de hade fortfarande hytt längst ner i båten. Willy sa inte mer till Tomme om affären, kastade bara likgiltigt in bagen i hytten. En gång under kvällen smet han visserligen iväg, för att kolla en sak som han sa, men han var snabbt uppe igen. Tomme föreställde sig att bagen, som såg helt oskyldig ut, kanske hade dubbla bottnar eller ett hemligt fack. Det var verkligen en enkel bag, i billig nylon. Willy verkade uppåt. Under kvällen blev han ganska full. Tomme satt med sin tredje öl, han kände sig klar i huvudet. Efter hand började det blåsa upp. De märkte dock inte mycket av sjögången där de satt i var sin fåtölj. Plötsligt gick Willy till baren och köpte tre stora öl på en gång. Han gick lös på den första.

– Vad ska det där vara bra för? sa Tomme tvivlande. Han såg på de tre glasen.

– Det är nu ovädret kommer, sa Willy. Det är bara lite försenat. I värsta fall stänger de serveringen. Han tog en ordentlig klunk. Jag har rest många gånger, förklarade han, så jag vet hur det är.

Tomme skakade resignerat på huvudet. Han smuttade försiktigt på ölet och beredde sig på att bära Willy till kojs.

– Jag har nåt jag vill be dig om, sa Willy. Rösten hade blivit sluddrig under kvällens lopp, och ansiktet fick det där fula uttrycket som Tomme tyckte så illa om.

– Jaså? sa Tomme. Han försökte låta likgiltig. Av någon anledning var han rädd. Det här hade han väntat på.

– Jag menar, det är ju så här, sa Willy. Du är ju skyldig mig en tjänst. Eller ska vi säga två.

– Varför då? sa Tomme. Han kände sig plötsligt nykter och nu sköt han undan glaset för att markera att han var någon annanstans. Han hade kontroll.

– Först din konstiga historia, sa Willy. Som naturligtvis är i säkert förvar hos mig. Och sedan det faktum att jag reparerade din bil utan att ta betalt.

– Men nu ska du ha betalt. Är det så? sa Tomme surt. Han skulle jävlar inte ha åkt med. Han tog glaset igen och drack häftigt. Han var arg. Det kändes bra, allt är lättare när man är arg. Ilskan får fart på en, sätter i gång blodomloppet.

– Var inte så lättstött, sa Willy. Jag pratar inte om pengar.

– Det trodde jag inte för ett ögonblick, sa Tomme.

– Bara en liten gentjänst, sa Willy. Ett litet jobb. Det tar ett par minuter.

Tomme väntade på fortsättningen.

– När vi går i land, sa Willy, så byter vi bag.

Tomme ryggade bakåt i stolen och spärrade upp ögonen i förfäran.

– Det skulle aldrig falla mig in, sa han och klamrade sig fast vid ölglaset.

Willy log sitt fula leende igen och lutade sig fram över bordet. – Låt mig tala till punkt, sa han.

– Jag går ner till hytten, sa Tomme. Jag vill inte ens höra på dig. Och min konstiga historia kommer du i vilket fall som helst inte långt med.

– Inte det?

– Tänk efter då för fan. Jag förstår ju inte ett skit av det själv. Hur ska då polisen förstå det?

– Kanske de är smartare än du, föreslog Willy.

– Knappast. Du hotar mig, sa Tomme anklagande.

Willy såg på honom och låtsades sårad.

– Är vi inte jämställda kanske? Jag vet nåt om dig. Du vet nåt om mig. Det kallar jag inte hot. Det kallar jag en gentjänst. Det tar ett par minuter. Du bär grejerna genom tullen åt mig.

– Tror du jag är en idiot? sa Tomme. Du är full, konstaterade han. Nu går vi och lägger oss. Klockan är mycket. Och de stänger ju hur som helst. Det här orkar jag inte med längre.

– Har öl kvar, snörvlade Willy. Trodde faktiskt att du skulle ställa upp för mig. Eftersom jag ställde upp för dig.

– Du ber om en hel del, tycker jag, sa Tomme bittert.

– Det gjorde du också, sa Willy. Om du tänker efter. Om du verkligen tänker efter, sa han och uttalade varje ord överdrivet tydligt.

Tomme stirrade och stirrade ut genom fönstret och försökte upptäcka havet där ute. Det gick inte. Man kunde nästan inte fatta att havet låg där, alldeles utanför. Inne var det så ljust och varmt. Inne var det skratt och musik. Med jämna mellanrum hördes rungande skrattsalvor och klirrande glas. Det var också ett slags hav som svallade, varma kroppar, musik och rytmer, alltsammans underligt belyst så att det såg ut som ett böljande flimmer. Han kände sig plötsligt slut. Så trött och less på allting.

– Ta med dig ölen upp på däck så får vi lite luft, sa Willy.

Tomme gapade. – Mitt i natten?

– Jag vill se stormen, sa Willy.

Han drack ett par tre stora klunkar så att inte glaset skulle vara så fullt. De gick ut ur restaurangen och klättrade uppför trapporna. Vinden tog tag i dem så fort de öppnade dörren ut mot det vindpinade däcket.

– Nej fan, sa Tomme. Det regnar.

138

– Vackert, skrek Willy hänfört. Han stod med armarna rakt ut och den iskalla blåsten rakt i ansiktet. Det var överväldigande friskt.

– The Perfect Storm! tjöt han.

Tomme hukade sig när han kände vinden ta tag. Han höll sig fast i räcket och rörde sig försiktigt mot aktern. Willy följde efter på ostadiga ben.

– Frisk luft! lallade han. Jag blir jävlar i mig nykter av det här, sluddrade han ner i glaset.

Tomme kände den salta fuktiga vinden klibba i ansiktet. Han lutade sig över relingen. Långt där nere såg han de svarta, sega dyningarna med vitt skum ovanpå. Plötsligt tyckte han inte alls om Willy. Den här historien skulle förfölja honom för alltid, så länge han kände Willy. Den skulle fortsätta att komma upp med jämna mellanrum. Nu ville Willy använda den. Ville ha honom att gå genom tullen med en bag full med knark. Han flämtade och stirrade ner i vågorna. Willy kom fram till relingen. Klättrade upp två steg och såg ner i det svarta vattnet. Han var längre än Tomme men smal som en tråd. Håret var dyblött.

– Exakt vad har du köpt? sa Tomme slutligen.

– Va? skrek Willy. Bruset från sjöarna överröstade alla ljud. Ett häftigt regn slog dem i ansiktet.

– Vad har du i bagen?

– Inte blommogram direkt, flinade Willy. Han drack igen ur glaset. Men plötsligt gled det ur handen på honom och försvann i vågorna. Häpen följde han det med blicken.

– Kanske träffade jag en torsk, mumlade han hoppfullt. Mitt i fiskhuvudet.

– Svara då för fan!

Willy vände sig om och såg på honom. – Värst vad du tar i då, grabben. Jag bad dig om en tjänst och du sa nej. Det är bra, du har visat var du står. Men det var egentligen inte allvarligt menat, jag ville bara testa din lojalitet. Du bestod inte provet, konstaterade han.

Det sista sas med ett flin, men Tomme kände honom bättre än så. Det fanns en bitter klang i den släpiga rösten. Plötsligt blev han illa till mods.

– Jag ska prata med en verkstad, sa Tomme, och få ett cirkapris på den där reparationen. Så betalar jag dig så fort jag får pengar.

Han tyckte själv att detta var ett hederligt försök att upprätta balans mellan dem. Willy svarade inte. Han hängde ut över relingen. Hans ögon var fjärrskådande, som om ruset av ölen och bruset från sjön hade fört honom långt bort. Tomme tänkte sig plötsligt att den magra kroppen vickade över och försvann i vågorna. Att han sjönk och tog historien med sig. Att han själv skulle ta den med sig i sin egen grav, när den dagen kom. Att inga andra visste det. Bara Willy. Han var så full och trög. Så oförberedd. Inte en käft kunde se dem här uppe.

Tomme blev förfärad över sina egna tankar. Han drog sig undan från räcket och satte sig på en lår. Hans kläder var våta. Det regnade hårdare. Han kom ihåg att han inte hade några andra byxor än de kalla våta han hade på sig nu. Bara en torr tröja i bagen.

Han hörde Willy börja hicka borta vid relingen. Han hickade kraftigt fyra fem gånger, sedan vände han sig om och såg på Tomme. I mörkret och regnet lyste de två ansiktena som bleka lyktor, och det uppstod en tystnad mellan dem som ingen kom sig för att bryta. Tomme studerade kamratens ansikte och upplevde det som en månljus oval, där ögonen och munnen framstod som otydliga skuggor. Det liksom svävade i luften och hängde inte längre fast vid resten av kroppen. Varje gång vinden tog tag, drev håret fram över ansiktet på honom och delade ovalen i två. Några vita fingrar dök upp och fladdrade i mörkret för att sedan försvinna igen, som borttrollade av en illusionist.

– Varför glor du så där på mig? sa Willy.

Sju timmar senare vaknade Tomme med värkande nacke. Huvudet var nästan orörligt. I flera minuter låg han kvar i kojen utan att öppna ögonen. I hans huvud härskade full förvirring. Hade allt varit en dröm? Något ont, något komplett oförståeligt kom över honom som brottstycken av ljus och ljud. Han visste inte om det ännu var natt eller tidig morgon. Om de var mitt inne i fjorden eller nästan vid kajen. Hytten hade inget fönster. Han kunde lyfta vänstra armen och se på klockan. Men det förefoll honom som en kraftansträngning som han inte orkade med. Det jämna brummandet från dieselmotorerna hördes fortfarande. Det fortplantade sig i hans kropp som en behaglig vibration, och han kände en stark motvilja mot att resa sig upp från kojen och förlora den känslan. Han hörde inga röster, inga steg. Till slut öppnade han ögonen och såg upp i taket. Försökte svälja. Han var torr i munnen. Kanske vi ligger vid kaj, tänkte han. Kanske alla andra passagerare har gått. Det är bara du kvar, Tomme Rix, alldeles ensam på kojen i hytten i botten på båten. Längst ner i botten. Han kunde åka med tillbaka till Köpenhamn. Och sedan vända tillbaka till Oslo. Han kunde segla och segla över havet för evig tid. Stänga in sig i hytten. Regla dörren. Han skulle inte stiga upp, inte gå i land, inte ens vara vid medvetande. Men han lyckades inte gräva ner sig i sömnen igen. Så hördes ändå röster på avstånd. Det tog honom ur transen. Han reste sig tungt och satte ner fötterna i golvet. Hade sovit med kläderna och skorna på. Jeansen var fortfarande våta efter vistelsen på däck. Han gick på skälvande ben till det lilla handfatet. Hällde kallt vatten i ansiktet utan att se sig i spegeln. Torkade sig med handduken. Det var en sträv handduk, han tyckte den rev i skinnet. Han tog sin Adidasbag och gick ut. Gick genom en oändlighet av långa, smala korridorer. Ingen syntes till. Så kom han upp i foajén och var plötsligt mitt i en folksamling. Det var en överväldigande mängd trötta människor, lukter och surr av röster. Han ställde sig mitt ibland dem. Försökte göra sig osynlig. Sänkte blicken mot golvet. Det hade heltäckningsmatta. Han följde mönstret med ögonen och började om så snart han hade hunnit till slutet. Cirkel, cirkel, fyrkant och streck. Slinga, fyrkant och streck. Folk började röra sig mot utgången. Han lät sig föras med, viljelöst. Genom tullen, där ingen bevärdigade honom med en blick, och upp genom staden. Vid Egertorget stannade han en minut. Han stirrade mot nedgången till tunnelbanan, såg den vita skylten med blått T. Försökte forma sig en bild som han senare kunde visa för andra. Var det inte Willy som just försvann nerför trappan där? De beniga axlarna han kände igen så väl. Den mörkblå vindtygsjackan? Han såg det alldeles tydligt. Så tydligt att han senare skulle kunna återge det om det blev nödvändigt. Något började ticka i honom. Det gav honom en känsla av att vara explosiv. Det skulle ticka ett tag och till slut skulle allt sprängas i bitar. Han fortsatte till Universitetsplassen. Där ställde han sig för att vänta på bussen.

Ett foto av Idas nattlinne publicerades i tidningarna. Två personer anmälde sig genast och kunde sorteras bort. Plaggen var dessutom i fel storlek. Men den äldre kvinnan som hade handlat den 7 september, och som hade köpt just storlek fjorton år, lät inte höra av sig.

– Vi försöker med en teckning, sa Sejer.

Den tecknades efter anvisning av expediten på Olav G. Hanssen och trycktes i tidningarna. Teckningen visade en äldre kvinna med stora öron och utstående runda ögon. Ansiktet var långt och magert, och om man kunde säga att det uttryckte något som helst så var det skepsis. Munnen var rak och smal, håret tjockt och stramt. Bredvid kvinnoansiktet fanns det återigen en bild av nattlinnet. Nu visste hela Norges befolkning precis hur Ida var klädd då de hittade henne i diket vid Lysejordet. Chansen var stor att någon skulle ringa in ett bra tips på vem det var. Läsarna älskade fantomteckningar, och den här tecknaren var bra.

Den tredje som ringde väckte Sejers uppmärksamhet på grund av en enkel kommentar.

– Jag känner en dam som är väldigt lik. Hon fyllde sjuttiotre i våras, och hon har varken barnbarn eller andra släktingar som använder storlek fjorton år, sa rösten tvärsäkert. Det lät som en äldre kvinna. Hon presenterade sig som Margot Janson.

– Hon drar själv gott och väl fyrtiofyra, fortsatte hon. Jag har känt henne i tjugo år. Hon städar åt mig. Jag har brutit lårbenshalsen, ser du, och Gud vet vad jag skulle ha gjort utan henne. Hon kommer varje vecka, och du ska inte tro att hon slarvar. Hon bor på Giske, i fyrfamiljshusen där. Hennes man dog för många år sedan.

Sejer antecknade medan hon talade.

– Det är otänkbart att hon har nåt med det här Idafallet att göra, och jag begriper inte varför hon har blivit tecknad i tidningen. Hon är den hederligaste människa jag känner. Men det är väldigt likt Elsa. Elsa Marie Mork.

Sejer noterade namn och adress.

– Hon far omkring överallt, hon är till och med med i lottorna. En

142

krutgumma, det kan jag hälsa och säga, hon drar sig inte för nåt. Dess-
utom har hon en del att stå i i sitt eget liv. Men det vill jag inte prata
om, för jag vill inte sprida rykten.

Sa Margot Janson.

Nu var Sejers nyfikenhet väckt på allvar. Han tackade henne och la
på. Kanske var det Elsa Marie Mork som hade köpt nattlinnet. Och
hade hon officiellt inte någon att köpa det till, var det misstänkt i sig.
Han hade svårt att föreställa sig att den skyldiga i det här fallet var en
kvinna på över sjuttio år, men hon kunde skydda någon annan. Mar-
got Janson sa att hennes man var död. Vilken sorts annan person kun-
de få en sådan kvinna att ta den risken? Svaret var uppenbart. En bror.
Eller en son.

Det tog femton minuter att köra till Giske. Fyra tvåvåningshus låg
vackert placerade i en solrik sluttning. Inte höga nog för att ge de bo-
ende vacker utsikt över älven men ändå i lä av åsryggen bakom. Ett
ombonat och behagligt ställe. Det fanns inte en sandlåda, inte en tre-
hjuling på området. Dessa hus beboddes av äldre människor som inte
längre ville leva i stojet från lekande barn. Han läste på ringklockorna,
fann hennes namn och tryckte in knappen. Den sjuttiotreåriga kvin-
nan kunde vara lomhörd, eller också kunde den duktiga Elsa vara mitt
uppe i dammsugningen. I varje fall tog det tid. Kanske kikade hon ge-
nom fönstret först. Eller också var hon helt enkelt inte hemma. Sejer
stod på trappan och väntade. Äntligen hörde han steg innanför. Ett
skarpt klapprande som när man går över sten. Det sista han hade gjort
innan han lämnade bilen var att kasta ännu ett öga på teckningen.
Han hade den inpräntad på näthinnan. Det stränga ansiktet med sma-
la läppar. Plötsligt stod hon där framför honom. Hennes kropp var re-
dan på väg bort, hon höll på att slå igen dörren, kanske av gammal
vana, för försäljare och sådana.

Konrad Sejer bugade djupt. Den här bugningen var hans varumär-
ke, en gest som annars nästan var borta och bara togs fram vid högtid-
liga tillfällen. Den gjorde intryck på Elsa Mork, därför stod hon kvar.
Hon var noga med skick och fason.

– Konrad Sejer, sa han hövligt. Polisen.

143

Hon blinkade förskräckt. Ansiktet fick ett enfaldigt uttryck och blicken sökte sig ängsligt mot den grå bärkassen av plast som han höll i handen.

– Jag har ett par frågor, sa Sejer och såg nyfiket på den äldre kvinnan. Hon var klädd i långbyxor och tröja. Plaggen var typiska för äldre människor och deras behov av bekvämlighet. De var strykfria och färgäkta och hade få besvärliga detaljer. Byxorna hade resår i livet och sydda pressveck. För övrigt kunde man inte säga om Elsa Mork att hon var fåfäng. Det fanns ingen antydan till smycken eller annat sådant. Ansiktet var rentvättat och inte ett hårstrå var ute på vift. Han kunde gott förstå att Margot Janson hade ringt. Kvinnan liknade absolut teckningen. Efter ett tag öppnade hon dörren helt och släppte in honom i hallen. Den hade ett gråprickigt stengolv, som han hade förställt sig, och Elsa Mork hade träskor på fötterna. Han la märke till lukten där inne. Det slog honom att det luktade speciellt i det här fyrfamiljshuset, man kunde faktiskt lukta sig till att huset var bebott av äldre människor. Men han kunde inte precisera exakt varför han tänkte så. Kanske var det snarare en frånvaro av lukt. Det var något mycket avmätt över henne, men det behövde inte betyda något. Hon var en ensamstående kvinna och hon hade just släppt in en främmande man på en och nittiosex i sin lägenhet. Det såg ut som om hon ångrade sig ögonblickligen.

Nu visade hon vägen till ett grönmålat kök. Där nickade hon mot köksbordet och Sejer satte sig ytterst på en stol. Sedan la han påsen på bordet. En grå bärkasse utan text eller tryck av något slag. Han tog upp nattlinnet och bredde ut det över bordsskivan. Hela tiden iakttog han henne. Nu var ansiktet slutet.

– Det här nattlinnet är betydelsefullt för oss, förklarade han. Och jag behöver helt enkelt växla några ord med den person som har köpt det.

Hon satt helt orörlig på stolen medan han talade.

– Vi har anledning att tro att du har varit i en affär och köpt ett liknande nattlinne. Den sjunde september. Hos Olav G. Hanssen på gågatan. Kan det stämma?

Munnen blev smalare och var bara en smal spricka när hon svarade.

– Nej, du ser väl att det är för litet för mig, sa hon med en trött blick, som antydde att det måste vara fel på hans ögonmått.

– Tidningarna hade en bild av det för några dagar sedan, fortsatte Sejer. Vi uppmanade folk att höra av sig om de hade sett eller köpt ett sånt. Två personer ringde. Men butiken har sålt allt som allt tre stycken, fortsatte han. Jag sitter här just nu för att kvinnan som arbetar på Olav G. Hanssen har gett en mycket exakt beskrivning av en köpare. Det är så att du liknar henne.

Elsa Mork teg. Hennes fingrar grävde sig in i varandra på den plastlaminerade bordsskivan. Hon hade blivit stum.

– Har du sett tidningen i dag? sa han vänligt. Han bifogade ett leende. Han ville säga: Det är inte farligt. Jag tror inte att du är skyldig till Idas död.

– Ja, sa hon långsamt. Jag läser tidningar.

– Och teckningen? log han tålmodigt.

– Vilken teckning? sa hon avvisande. Nu vågade hon inte se på honom.

– En teckning av en kvinna. Hon liknar dig, inte sant?

Elsa skakade oförstående på huvudet. – Det är inte alls likt, sa hon bestämt.

– Så du har sett den? fortsatte han.

– Jag bläddrade förbi, sa hon.

Sejer lyssnade inåt lägenheten efter fågelkvitter. Han hörde ingenting. Kanske låg det en matta över buren, han hade hört att fåglar var tysta då eftersom de trodde att det var natt.

– Det här fallet Ida Joner. Känner du till det?

Hon tänkte efter några sekunder innan hon svarade lika bestämt.

– Som sagt, jag läser tidningar, sa hon. Men såna saker skummar jag bara snabbt igenom. Jag tycker så illa om alla detaljerna. Så jag läser inte om kriminalfall. Inte sporten heller, eller krigsreportagen. Och sedan är det inte så mycket kvar, sa hon ironiskt, nästan bara TV-programmet.

– Har du nån fågel? frågade han nyfiket.

Hon ryckte till. – Nej, sa hon snabbt. Har aldrig ägt nån fågel. Vad skulle jag med en sån till?

– Många har burfåglar, sa han. Jag frågar för att det har betydelse för fallet.

– Jaha, sa hon. Hon satt tryckt mot bordet, såg demonstrativt ut genom fönstret. Nej, jag har ingen fågel i huset. Var så god, gå runt och se dig omkring. Fåglar vill jag inte ha, de skräpar så dant. Frön och fjädrar överallt, jag betackar mig.

Sejer tänkte över vad hon hade sagt. Om frön och fjädrar överallt. Hon talade som om hon visste allt om hur det var att äga en fågel. Hade hon redan gjort sig av med den?

– Känner du kanske nån annan som har en fågel?

– Nej, sa hon genast. Vid min ålder har man inte såna husdjur. Jag har en väninna som har en katt. Det luktar katt i hela huset hos henne. Det är väl sällskap, kanske, men själv behöver jag det inte. Jag sitter inte inne vid fönstret och vantrivs som många andra i min ålder.

– Det är bra, sa han uppskattande.

Han började vika ihop nattlinnet, men han fumlade med flit. Hon sneglade på det i smyg.

– Så du känner inte igen det här nattlinnet? frågade han ännu en gång.

– Absolut inte, hävdade hon, vad skulle jag med ett sånt till?

– Du kunde ha köpt det åt nån annan, föreslog han.

Hon avstod från att svara och använde i stället krafterna till att hålla kvar den strama posen vid bordet, som om hon skulle avslöja sig om hon bytte ställning.

– Men visst är det vackert? log Sejer och stoppade ner det i påsen. Till slut slog han en knut på de båda handtagen. Vi kan i alla fall konstatera att den som köpte det har sinne för både stil och kvalitet. Det säger damerna på polisstationen, sa han med ett leende.

– Absolut, sa hon snabbt.

– Dyrt är det också. Fyrahundra kronor, ljög Sejer.

– Å, sa Elsa Mork. Jag skulle nästan ha trott att det var dyrare.

Sejer reste sig från bordet.

– Du får förlåta mig, sa han, att jag kommer här och stör. Jag förstår att du inte har barn i den åldern. Det här är storlek fjorton år. Men det

146

kunde ha varit till ett barnbarn. Själv har jag ett barnbarn på elva, la han till.

Hon slappnade av en smula och log.

– Jag har visserligen en son, men han är över femtio, sa hon. Och barn, det får han aldrig.

Hon kunde ha bitit av sig tungan. Sejer låtsades inte märka något. Att hon hade en son betydde ingenting i och för sig. Men hon ryckte till över medgivandet. Som om hon genom att nämna sonen hade lett honom in på tankar han inte hade tänkt tidigare. Han drog sig tyst ut ur det gröna köket. Han ville inte skrämma henne genom att be om sonens namn. Det var en smal sak att hitta det själv. Hon följde honom ut på bron.

– Bara en sak till, kom han på. Har du en mörk kappa?

Elsa Mork log sitt ironiska leende igen.

– Alla kvinnor över sjuttio har en mörk kappa, sa hon.

– Med persiankrage? frågade han.

Hon skruvade på sig i den öppna dörren. – Det finns nog ett slags pälskrage på den, mumlade hon. Vad det är för djur vet jag inte. Den är gammal, den där kappan.

Han nickade och förstod.

– Men jag begriper inte varför du kommer hit, sa hon plötsligt förtvivlat, hennes förvirring måste få utlopp, hon förmådde inte behärska sig.

– För att du liknar teckningen, sa han.

– Men du har ju aldrig sett mig förut. Nån måste ha ringt! Det sista var ett indignerat rop.

– Ja, sa han. Nån har ringt. Nu går jag till nästa man på listan. Eller nästa kvinna, menar jag. Det är det jag håller på med. Från dörr till dörr.

Han gick de få stegen till bilen och kastade en sista blick på henne.

– Du ska ha tack för hjälpen, sa han och bugade igen. Hennes ögon flackade till. Det gick upp för henne att allt var över. Hon kunde helt enkelt gå in i köket igen. Där kunde hon sätta sig vid fönstret och vänta. Sejer var på plats i sätet. Han öppnade tidningen ännu en gång och såg på teckningen. Han visste att hon stod bakom gardinen och tittade.

147

Emil Johannes var lite skrovlig i halsen. Han hade stått så länge vid forsen och kraxat. Dånet från vattenmassorna, som han behövde för att våga, gjorde det samtidigt svårt att höra om han lyckades eller inte. Om han fick till enstaka ord, om han klarade ett O eller ett A. Nu var han hemma igen. Han gick till spegeln i badrummet och trutade med munnen. Det var ingen fors här inne, men han skruvade på kallvattenkranen och lutade sig in mot spegeln. Hur skulle han förklara? Plötsligt hade han så mycket att säga. Han hade aldrig behövt tala, aldrig behövt förklara sig för någon. Tänk att stå så vid forsen och ropa, tänkte han och blev röd med detsamma. En vuxen karl som står och leker på det viset. Missmodigt stirrade han ner i diskhon, där det svagt missfärgade vattnet hade färgat porslinet brunt. Det var rost i rören, men pensionen räckte inte till nya kopparrör. Han brydde sig inte heller. Bara modern brydde sig. Hon samlade ihop all vittvätt han hade och tvättade den i sin egen maskin. Annars har du tefärgade lakan inom några veckor, gnatade hon. Det gjorde inte Emil något om sängkläderna inte var alldeles vita. Han fattade inte att sådant var viktigt. Modern kom dragande med citronsyra och sa att han skulle hälla det i vattnet när han diskade. Då blir vattnet klart, sa hon. Men han begrep sig inte på det där medlet. Och han kunde inte se på tallriken att den skiftade färg. Han såg stint i spegeln. Det brukade han inte göra, han undvek sig själv. Han såg heller aldrig riktigt på folk när han körde runt på motorcykeln eller gick omkring bland hyllorna i butiken. Men han tyckte om att titta på TV. Tyckte om att kunna se på folk utan att de märkte det. Han kunde skratta åt dem, eller hytta med näven, och de kunde inte ge igen. Ibland gjorde han förfärliga grimaser, och det hände att han räckte ut tungan åt dem. Men de befann sig inne i TV-lådan och kunde inte nå honom, inte störa honom, inte fråga om saker och ting. Ändå var de bra som sällskap. Han såg mycket på TV. Politiska debatter. Ivriga människor som ropade och gestikulerade, som hetsade upp sig och blev röda och varma, som slog i bordet och vevade med armarna som ungar i slagsmål. Det tyckte han om.

Genom bruset i kranen hörde han telefonen. Han kastade irriterat med huvudet och lät det ringa. Det ringde åtta gånger, sedan slutade det. Av erfarenhet visste han att det strax skulle ringa på nytt. Att det var modern. Hon gav sig inte.

Han stängde av vattnet och gick ut i vardagsrummet. Tittade fientligt på telefonen, som var av den gammaldags sorten med rund nummerskiva. Fågeln trippade omedelbart bort över sin pinne och skakade på huvudet. Kanske kom det något ätbart in genom gallret. Emil slets mellan två behov. Att modern skulle låta honom vara i fred och hålla sig borta. Och att han behövde henne. Ibland hände det saker som han inte kunde klara på egen hand. En gång stängde de av strömmen. Inte fick han ljus till kvällen, inte hade han TV. Ändå satt han framför skärmen hela kvällen och såg sin egen silhuett där inne. Det var en verkligt långtråkig kväll, tänkte Emil. Modern måste ringa elverket och säga till. Han tyckte det var fint att modern pratade, hon ordnade och fick saker och ting att fungera. Det ringde igen. Han väntade länge. Instinktivt vände han ryggen till telefonen när han lyfte luren. Ett ogillande hon inte kunde se.

– Emil! hörde han, hennes röst var väldigt ansträngd. Har du sett tidningen i dag?

Emil tittade inåt vardagsrummet, där dagens tidning låg orörd på bordet.

– Nej, sa han ärligt.

Det blev dödstyst i andra ändan. Det hände inte ofta, slog det Emil. Nu blev han oerhört nyfiken. Dessutom blev han rädd. Det var något ödesdigert i moderns röst, hon brukade vara så energisk.

– Låt den vara. Det är nästan outhärdligt, klagade hon, och Emil hörde att hennes röst var kraftlös. För första gången kom det för honom att modern var rädd. Det hade han nästan aldrig sett. Inte sedan han var pojke.

– Polisen har varit här, viskade hon. Har de varit hos dig?

Han skakade förskräckt på huvudet. Samtidigt tittade han ut på gården. Där fanns ingenting att se.

– Nej, sa han.

– Jag är rädd för att de kan få för sig att komma, sa hon. Om de knackar på så släpp inte in dem!

– Nej, sa han.

– Om de stoppar dig ute på vägen ska du bara skaka på huvudet och köra vidare. Var bara som vanligt, bad hon. Försök inte förklara nåt, det kommer inte att gå nåt vidare så det bästa är att du håller mun, som du alltid har gjort. De ger sig så snart de upptäcker hur det står till. Du kan stirra upp i himlen eller glo ner i marken, men få inte för dig att släppa in dem i huset. Och skriv för all del inte på några papper eller så!

– Nej, sa han.

– Om de dyker upp måste du ringa till mig. Det är kanske bäst att jag kommer med detsamma. De har just varit här. Om jag är hos dig när de dyker upp så kan jag tala för dig. Du klarar inte det här ensam, det är vi väl överens om, vi får bara hålla dem borta så gott vi kan. Och den här gången gör du som jag säger, Emil. Jag hoppas du inser allvaret. Jag vet inte hur mycket hänsyn de tar, men jag tror inte det är självklart att du slipper undan lättare än andra.

Rösten var på väg att brista. Emil petade med nageln i en spricka i telefonbordet. Jo, han slapp alltid undan lättare än andra. Han lät helt enkelt bli att svara. Då gav de upp. De gav alltid upp för de hade inte tillräckligt tålamod.

– Herre Gud, hörde han i luren. Den här gången ger jag nästan upp. Du vet att jag är stark, men nu känner jag att det tar på krafterna till och med på mig. Vad ska det bli av dig, Emil?

Hon andades ansträngt i luren. Emil var ofta trött på moderns tjat och kacklande, men det han hörde nu var värre än något annat.

– Har du tänkt på vad som kan hända mig när jag utsätter mig för sånt här? sa hon. Jag är sjuttiotre år, Emil! Har du tänkt på det?

– Nej, sa han. Skulle han vara ärlig visste han inte hur gammal hon var. Hon hade alltid varit densamma, tänkte han. Han önskade att hon skulle lägga på. Att det skulle bli tyst.

– Alltså, sa modern och suckade tungt. Tala inte med nån. Och skriv inte på nånting. Du gör som jag säger? Du är inte olydig?

– Nej, sa han.

Han la på luren. Gick fram till köksbordet och drog fram ett gammalt brunt omslagspapper från lådan. I fönsterkarmen låg en blyerts-

150

stump. Långsamt skrev han sitt namn med stora tydliga bokstäver. Där stod det i all sin prakt.

Emil Johannes Mork.

Han lyfte blicken mot fönstret. Ansiktet fick ett trotsigt uttryck, som hos ett litet barn som vill utmana, som inte vill tryckas ner. Jag har ju en bra förklaring, tänkte han. Det var sol ute. SOL. Han skrev ner det. Många ord var lätta. Han skrev MAT, för att han kände att han var hungrig. Andra ord var värre. Han tänkte på ordet Missförstånd men måste ge upp. Medan ordet DÖD var lätt. Efter några få minuter kramade han ihop papperet till en boll. Länge stod han och klämde på den, pressade och pressade ihop papperet till en liten boll. Han tog mod till sig och gick in i vardagsrummet. Först öppnade han luckan till fågelburen. Han höll fram pappersbollen mot fågeln. Ögonblickligen lyfte fågeln foten och nappade den till sig. Så började den ihärdigt riva sönder papperet med näbben. Det hördes några skarpa frasande ljud, och papperet föll till botten av buren i tunna fina strimlor. Emil öppnade tidningen. Så bläddrade han sakta igenom den.

Då han såg teckningen stelnade han. Fy fasingen, tänkte han och rös till. Teckningen var äcklig för att den liknade modern, och samtidigt gjorde den inte det. Han slet sig igenom texten. Många av orden blev för långa för honom, men lite fattade han. Han lät tidningen sjunka och gned sig nervöst över huvudet. Det här blir alldeles fel, tänkte han. De fattar ingenting.

*

Tomme var hemma på Madseberget. Han öppnade dörren in till hallen och ställde ifrån sig bagen. Genast hörde han moderns steg. Sekunden efteråt stod hon där och såg på honom med frågande blick. Hon ville veta hur resan hade varit. Sådant vill mödrar veta. Det tycker de att de har rätt till. Har de det?

Han krängde av sig jackan. Hela tiden tickade det i huvudet på honom. Jag kan säga som det är, tänkte han, jag kan svänga runt och skrika det rakt in i ansiktet på henne. Att det har hänt något fruktansvärt. Att det är otroligt. Då skulle allt explodera, både i honom och i modern. Men det gjorde han inte. Han valde tickandet. Hörde sin egen röst säga att det var en trevlig resa. Orden kom helt av sig själva och förbluffad åhörde han sitt eget referat av helgen i Köpenhamn, där han kom ihåg både vädret, som hade varit blåsigt, de goda smørrebrøden på kaféerna och den trånga hytten. Sedan gick han till badrummet. Han längtade intensivt efter att få borsta tänderna. Ruth såg långt efter honom. Hon tyckte nog att han verkade blek och trött, men pojkar är pojkar, tänkte hon. Den där Bjørn, som han åkte tillsammans med, var en ordentlig och stabil pojke, det visste hon. Tomme stannade länge i badrummet. Hon tänkte att han kanske hade somnat där inne, på värmeslingorna, som Marion ofta gjorde när hon var liten. Han blev kvar länge. Det var alldeles tyst.

– Du sover väl inte? ropade hon genom dörren. Han hostade lite och hon hörde vattnet som började spola.

– Nej då, svarade han.

Så gick hon ut i köket igen. Han är ju nästan vuxen, tänkte hon. Vad har jag för rätt att kräva rapport varje gång han lämnar huset? De måste komma tillbaka till det normala. Men det var som om Idas död hade skakat om hela huset. Nu dök det upp obehagligheter vart hon än vände sig. Var han inte ovanligt blek? Hans röst lät mekanisk, som en inlärd läxa. Hon hade aldrig ifrågasatt Tommes ärlighet. Hon hade tagit den som självklar. Så tänkte hon också om Marion och Sverre. Att de alltid talade sanning. Ändå var hon hela tiden oroad av sonen och hans uppförande. Det var något som gnagde i henne. Den starka känslan av att det var något som tryckte honom. Hennes starka intuition som sa henne att han ljög. Det är för att jag är trött, tänkte hon, jag kan inte tänka klart. Jag är inne i en ond cirkel. Hädanefter måste jag lita på att det han säger är sant. Hädanefter, tänkte hon.

Uppmuntrad av sitt beslut gick hon kvällen till mötes. Hon tänkte: Nu är livet i gång igen. Ida är begravd. Polisen kommer att finna den skyldige. Hon lugnade sig. Längtade efter kaffe och la in några våffelhjärtan i mikron. Ropade på Marion.

– Kom, sa hon, så ser vi på nyheterna. De satte sig tätt ihop på soffan. Ruth la ena armen om Marions axlar. Åter visade de bilden av det vita nattlinnet.

– Det där nattlinnet är så fint, sa Marion.

– Mm, sa Ruth tyst. Det måste kännas konstigt för Helga att se det på TV.

– Varför har de gjort det, tror du? frågade dottern och såg på sin mor.

– Gjort vad då? Dödat henne, menar du? sa Ruth.

– Nej. Varför har de satt på henne nattlinnet?

– Varför säger du det? frågade Ruth.

– Jag vet inte, sa Marion allvarligt. Jag tänkte inte på det.

– Allting kan spåras, sa Ruth tankfullt. De kan ta reda på allt om det där nattlinnet. Livet är underligt på det viset. Nästan ingenting kan man dölja. Sanningen kommer alltid fram. Det tar bara lite tid.

Hon klappade dottern på den runda kinden.

– Är du rädd? frågade hon.

– Nej, sa Marion.

– Jag menar, när du går efter vägen och det kommer en bil?

– Det gör jag ju nästan aldrig längre, påminde hon.

– Nej, sa Ruth, det är sant. Förlåt att jag tjatar om det. Det går över.

– Ja.

Marion la sylt på ett våffelhjärta. Tomme kom ner och satte sig i en stol. Det hände inte ofta. Ruth var glad åt det. Allt var så fridfullt. Hans mörka huvud var försjunket i en tidskrift. Marion åt sig mätt på våfflor och satte sig med sina läxor. Sverre var ute och reste igen, London den här gången. Då ringde telefonen. Tomme gjorde ingen ansats att ta det. Ruth gick för att svara. Häpen lyssnade hon till rösten i andra ändan. Det var en vuxen kvinna. Hon presenterade sig som Anne Oterhals, och Ruth förstod att det var Willys mor. Hon stirrade förbluffad på sonen för hon trodde inte på det hon hörde. Ett ögonblick höll hon på att svimma. För hon såg att Tomme satt där och var rädd för det som nu hände, hon kunde se på hans blanka ögon att något helt omöjligt försiggick inne i det mörka huvudet. Han blängde stelt ner i tidskriften, men han läste inte.

– Tomme? sa Ruth dröjande. Vet du var Willy är?

Han såg på henne med blå glasartad blick.

– Willy? Han är hos en kompis, tror jag.

153

Ruth tyckte att rösten var så tunn. Han mötte hennes ögon två sekunder, sedan dök han ner i tidskriften igen. Ruth kände igen Illustrerad Vetenskap. Tomme såg på bilden av en egyptisk gud, Anubis. Han tänkte: Den liknar Willy. Det magra ansiktet med framskjuten haka. Som en hund. Han hörde tickandet igen. Han tänkte att modern också kunde höra det, och systern borta vid matbordet. Det fyllde hela rummet, han kände det som korta stick i hörselgången.

Modern stod fortfarande och lyssnade i telefonen. Hon förstod ingenting.

– Jag förstår inte det här, sa Ruth i telefonen, Tomme har varit i Köpenhamn med Bjørn. Bjørn Myhre.

Hon lyssnade igen. Hennes ansikte är så naket, tänkte Tomme, han hade tittat upp. Han tyckte inte om att se henne sådan. Marion satt böjd över böckerna. Hon lyssnade också. Hela stämningen i rummet var fel, hon vågade nästan inte andas eller hosta eller röra sig vid bordet. I matteboken var det bilder av kvadrater och trianglar och kuber. Hon tänkte sig att det var ett eget universum som hon kunde försvinna i. Och det gjorde hon.

– Jaså? sa Ruth in i luren. Hon slet och drog i telefonsladden medan hon flackade med blicken. Ja, sa hon. Vänta lite. Jag ska höra …

Hon tryckte luren mot bröstet och såg misstroget på sonen.

– Det är Willys mor, sa hon. Han har inte kommit hem. Efter resan med Danmarksbåten. Du sa att du skulle resa med Bjørn. Var Willy också med? Vad är det som pågår? väste hon.

– Det var bara Willy och jag, sa Tomme.

Orden var nästan inte hörbara. Tickandet lät svagare ett ögonblick men blev starkare igen när han var tyst.

– Ljög du för mig? sa hon darrande.

– Ja, sa han skamset.

– Men var är han? sa hon, högre nu. Mamman säger att han inte har kommit. Tog ni bussen tillsammans?

– Vi skildes åt uppe i staden, sa Tomme och stirrade fortfarande ingående på Anubis. Han for iväg med tunnelbanan. Från Egertorget. Han såg den blå vindjackan för sig där den försvann i underjorden. Den bilden han hade gjort i ordning på förhand. Modern förmedlade upplysningen till Willys mor. Hon hade fortfarande det där nakna uttrycket i ögonen. Helst ville hon slänga på luren och kasta sig över sonen. I stället var hon tvungen att lyssna till en ström av ord i andra ändan. Willys mor ville veta precis när de skildes. Vad Willy hade sagt. Det var ingen ände på det.

– Jag tog bussen från Universitetsplassen, sa Tomme helt sanningsenligt. Willy sa inte nåt namn, han bara stack. Sa att han skulle till en kompis.

Modern lämnade fler upplysningar. Äntligen la hon på. Hon stod kvar och såg på honom.

– Nu har du lite att stå till svars för, sa hon skräckinjagande lågt. Hon visste att Marion satt och lyssnade men kunde inte hejda sig.

Tomme nickade.

– Han frågade om jag ville följa med, bekände han. Jag tyckte det var lite svårt att säga nej. Han höll på i flera dagar med bilen.

– Jag tycker det är hög tid att du börjar bestämma över dig själv, sa Ruth strängt. Du får sluta att låta honom kommendera dig hit och dit på det här sättet. Men det värsta är att du ljuger för mig.

– Ja, sa Tomme spakt.

– Jag vill inte veta av några lögner! sa hon ilsket. Du gör mig besviken!

– Ja, sa Tomme. Han lät det ösa ner, försökte inte komma undan.

Plötsligt började Ruth gråta. Tomme satt orörlig i stolen och Marion dök ännu djupare ner i matteboken.

– Jag är så trött, snyftade Ruth.

Då inget av barnen sa något, försökte hon ta sig samman igen.

– Men varför har Willy inte kommit hem? fortsatte hon. Varför åkte han inte raka vägen hem efter den långa resan?

Tomme tittade fortfarande i tidningen.

– Han hade väl ett ärende, sa han. Jag la mig inte i det. Vi är ju inte precis förlovade.

– Nej visst.

Hon drog på det. – Jag tycker bara det är konstigt. Att han inte ville hem.

Tomme bläddrade äntligen över till nästa sida. Ruth tänkte på Willy.

Han var trots allt tjugotvå. Hon kunde väl slippa bekymra sig för honom. Men återigen stördes hon av något. Hon kunde inte sitta still. Hon gick omkring i huset och började städa. Ilskan flammade upp inom henne igen och det slog henne att Tomme hade sluppit alltför lindrigt undan. Hon ville inte ha lögner i huset, det gjorde henne illa till mods. I hallen hittade hon Tommes bag med tröjan och jackan. Och några bruna plastpåsar. Fyra stycken, stora som kaffepåsar. Förvånad lyfte hon upp en av dem. Hon klämde och klämde på påsen. Det kändes som små piller, eller tabletter. Munnen var snabbare än tanken när hon gick in till sonen. Nu var hon som en vulkan, strax före utbrottet. Hela kroppen darrade och hon var röd som en kräfta om kinderna.

– Vad i hela friden har du köpt i Danmark?

Tomme såg på påsarna. Han satt kvar ett tag och flämtade. Långsamt gick sanningen upp för honom, den kröp i kroppen från tårna och uppåt som krälande larver. Willy hade smusslat över knarket i hans bag. Han insåg det nu och ville förklara, men han fick inte fram ett ljud.

Nu rasade allt för Ruth. Hon var vettskrämd, men rädslan sjönk ner i henne för att sedan stiga upp som ett våldsamt ursinne. Nu hade det allra värsta hänt, och den här gången skulle hon inte lägga fingrarna emellan. Hon stegade bort till bordet där han satt, och rev sönder påsen med bara naglarna. Hundratals pyttesmå piller trillade ut. De rullade förbi kaffekoppar och teskedar, de trillade över kanten och ner på golvet. Hon glömde att Marion satt vid matbordet med sina läxor, glömde allt vad diskretion och försiktighet hette, för nu var det allvar! Nu skulle hon ta tag i sonen en gång för alla för att all hennes oro hade visat sig berättigad.

Tomme glodde fortfarande. Tidskriften gled ur händerna på honom. Han såg systern som en skugga borta vid matbordet.

– Nu förstår jag, sa han tamt.

Ruth var vit som lärft.

– Det gör inte jag, sa hon sammanbitet. Och nu får du förklara en gång för alla vad du och Willy håller på med.

Det är väl så att när människor talar sanning, helt och fullt, den all-

156

ra innersta från hjärtat kommande sanningen, då får de ett särskilt ljus i ögonen, ett slags oskuldens skimmer som återspeglas i rösten, den får en alldeles egenartad och rättfärdig klang, en övertygande styrka som är omöjlig att ignorera. Det är väl så att när människor är rädda, som Tomme nu, då är det bara rena och skära sanningen som kan rädda dem. Därför kommer den alltid fram till slut. När allt kommer till kritan. När alltför mycket förfärligt har hänt. Det är väl så att när till och med döden har svävat genom rummen i huset, då är det bara den stenhårda och allt igenom cyniska som kan komma med ännu en lögn. Så tänkte Ruth när hon hörde Tomme och hans historia. Och hon trodde honom. Inte för att jag är hans mor, tänkte hon, men för att jag känner honom och kan se när han ljuger. Och det har han gjort, kanske många gånger. Men inte den här gången. Han hade släppt tidskriften och knutit händerna hårt i knät. Han hade sett på henne med de blå ögonen blanka av detta oskuldens ljus, tillsammans med en intensiv bön, en stark vädjan, att han nu, i denna sekund, efter många tvivelaktiga bortförklaringar äntligen sa sanningen. Och Ruth nickade. Willy hade lurat honom å det grövsta. I all hemlighet hade han tvingat Tomme att gå genom tullen med tabletterna. Hon torkade tårarna och kände att hon var kokhet av ansträngningen. Och hon var stark. Hon ställde villkor. Han skulle bryta all kontakt med Willy och söka sig annat umgänge. De skulle tillsammans spola ner tabletterna i toaletten. Egentligen borde de ha gått till polisen med dem, men den här sista chansen skulle han få. Och när Willy dök upp för att hämta varorna, skulle Tomme säga som det var. Att de befann sig någonstans i avloppssystemet. Nu var det Tomme som nickade. Han såg modern rakt i ögonen och nickade och nickade med det mörka huvudet. Och kom ihåg att Willy vid ett tillfälle hade stuckit från baren och ner till hytten "för att kolla en sak". Han förstod allt. Ruth var säker på honom nu. Hans undfallenhet gentemot Willy stämde med hennes bild av honom, han var inte stark nog att bli ovän med någon som var fyra år äldre. Det kunde hon förlåta. Och hon var övertygad om att Tomme aldrig själv hade använt narkotika. Det skulle hon ha märkt. De talade länge om många saker. Tomme insåg att han inte fick gå, han var tvungen att sitta kvar tills modern var färdig. När hon äntligen tystnade skulle han gå upp på sitt rum och lägga sig på rygg i sängen. Där skulle han stirra i taket och kapsla in sig i sin egen värld. Och tickandet skulle fortsätta. Så märkligt, tänkte han, att det här händer. Att jag sitter här och nickar i stolen. På bordet står våfflor och sylt. Om jag vill kan jag ta en våffla. När hon är klar. Egentligen har jag lust att ta en våffla. I tankarna kunde han framkalla smaken av söt sylt och salt smör.

– Nu ska vi inte ha fler obehagligheter på ett bra tag, sa Ruth. Hör du det?

Tomme nickade. Stackars mamma, tänkte han, och höll på att börja gråta, men han lyckades låta bli. Det skulle bli massor av tid att gråta. Sedan.

Ruth kom med ens ihåg att Marion satt vid matbordet. Förvirrad sprang hon bort till henne och höll henne hårt.

– Marion! sa hon. Det är Willy som håller på med förbjudna saker. Han försöker få med sig din bror, men det får han inte! Förstår du det?

Marion nickade ner i boken och gömde ansiktet i handen. Hon förstod ändå inte vad som stod där. Ruth snyftade igen och presterade ett tappert leende för att lätta upp stämningen.

– Allt går över, sa hon och kramade den runda kroppen. Marion blev alldeles sönderklämd i hennes armar. Allt ska bli som förut. Det lovar jag!

*

Jag har alltid varit öppen och tolerant. Jag brukar inte vara fördomsfull. Jag sätter en ära i det, tänkte Konrad Sejer. Alla förtjänar en chans. Att dela in folk i fack förstör möjligheten att se nyanserna. Ändå fick upplysningarna på skärmen honom att fundera. På sätt och vis stämde det att Elsa Marie Mork hade en ogift son på femtiotvå. Dessutom var han sjukpensionerad. Barn, det får han aldrig, hade hon sagt. Som om han var speciell och inte kunde räkna med samma förmåner i livet som alla andra. Det stämde så förbannat väl. Sejer blev mer och mer nyfiken. Margot Janson hade sagt att Elsa hade sina bekymmer. Kanske var det sonen hon menade. Han satt och såg på namnet en stund. Det var okänt för honom, men det lät fint. Ett namn som var givet i kärlek, inte vårdslöst ditsatt. Nu skrev han ner det på en papperslapp och gick till kartan på väggen. Långsamt och omständligt placerade han röda och gröna kartnålar på vissa viktiga punkter. Idas hus på Glassblåserveien. Lailas kiosk. Transformatorn i slutet av Ekornlia. Lysejordet där Ida påträffades. Elsa Marie Morks hus och till sist sonens. Sedan tog han några steg tillbaka och studerade resultatet. Nålarna satt i en cirkel, som i verkligheten hade en diameter på högst tio kilometer. Han lämnade kontoret och hittade Skarre i sammanträdesrummet.

– Emil Johannes Mork, läste Skarre.

– Brenneriveien 12, sa Sejer. Hittar du där uppe?

– Jag har åtminstone kartbok, sa Skarre och stack lappen i uniformsfickan.

– Jag vill att du åker och kollar upp honom, sa Sejer. Använd ögonen. Notera vad för slags bil han kör, om han kan köra över huvud taget. Han har pension, tillfogade han. Den vi är ute efter har antagligen lastbil. I varje fall rör det sig om ett fordon med gott om plats för en flicka och en cykel.

Skarre gav sig iväg. Han kände till området på ett ungefär men fick problem ändå. Först körde han vilse ett tag, men till slut hittade han Brenneriveien. Numreringen på den korta vägstumpen var bristfällig och han hade ingen aning om vad för slags hus han letade efter. Efter ett tag kom en liten pojke gående. Skarre vevade ner bilrutan.

– Nummer tolv? frågade han genom rutan. Emil Johannes Mork?

Pojken bar på ett skateboard. Han klämde fast det under armen och pekade inåt vägen.

– Det gröna huset, sa han och såg nyfiket på Skarres uniform. Med garage intill.

– Jaha, tackade Skarre.

– Vad ska du dit för? frågade pojken, ogenerat nyfiken.

– Nästan ingenting, log Skarre. Bara växla några ord.

Pojken flinade. – Det blir inte många, menade han.

– Inte? sa Skarre.

Pojken hissade upp sitt skateboard. Det ville hela tiden glida nerför hans nylonjacka.

– Den där Mork, han kan inte prata.

Skarre satt överraskad kvar med bilen på tomgång.

– Inte det? sa han osäkert.

Pojken flinade fortfarande. – Men du kan ju försöka.

Nåja, tänkte Skarre. En större utmaning får jag väl inte i min karriär som polis. Att fråga ut en karl som inte kan tala. Han la in växeln och körde vidare. Där fick han syn på huset, utan nummer på väggen. Han la märke till garaget, det var så fullt av skrot att själva fordonet stod parkerat på gården. Inte en lastbil. Men en trehjuling med lastflak. Skarre steg ur bilen. En stor presenning var fastsnörd i ena ändan av släpet. Han stod en stund och såg på motorcykeln eftersom den verkade bekant. Och han påminde sig att just den här motorcykeln hade stått parkerad i vindskyddet, när de samlades vid Glasbrukets skola under sökandet efter Ida. En man hade följt dem på avstånd. Skarre kände en begynnande nervositet sprida sig i kroppen. Han kikade mot huset och tänkte sig att han som bodde där inne redan hade hört bilen och väntade på honom. Huset var litet och hade två fönster mot vägen. Det var ett äldre hus, från fyrtio- eller femtiotalet, och inte särskilt välhållet. Genom gardinerna såg han det gula ljuset i köket. Dörren var flisig i karmen, som om någon hade försökt göra inbrott.

Medan han stod där och tittade funderade han. Hade Ida varit i det här huset? Skulle han i så fall upptäcka det? Han knackade tre gånger och väntade. Dörren öppnades sakta. En man såg ut genom öppningen. Han var tunnhårig, undersätsig och tung, med brett och kraftigt ansikte. Kläderna verkade gammalmodiga, en blå- och grönrutig flanellskjorta och gamla terylenebyxor. Han hade hängslen från Levi's och de var spända. Byxlinningen var uppdragen gott och väl över magen. Hans blick var avvisande och dörröppningen minimal. Skarre log tillmötesgående.

– God dag, sa han. Jacob Skarre. Jag stör väl inte?

Emil såg uniformen. Han såg sig bakåt, in mot huset. Moderns ord ekade i öronen. *Hädanefter håller vi käften!*

– Nej, sa han. Rösten var oväntat kraftfull.

Skarre tog ett steg in. Pojken med skateboardet hade tydligen tagit miste. Visst talade han.

– Du heter Emil Johannes Mork? frågade han och väntade på en nick. Det kom ingen. Men namnet stod på brevlådan, det hade Skarre kollat.

– Jag går omkring i grannskapet och ställer några frågor, fortsatte han. Om du inte är mycket upptagen?

– Nej, nej, sa Emil igen och trampade fram och tillbaka på tröskeln. Skarre log ännu bredare. Mannen var på sin vakt och såg inte särskilt gästvänlig ut, men han talade. Antagligen hade han sällan besök. Han fyllde fortfarande upp hela dörröppningen och gjorde ingen min av att flytta på sig.

– Får jag stiga på ett ögonblick? sa Skarre direkt.

Emil stirrade ner på tröskeln och tänkte skarpt. Modern hade sagt nej. Nej, släpp inte in någon. Men han hade så mycket att förklara. Han ville, och han ville inte. Tvivlet fick honom att rycka i dörren och det knakade i golvplankorna under fötterna på honom.

– Det är lite kallt ute, försökte Skarre, han gjorde en huttrande rörelse med axlarna. Emil stod fortfarande tyst. Han stack tummarna i hängslena och drog i dem.

– Snygga hängslen, sa Skarre och nickade mot hans skjortbröst.

Emil bestämde sig äntligen och slog upp dörren. Skarre tackade och följde efter honom. De kom in i ett litet kök. Det var rent och ganska välstädat där inne, ändå hade rummet en rad omisskännliga lukter. Skarre försökte urskilja dem och kände en salig blandning av kaffe, middagsrester, grönsåpa, sur mjölk och svett från en fullvuxen karl som inte duschade för ofta. Han såg sig nyfiket omkring, på köksbordet med en rutig vaxduk, den konstiga plantan på fönsterkarmen, en rosa begonia med skrikigt gröna blad, en kalender på väggen där dagens datum var inringat av en röd magnet. Tjugofjärde september. Emil gick till spisen. Det stod en kaffekanna där, svart av sot. Han började pyssla med locket. Skarre såg på den breda ryggen. Han var kraftigt byggd men inte särskilt lång, kanske en och sjuttiofem. Skarre skulle just be om lov att få sätta sig, då tystnaden i det lilla huset plötsligt bröts av ett genomträngande skrik. Det svängde och skar genom rummet och slutade i ett ylande hest crescendo, så oväntat och främmande att Skarre snodde runt. Hjärtat flög upp i halsgropen på honom och blodet forsade i ådrorna. Skriket hängde kvar mellan väggarna, det var så kraftigt att Skarre hade känt ett tydligt tryck mot trumhinnorna. Ett ögonblick stod han och svajade av förskräckelse, medan han stirrade på mannen vid spisen. Emil lyfte inte ett ögonbryn. Långsamt gick det upp ett ljus för Skarre. Insikten växte fram i honom med en blandning av fruktan och glädje. Det var en fågels skrik. Han skrattade lite skamset åt sig själv och gick undrande in i vardagsrummet. Och där, framför fönstret, stod en stor fågelbur. Ganska vacker med mässingsgaller och svarta beslag. Inne i buren satt en grå fågel. Han försökte slappna av i axlarna. Det började arbeta av alla krafter inom honom. De hade sökt en man med en fågel. Nu stod han här, i Emil Johannes Morks vardagsrum, och såg på en grå papegoja. En betagande vacker fågel med blygsam färg. Utom stjärten. Den var röd.

– Du skrämde nästan vettet ur mig, sa han in i buren. Fågeln klippte med svarta ögon och skakade på huvudet. Skarre kunde inte fatta att en så liten fågel kunde skrika så högt.

– Kan den tala? sa han vänd till Emil.

Emil stod lite bakom honom. Han iakttog Skarre yrvaket, men han svarade inte.

Skarre gick närmare, han såg på fågeln och ner i botten på buren. Den var täckt av tidningspapper och ovanpå låg ett gallergolv. Det var fullt av små vita fjädrar. Dun, tänkte han. Utom de vita fjädrarna var det lite fågelskit, lite större grå fjädrar och massor med skal, som Skarre kände igen som jordnötsskal. Några fjädrar satt också fast i burens väggar. Han plockade ner en av dem. Den var kletig. Just sådana som de fann på Idas täcke. Han vände sig mot Emil igen.

– Det är en African Grey, inte sant? Vad heter den? frågade han nyfiket.

Emil svarade fortfarande inte. Men han nickade mot buren. Skarre upptäckte en namnskylt i mässing som var fäst nederst på ett av de svarta beslagen. "Henrik VIII" läste han.

– Henrik, viskade Skarre. Det svindlade i huvudet på honom. Han var framme! Här, i det här huset, hade Ida varit. Från den här fågeln, som hette Henrik, hade hon fått en röd fjäder. Så måste det vara.

– Henrik den åttonde? sa han, högre nu. Han var väl kung av England? Det var han som halshögg alla sina kvinnor.

Betydelsen av det han sa gick upp för honom lite för sent. Mannen som stod bakom honom kunde vara Idas mördare. Skarre kände sig illa till mods. Han stod längst in vid fönstret och den tyste mannen spärrade utgångarna till köket och hallen. Stod overksam på golvet med händerna på ryggen. Såg och såg på Skarre. Engelska kungar hade han inte mycket reda på. Så gick han tillbaka till köket.

Skarre svepte snabbt med ögonen över det lilla vardagsrummet. Han såg TV:n och finrummet. Det fanns ett gammaldags bord i teak. Soffan var grön med böjda ben. På väggen hängde en bonad i grälla färger, den var stor och fäst i ett beslag av smidesjärn i överkanten. På golvet låg en trasmatta i plast. Till vänster om dörren såg han rakt på en dörr till ett annat rum, kanske ett sovrum. Också den dörren var uppflisad, som om någon hade huggit i den med ett kraftigt redskap. Han var så upphetsad att han darrade när han följde efter Emil. Lugn nu, sa han till sig själv. Det här får du ta varligt. Han tänkte att sättet han förhöll sig på de närmaste minuterna kunde bli avgörande för hela upplösningen av fallet. Samtidigt kändes det otänkbart att den här mannen skulle hitta på att smita. Han var som fastvuxen i golvet, han var som en del av inventarierna, något som alltid hade funnits där. Han passade till den gamla tekannan ovanpå kylskåpet med den virkade tehuvan. Han passade till de mönstrade tapeterna i köket och lampan i taket med spiralsladden. Emil hade satt sig vid köksbordet. Nu såg han ut på gården. Polisbilen intresserade honom. Det var sällan han hade tillfälle att se dem på nära håll. Han ser plufsig ut, tänkte Skarre. Inte tom, inte ovillig heller, det verkade som om han tänkte på mycket. Kanske var han överväldigad av detta, att han hade besök. Och besökaren hade polisuniform. Två gånger vände han sig om och studerade Skarres jacka. Skarre satte sig mitt emot honom. Egentligen ville han ringa ögonblickligen, men han kände att den här stunden var dyrbar och aldrig skulle komma tillbaka.

– En del av de här fåglarna dödar honorna, förklarade Skarre. I stället för att para sig med dem. Jag har hört om det. Är det här en sån? Är det därför han heter Henrik den åttonde?

– Nej, mumlade Emil. Det verkade inte som om han förstod vad Skarre var ute efter. Nu såg han sorgsen ut. Vad var det här för slags karl? tänkte Skarre. Som bara säger nej. Eller är det tillfälligt? Han bestämde sig för att undersöka saken.

– Bor du här med din familj? frågade han.

– Nej, sa Emil. Familj, det ville han inte ha. Det räckte mer än väl med modern, det var inte tal om att ännu fler människor skulle kliva omkring i hans hus.

– Inte barn heller? fortsatte Skarre.

Nej, Emil hade inga barn, men skulle han vara ärlig så tyckte han bättre om dem än om vuxna. De var hemskt bråkiga men de sa som det var. Till exempel att hans motorcykel var töntig eller ful. Det kunde hända att de bad att få sitta på lastflaket medan han körde sakta en liten runda. Då sa han nej.

Skarre tänkte efter lite.

– Men din mor kommer då och då. Elsa Marie?

Nu teg Emil. Skarre klappade sig på jackfickan och försökte igen.

– Har du nåt emot om jag tar ett bloss?

Nej, det hade Emil ingenting emot. Han var ovan vid lukten, men på sätt och vis var det också en ny upplevelse för honom. Han kunde inte minnas att någon en enda gång hade suttit vid det här bordet och blåst fin rök ut i luften. Han följde den med ögonen. Skarre såg in i det breda ansiktet medan han sökte efter nästa fråga.

– Du har kanske en askkopp också?

Det hade inte Emil. Men han reste sig och öppnade en skåpdörr ovanför bänken. Skarre såg ett mönstrat hyllpapper som var ganska fransigt i kanterna. Emil valde ett kaffefat med ett hack i kanten.

– Var jobbar du? sa Skarre vårdslöst, som om han inte visste att Emil var pensionär.

Tystnad. Åter det sorgsna draget i ögonen.

– Du har kanske inget arbete?

– Nej, sa Emil.

Skarre tog sig åt fickan igen.

– Vill du ha en cigarrett? Jag glömde fråga dig.

Han höll fram paketet.

– Nej. Nej!

Våldsam huvudskakning, och en hand i luften. Skarre såg ner på duken ett ögonblick. Kunde han bara detta enda ord? Var det så?

Emil vände sig bort igen och såg ut genom fönstret. Men det arbetade väldigt i huvudet på honom. Skarre var villrådig. Mannen var kanske avgörande för hela det här omöjliga fallet. Han ägde ju en fågel med röd stjärt, som hette Henrik. En man som bara sa nej. Eller teg. En enstöring, som kanske kunde läsa och skriva, eller kanske inte. Som kanske var efterbliven men ändå förstod en del, fast han saknade ord. En man som kanske hade mördat Ida Joner. Åter såg han på Emil. Varför i hela friden skulle han göra något sådant? Det kunde inte stämma. Emil var mycket avvisande. Han hade vänt en bred axel mot Skarre. Återigen fäste han tummarna i hängslena. Hela tiden stirrade han ut mot gården.

– Väntar du nån? sa Skarre försiktigt.

– Nej, sa han kort. Men det var inte riktigt sant. Han var rädd att moderns bil skulle svänga upp framför huset. Vid åsynen av polisbilen skulle hon kanske gripas av panik och fräsa iväg igen så att gruset sprutade. Plötsligt upprepades ordet med en liknande och metallisk röst från rummet intill. Nej!

Det tog någon sekund innan Skarre förstod att det var fågeln.

– Henrik den åttonde kan tala, sa han förtjust.

Emil torkade sig under näsan med baksidan av handen. Skarre gick in i vardagsrummet igen, Emil följde efter. Han ville tydligen kontrollera vad Skarre företog sig. Skarre hade å sin sida ännu inte kommit över chocken. Den mänskliga rösten från fågeln, och styrkan i den. Han gick bort till buren. Emil följde honom med ögonen. Skarre kände honom som en skugga i ryggen, där han stod bredbent och tyst med hängslen från Levi's. Fågeln tryckte sig tätt mot gallret och burrade upp fjädrarna. Det fick den att se större ut. Skarre var inte säker på vad det betydde. Han stack in ett finger i buren för att stryka den över huvudet. Den böjde sig kelsjukt fram och han kände den lilla fågelskallen under de mjuka fjädrarna. Plötsligt hördes ett litet knäpp, och han kände en skarp smärta. Överraskad ryckte han åt sig fingret. Fågeln drog sig blixtsnabbt tillbaka och stirrade på honom, nästan ondskefullt, tyckte Skarre. Misstroget studerade han såret. Ett cirkelrunt hål syntes ytterst på pekfingret. Långsamt fylldes det med blod. Han snodde runt och såg på Emil.

– Där fick jag mig en läxa, sa Skarre och torkade sig i pannan. Han tycker visst inte om främmande. Tycker han om dig?

– Nej, sa Emil. Han såg ner i golvet. Möjligen dolde han ett flin.

– Du bara ger honom mat kanske?

Emil ville ut i köket igen. Skarre stod kvar och såg på fågeln. Såret i fingret pulserade häftigt.

– Du. Han gick efter Emil. Du har inget plåster i huset? sa han och viftade med det blödande fingret. Visst hade Emil det. Det fanns till och med en hel kartong med färdigklippta bitar. Han höll fram den så att Skarre kunde förse sig.

– Plåster ska aldrig fästas runt, och i alla fall inte stramt, mässade Skarre, det mindes han från kursen i första hjälpen. Men jag är så illa tvungen. På ett finger finns det inte så många alternativ. Han såg efter ett leende hos Emil. Det uteblev.

– Jag måste fråga dig en sak, sa han slutligen. Han granskade Emil noga. Nu var det allvar. Ändå tänkte han att detta måste vara fel hus. Det kunde inte vara som det såg ut.

– Känner du en flicka som heter Ida? frågade han.

Nu kom det inget svar från Emil. Bara en nedslagen blick. Skarre försökte komma vidare.

– Har hon varit i det här huset nån gång?

Fortfarande inget svar. Hur skulle han nu göra?

– Emil, sa han forskande. Emil Johannes. Hör på mig. Ida har varit här i huset. Jag är ganska säker på den saken. Förnekar du det?

– Nej, sa Emil Johannes.

*

När Skarre hade gått greps Emil av oro. Att han hade trott att han skulle klara det, och få det rätt, nej, det var en omöjlig tanke. Nu ångrade han sig förfärligt. Samtidigt kändes det inte otrevligt att den där mannen hade suttit vid hans bord. Det luktade fortfarande cigarrettrök i huset. Paketet med plåster låg på köksbordet.

Telefonen började ringa igen. Nu ville han inte svara. Han skyndade ut ur huset, startade motorcykeln och körde uppåt vattenfallet. Det kändes bra att sitta på motorcykeln och köra, när han satt på den var han herre över situationen. Det kändes bra att hålla sig fast i styrstången och känna vinden mot ansiktet. Det var en grå dag med behagligt ljus. Den gröna cykeljackan var öppen. Redan vid kyrkan la han sig i högerfilen. Den skulle snart försvinna ut till höger av sig själv. Det hade regnat mycket under september, forsen var stor och dånande. När han stod vid brädden kände han mullret från vattenmassorna fortplanta sig i kroppen. Han parkerade och slog från tändningen, strök huvan bakåt och gick de sista stegen fram till kanten. Ingen syntes till. Alla var på arbetet nu. Emil hade själv haft ett arbete en gång, på en skyddad verkstad. Han sorterade skruvar och muttrar och la dem i askar. Det var lätt men tråkigt och lönen var dålig. Det svåraste var ändå de andra som jobbade där. Han blev aldrig en av dem. De var som barn allesammans. Och jag är ju vuxen, tänkte Emil. Men eftersom han inte talade, var det som om de glömde honom. Han ville hellre vara alldeles ensam i sitt eget hus än alldeles ensam tillsammans med många andra. Med vett och vilja började han röra till i askarna. Han blandade skruvar och muttrar och la i för många. Då sa de till honom att sluta. Modern var rasande, kom han ihåg. Det var det allra värsta för henne, att sonen levde på pension. Att han aldrig kunde få sig en fru var en sak. Att han inte talade var en sak. Men det skulle ha varit en triumf för henne om hon hade haft hans arbete att tala om. Emil, min son, han jobbar för fullt han, skulle hon säga där hon satt i syjuntan, utan att nämna den speciella arbetsplatsen. Att kunna säga detta viktiga. Att han steg upp på mornarna och gick till sitt arbete som alla andra. Emil var alltid tidigt uppe. Det var inte så att han låg och drog sig. Han hade aldrig några svårigheter att få tiden att gå. Han steg ut mot kanten av forsen. Stod så nära att han kände svalkande stänk mot kinden. Det var inte så att forsen hade en enda röst. Efter en stund kunde han urskilja flera. Där var det djupa mullret som låg i botten, sedan var det ljusare toner ovanpå. Till och med ett porlande från det grundaste vattnet, som rann över stenarna inne vid brinken långt där nere. Det var som en hel orkester, tänkte Emil, som spelade i en förunderligt jämn ström. Den djupa rösten sa: Jag kommer, jag kommer, jag är helt oemotståndligt stor och stark, medan de ljusare skyndade sig efter och skränade, vänta på oss, vi kommer vi också, och de minsta inne vid brädden lekte och skojade med annat, de glömde sig bort och dansade över stenarna, blandade sig i djupa virvlar, gula och vita av skum. Alla färgerna, tänkte Emil. Från det gråsvart djupa till det skummande vita. En jämn och väldig ström på väg mot havet. Han tänkte på det ögonblick när allt detta vatten var framme. När det vältrade sig ut i det stora blå och sakta blandade sig. Ibland körde han till havet för att se på just detta. Om han var tidigt uppe låg havet stilla som en spegel. Varje gång tänkte han att det var ett mirakel i sig själv. Att så mycket vatten kunde ligga så stilla.

Han trutade med munnen och försökte sig på ett ord. Han ville försöka säga "Omöjligt". Han stötte luft från magen och upp genom munnen. Han kom att tänka på att det var tungan och läpparna som skulle forma ljuden till ord. Svagt hörde han något som liknade ett kraxande. Han stötte igen, med munnen på vid gavel, och lyssnade spänt genom dånet från forsen. Det kom ett långt grovt ljud från strupen på honom. Han blev irriterad och försökte igen. Hans röst var så grov, han förstod inte det. "Nej" var lätt. Detta "Nej" låg färdigt längst fram i munnen, som att spotta ut en körsbärskärna. "Ja" då? Kunde han säga det? Men han tyckte inte så bra om det ordet, det var som att ge upp inför något, och det ville han inte. Hur skulle han någonsin klara långa ord? Som till exempel det svåra ordet "Missförstånd"? Det var ju helt omöjligt. Han blev nedstämd och less. Han var våt i ansiktet. Då kom han att tänka på S. Det var ett ljud som han kunde lägga längst fram i munnen, utan ton, bara som en vissling, som ormen talade. Där fick han till det! Han blev mycket belåten. Och då ska man sluta, tänkte Emil Johannes. Han lufsade tillbaka till motorcykeln. Sköt fram luvan i pannan. Startade och svängde upp på vägen. Han visste inte att två småungar låg bakom en sten och spejade på honom. De skrattade så de skakade.

Senare var han på plats i stugan igen. Han kunde inte stå vid forsen tills natten kom. Han kunde inte komma undan heller. Han hade ingenstans att gömma sig. Det var bara att vänta. Trettio minuter senare hörde han en bilmotor ute på gården. Emil la händerna på fönsterkarmen och vilade kroppsvikten på dem. Den var betydande. Karmen gav efter och knakade, liksom golvplankorna. Det var inte moderns bil. Han tittade bort på fågeln. Stack in ett finger i buren. Genast började den nafsa på honom och slicka med en varm, svart tunga. Den var grov som sandpapper. Då kom knackningen han hade väntat på, tre skarpa knackningar. Emil tog god tid på sig. Kontrollerade att fågeln hade mat i båda kopparna, vatten och äppeltärningar. Långsamt gick han till dörren. Först blev han häpen. Polismannen var en kvinna. Det hade han inte väntat sig. Han sa ingenting, stod bara stilla och såg på henne. Hon såg faktiskt vänlig ut. En polis till kom gående från bilen, han med krullet som redan hade besökt honom. Emil såg på plåstret på hans finger. Tala om nappatag, tänkte Emil. Men han såg snäll ut. Öppen och nyfiken. Samtidigt vilade det ett allvar över dem. Emil förstod allvaret, men det fick han inte sagt.

– Emil Johannes Mork? sa poliskvinnan.

Han nickade inte, väntade bara.

– Du måste vara vänlig och följa med oss.

Han stod ett tag och tänkte. Hon bad honom nästan vackert. Emil gick in i huset igen. Det var något han måste ordna först. Han la en handduk över fågelburen och kontrollerade ett värmeelement under fönstret. Han drog gardinen åt sidan så att tyget inte var i närheten av värmestrålningen. Det var allt detta tjat om brandfaran, som modern pratade om oavbrutet, som fick honom att göra sådant. Därefter gick han till hallen och tog den gröna motorcykeljackan. De väntade vid bilen medan han låste dörren. Han tänkte på modern, om de hämtade henne också. Han trodde det.

Jacob Skarre höll fram handen. Han bad om nyckeln till huset. Emil tvekade. Modern hade tvättat. Hade kastat sopor och städat, varit överallt. Han lämnade ifrån sig nyckeln. De höll upp dörren och hjälpte honom in i baksätet. Det var inte ofta han satt i en bil. Han kände sig instängd, kunde inte andas. Det var som att sitta inne i en låda, han

169

blev orolig. Den kvinnliga polisen satte sig vid ratten. Hon hade en lång ljus fläta på ryggen. Den var lika stramt flätad och lika blank som ett nylonrep. Emil stirrade. Den var något av det finaste han hade sett, men hon kunde ha kostat på sig en rosett.

Elsa Mork anhölls samtidigt. Hon ville träffa sin son och blev nästan hätsk när det avslogs. Som om detta att neka henne kontakt med sin egen son var något fullständigt oerhört och förkastligt. Hon frågade om det var lagligt att behandla folk på det viset. Och de sa ja, det är lagligt. Hon sa att Emil Johannes över huvud taget inte kunde förhöras, helt enkelt för att han inte talade, och de sa ja, det vet vi. De frågade henne om sonen kunde skriva. Hon svarade undvikande. Grunden hon hade stått så stadigt på i mer än sjuttio år smulades sönder under fötterna på henne. Hon måste stödja sig mot väggen.

– Sitt namn, sa hon så. Det har jag lärt honom. Men annat ... jag vet inte så mycket om vad han kan och inte kan.

Och i nästa ögonblick skämdes hon förfärligt för att hon inte visste säkert.

– Han prenumererar på tidningen, kom hon på. Men jag vet inte vad han gör med den. Kanske han tycker att det är roligt att gå till brevlådan varje morgon och hämta tidningen som andra människor. Kanske han ser på bilderna. Kanske han klarar rubrikerna, sa hon. Jag vet inte.

Hon försökte sig på en bitter utmaning. – Ni får väl ta reda på det själva.

Hon upplevde det hela som overkligt. De tog ifrån henne kappan och handväskan, som hon höll hårt i. En kvinnlig polis tog tag i den, Elsa höll emot. Samtidigt såg hon det löjliga i situationen. Men utan väskan kände hon sig avklädd. Hon såg på när de tömde ut väskans innehåll över bordet. Spegel och kam och näsduk. Och en portmonnä i imiterat krokodilskinn. Hon stod med tomma händer och såg sig omkring i den ovana omgivningen. Folk kom och gick i rummet. Hon kände att de glodde på henne. Tur ändå att Emil är som han är, tänkte hon. Han kan bara göra som han alltid har gjort. Hålla fullständigt käften.

Hon väntade inne i förhörsrummet. Sejer gick långsamt dit med en pärm under armen. Ja, hon är duktig på att städa, tänkte han. Men inte riktigt så duktig. Om Ida har varit i huset hos sonen så ser vi det.

Vad försiggick i hennes huvud? Han tänkte sig att hon först och främst bekymrade sig för Emil. Även om han inte kände henne bortsåg han inte från att hon kunde vara stark och uthållig. Hon hade levt ett helt liv med en son som var avvikande. En son som hon hade skött och tvättat åt, städat och ordnat för i femtio år. Hur väl kände hon honom? Hur efterbliven var han? Hade han dragit sig ur gemenskapen av egen fri vilja? Det hände att folk gjorde det, en del på goda grunder. Vad hade de levt för slags liv? Kanske hade hon inte något eget liv för att hon aldrig hade velat, eller kunnat. Hon gick in i andras liv i stället, och städade. Han tänkte på henne med ödmjukhet när han gick genom korridoren. Han var på väg till en människa som aldrig tidigare hade förbrutit sig mot norsk lag. Samtidigt tänkte han på Ida.

Hon satt med båda händerna i knät. Man kunde inte säga om Elsa Mork att hon var en vacker kvinna. Men alla människor har något, tänkte Sejer. Nu la han märke till hennes hållning. Hon var utstuderat rakryggad. Det var kampvilja i det starka ansiktet. Händerna, som hon höll gömda under bordet, var röda och torra av allt skurande. Han kom ihåg det från deras första möte. Hon var klädd i en tunn tröja med rund krage och en utsvängd kjol utan veck. Den nådde halvvägs ner på benen. Hon hade bekväma lågskor med snörning. Ingen permanent i håret, det var kort och stålfärgat, inte olikt Sejers eget. Han hälsade vänligt på henne och drog ut en stol. Hon nickade kort men log inte. Hennes ansikte var avvaktande. Under den lugna ytan måste hon ändå vara mycket stressad, tänkte Sejer, men hon dolde det väl. Det kunde betyda att hon var van att dölja saker och ting, van att hålla en stram fasad, som den han såg nu. Men det här handlar om ett barn, tänkte han. Ett bedårande barn med bruna ögon som liknade Mary Pickford. Elsa Mork hade själv barn. Det borde gå att beröra henne. Han hällde upp ett glas mineralvatten åt sig. Fräsandet av Farris var det enda ljudet i det tysta rummet. Det blev så tydligt. Elsa väntade. Sejer tog en klunk.

171

– Luften här inne är så torr, konstaterade han. Det är bara ett gott råd. Om du känner dig trött hjälper det att dricka. Han nickade mot flaskan vid hennes plats.

Hon svarade inte. Han var vänlig, men hon passade sig. Det var hon van vid, hon hade alltid passat sig.

– Förstår du varför du är här? började han.

Elsa måste tänka. Det visste hon naturligtvis. Men det gällde att formulera sig på bästa möjliga sätt.

– Jag tror det, sa hon stelt. Vi är hämtade hit, både Emil och jag, med anledning av det här fallet. Flickan som ni fann vid vägen.

– Det stämmer, sa han och behöll hennes blick. Den var fortfarande fast.

– Du minns kanske hennes namn från tidningarna? sa han.

Hon tvekade att uttala namnet högt, men det kom i alla fall.

– Ida, sa hon tyst.

– Träffade du Ida Joner nån gång? frågade Sejer.

– Nej.

Svaret kom snabbt. Det kunde också på sätt och vis vara sant. Kanske hade hon bara sett Ida efter hennes död.

– Vet du om din son nån gång träffade Ida Joner?

Åter detta nej, åter lika fast.

– Han har egen bostad, sa Sejer.

– Nej, den är kommunal, insköt hon.

– Nåväl. Sejer nickade. Men han bor ensam. Du är ofta där och hjälper honom, men en stor del av tiden är han ensam. Är det alldeles omöjligt att Ida kan ha varit i huset utan din vetskap?

Nu måste Elsa tänka efter. Hon fick inte vara för säker. Sejer såg att hon letade intensivt efter trovärdiga lögner. Hon var säkert med rätta också nervös vid tanken på vilka kort de kanske hade på hand, som hon inte kände till. Antagligen hade de finkammat både Emils hus och hennes egen lägenhet.

– Jag kan förstås inte svära på det, sa hon till slut, efter att ha tänkt länge. Jag är inte där dag och natt. Men uppriktigt sagt har jag svårt att tro att en liten flicka frivilligt följer med Emil hem. Det skulle ingen våga.

– Kan du förklara närmare vad du menar? sa han försiktigt.

– Inte talar han. Och han är väldigt trög. Han ser faktiskt arg ut. Även om han inte är det. Hans ansikte bara är så.

Sejer nickade.

– Men vi kan alltså inte helt utesluta att Emil kan ha haft Ida i huset?

– Nu händer det så mycket konstigt i mitt liv att jag inte kan utesluta nånting som helst! sa hon bitskt.

Det var nästan så att det brast för henne. Men hon tog sig samman igen. Sejer såg allvarligt på henne. För en sekund anade han något av de krafter som härjade inom henne, hennes fruktan och förtvivlan.

– Det händer att människor som Emil lättare knyter kontakter med barn, sa han milt. De känner sig mindre hotade. Det har hänt förr.

Det hade hon ingen kommentar till. Hon valde tystnaden. Det slog henne att tystnaden var effektiv. Och det hade Emil insett.

– Din son har en fågel? sa han avledande.

– Ja. En papegoja.

– Tror du att han tycker om den?

Hon kände att det här ämnet var tryggt och gav sig själv lov att svara.

– Jag hoppas det, sa hon. Den visslar och sjunger en del och är väl sällskap åt honom. Och den behöver inte mer skötsel än vad Emil klarar av.

– När jag frågade dig om det här tidigare, förnekade du att du kände nån som ägde en fågel. Minns du det?

– Ja, sa hon och bet sig i läppen.

– Varför förnekade du det?

– Vet inte, sa hon trotsigt.

– Nåja. Sejer log. Snäll är den åtminstone inte. En av mina poliser går omkring med ett stort hål i fingret.

Hon hörde men släppte ändå inte fram något leende.

– Den har aldrig blivit tämjd, förklarade hon.

– Varför inte?

– Vet inte. Jag förstår mig inte på fåglar. Den var tio år gammal när jag köpte den. Nu är den snart sexton.

Det verkade som om hon ville fly nu. Det vibrerade i hela kroppen på henne. Hon ville inte svara. Men hon tyckte om honom. Det gjorde

173

henne förvirrad. Hon talade sällan med män. Bara med Margot då och då, och damerna i syjuntan. Vart hon än rörde sig, var det kvinnor. Nu lyssnade hon till den djupa rösten, en saklig och mycket korrekt röst, behaglig att lyssna till.

– Det blir så tyst för honom, sa hon. Han får ju aldrig besök. I affären sa de att fågeln kunde tala. Jag tänkte att det kunde vara bra för honom att höra några ord då och då. Att det skulle muntra upp honom.

– Vad säger fågeln? frågade Sejer.

– Å, sa hon och ryckte på axlarna. Hej. Hallå. God morgon. Sånt. Först och främst kan den vissla melodier. Den snappar upp det från radio och TV. Från reklamen och så.

Hon såg ner i bordet. I ögonvrån såg hon Farrisflaskan. Det pärlade på utsidan av glaset.

– Jag vet inte hur länge ni har tänkt hålla oss här, sa hon, men fågeln måste få mat och vatten.

Sejer nickade förstående.

– Vi ska nog se till fågeln om det visar sig nödvändigt, sa han.

Han visste att han skulle få Elsa Mork att tala. Visste att han var hennes överman. Och vid tanken på det blev han sorgsen. För just nu kände hon sig stark. Hon hade bestämt sig för att inte tala. Hon var inte klar över vad han visste. Hon kunde inte dikta ihop en falsk historia för hon visste inte vilka kort han hade. Det var många. Idas plånbok, som de hade hittat i ett knäckebrödspaket i Emils köksskåp. Kanske hade Emil fallit för just den där plånboken, och Elsa hade förbisett den när hon städade huset. Dessutom hade han själv hittat ett gömställe. I källaren stod en gammal frysbox. Flera mörka hårstrån i botten hade säkrats för analys. Elsa hade inte tänkt på allt, det kan nästan ingen göra. Nu väntade hon lugnt i stolen, fast besluten att ta sticken ett och ett, uthärda smärtan och hitta nya svar. Efter ett tag, efter några timmar eller dagar skulle hon bli trött. Hon var en skärpt kvinna. När hon insåg att hon var slagen, skulle hon också ge upp. Han lät tystnaden vara lite och betraktade henne från sidan. Hon satt med spända axlar och väntade. Hon tål mycket, tänkte han. En riktigt seg gammal kvinna. En riktig krigare.

174

– Du får en kvinnlig försvarare, sa han. Hon har också barn.

– Jaha? sa Elsa.

– Jag vill att du ska veta det, tillfogade han.

Elsa försvann in i tystnaden igen. Det borde jag ha gjort oftare, tänkte hon. Jag har pladdrat hela livet. Gud vet vad jag har sagt.

– Säg till om du behöver nåt, sa Sejer. Han sa det så vänligt att hon kände det som en smekning. Hon såg oförstående på honom. Ansiktet var öppet ett ögonblick, sedan slöt det sig i misstänksamhet.

– Jag behöver ingenting, sa hon. Jag klarar mig själv. Det har jag alltid gjort.

Sejer visste det. Han kunde gå till attack nu, plötsligt och oväntat, bara för att få se henne svaja ett ögonblick. Han gjorde det inte. Det måste gå att besegra henne på ett sådant sätt att hon hade sin stolthet kvar. Han drog sig för att pressa henne, drog sig för att lura in henne i en fälla. Ville inte se hennes skam när han kom på henne med självmotsägelser. Allra helst ville han leda henne fram till en punkt där hon berättade allt. Som ett slutligt, lindrande förtroende.

*

Pressen hade länge cirklat omkring och närmast vilat på luftströmmarna i brist på utveckling i fallet Ida Joner. Nu störtade de från hög höjd ner mot ett särdeles exotiskt byte. En sjuttiotre år gammal kvinna och hennes femtiotvå år gamla förståndshandikappade son. Detta gav utrymme för mycken spekulation. Vad hade egentligen hänt med lilla Ida, exakt vad hade de gjort med henne? Även om det inte fanns något som tydde på att hon hade utnyttjats sexuellt, vilket utförligt slogs fast i landets alla tidningar, lät de inte hejda sig. Då hade hon väl utnyttjats till något annat. Journalisterna behärskade det där med antydningar. De skrev ingenting direkt utan överlät till läsarna att använda fantasin, vilket läsarna gjorde. Fortfarande var det mycket oklart vad som hade hänt Ida. Därför måste de koncentrera sig på annat. Det var en saftig historia. Ryktet om fågeln med det klingande namnet Henrik den åttonde gjorde sig i tryck. Den misstänkte var inte bara en stum enstöring till karl, dessutom ägde han en fågel som kunde tala och som bar en mördares namn. Tryckpressarna gick varma.

Elsa Mork var stark. I likhet med sonen sa hon nej till allting. Ida Joner har jag aldrig sett. Nej, jag har inte köpt något nattlinne. Man kan göra mycket för sina barn, men inte så mycket. Om jag är bra på att laga kläder? Lappa och sy? Självklart. Alla sjuttiotreåriga kvinnor kan sådant. Hon var säker och bestämd. Åter blev hon förd tillbaka till cellen. Sejer stängde in sig på kontoret för att gå igenom förhöret i tankarna. Han försökte tänka sig hur Elsa Mork skulle klara sig i fängelset om hon blev dömd. Hon kommer att gå omkring och torka korridorerna, tänkte han, hon kommer att hasta runt och tömma askkopparna i rökrummet. Han blev avbruten av en ivrig knackning på dörren. Jacob Skarre stack in huvudet.

– Bara ett kort meddelande, sa han och såg sprickfärdig ut. Sejer försökte avleda tankarna från Elsa och allt som hörde ihop med henne.

– Ja? sa han frågande och tittade upp.

– Willy Oterhals är spårlöst försvunnen.

Skarre förstod inte själv varför han engagerade sig i den här anmälan. En sådan som de satte upp på bevakning, eftersom Oterhals var tjugotvå och säkert skulle dyka upp igen. Sejer svarade inte omedelbart. Så kom han ihåg Oterhals från samtalet i garaget. Han kom ihåg hans brottsregister och vänskapen med Tomme. Tomme Rix som var Idas kusin.

– Borta? Hur då borta? sa han oförstående.

– Hans mor, Anne Oterhals, ringde just till vakthavande. Willy åkte med Danmarksbåten till Köpenhamn med Tomme fredagen den 20 september. Närmare bestämt åkte de med M/S Pearl of Scandinavia. Tomme kom hem söndag eftermiddag, helt enligt planerna. Men Willy har inte visat sig.

Skarre damp ner på en stol.

– Hon ringde hem till familjen Rix för att fråga efter honom. Tomme säger att de skildes vid Egertorget. Att Willy försvann ner i tunnelbanan, enligt egen utsago för att besöka en kompis. Resan till Köpenhamn hade kanske ett syfte, menade Skarre. Om han fortfarande håller på med knark, kan det hända att han skaffar det i Dan-

176

mark. Så har han stuckit för att avleverera på nån adress i Oslo. Men det borde ju inte ta så lång tid.

– Så vad betyder nu det här? sa Sejer. Hur bekymrad är modern?

– Hon säger att det kan hända att han är borta en natt eller två, men han brukar ringa. Och han svarar inte på mobilen. Det brukar han alltid göra. Han är som uppslukad av jorden.

– Eller av havet kanske, slank det ur Sejer. Ja, jag tänkte på Danmarksbåten, medgav han. Folk faller från Danmarksbåten titt och tätt. Vi får tala med Tomme igen. Märkligt också, la han till och stödde armbågarna mot skrivbordet.

– Hur då märkligt? sa Skarre.

– Ja, de här slynglarna, sa Sejer. Som tydligen hänger ihop fast Ruth och Sverre Rix försöker hindra det. Kanske de har nåt på gång och kanske borde vi kolla upp det.

Han kontrollerade datum på sitt arbandsur. Nu när han var klar med samtalet med Elsa Mork koncentrerade han sig åter på de två. Det var som om pojkarna drog i honom. Om de höll på med knarkhandel var det inte hans sak, i synnerhet inte nu. Att klarlägga händelseförloppet mellan Emil och Ida var viktigare. Varifrån kom den här konstiga känslan att det var något som inte stämde? Varför dök de över huvud taget upp på scenen som ett ständigt störningsmoment? Han fick ett infall och ringde DFDS-kontoret i Oslo. Han blev sittande länge i telefonen. Efter att ha klarlagt en del detaljer i samband med just den här överfarten la han på och satte sig i bilen. Han anmälde inte sin ankomst på förhand. Han åkte raka vägen till Tommes hus.

Familjen Rix hade just ätit middag. Ruth skrapade ner resterna av tre halva kycklingar i avfallshinken under köksbänken. Skinn och ben gled ner från tallrikarna och blandade sig med annat. Lukten inne i skåpet var obehaglig, de hade haft fisk dagen innan. Det luktade förruttnelse, tänkte Ruth. Tomme satt på sitt rum. Han var mitt i filmen The Matrix men han kunde inte följa med. Marion låg på sängen och läste.

Ruth hörde en bil svänga in på gården. Hon motstod frestelsen att kika genom fönstret. De väntade inte någon. Det kunde vara en försäl-

jare. Eller ungarna i grannskapet som var ute och sålde lotter till för-
mån för handbollen eller skolorkestern. Kanske var det någon av Tom-
mes kamrater, Bjørn eller Helge. Nu hörde hon ringklockan. Hennes
ansikte var lugnt och neutralt när hon gick för att öppna. Då hon såg
Sejer på det översta trappsteget stod hon kvar ett ögonblick och tittade
frågande på honom. Plötsligt fick hon för sig att hon helt enkelt inte
ville släppa in honom. Hon tänkte på Tomme och allt som hade hänt.
Hon hade fått nog av alltsammans och ville att allt skulle bli som förr.
Två personer var arresterade och Ruth hade läst i tidningen att bevis-
ningen mot de två var omfattande. Ida var begravd och Helga släpade
sig långsamt genom dagarna med hjälp av mediciner. De var på väg
upp igen. Eller kanske han kom för att vara vänlig och visa intresse.
Hela tiden medan hon stod så och tänkte väntade Sejer tålmodigt.

– Jag kommer för att tala med Tomme, sa han. Det gäller Willy
Oterhals.

Ruth hade lust att säga att Tomme inte var hemma men kom ihåg
den svarta Opeln som stod i garaget. Och vad Willy anbelangade ansåg
hon att han fick klara sig själv och inte dra in andra i sitt elände. Hon
förblev tyst och höll sig i dörrkarmen med ena handen.

– Han saknas fortfarande, sa Sejer, för han misstänkte att hon inte
hade situationen riktigt klar för sig.

– Fortfarande? sa Ruth förskräckt. Hon fyllde alltjämt upp dörr-
öppningen med sin kropp. Ja, Tomme har nog sagt det han vet, sa hon
i ett ynkligt försök att stoppa honom vid tröskeln. Det hjälpte inte.

– Jag vill gärna ha den förklaringen från Tomme själv, sa Sejer be-
stämt. Är han hemma? Vill du hämta honom?

Uppmaningen framfördes med sådan auktoritet att det var omöjligt
för Ruth att protestera. Hon drog sig bort från dörröppningen och
släppte in honom i hallen. Själv gick hon upp på övervåningen för att
hämta sonen. Sejer väntade i vardagsrummet och noterade att det
dröjde lite innan de båda kom ner. Tomme såg lidande ut. Ruth stod
bredvid och vaktade honom, som man vaktar sina barn mot en fiende.

– Du vet redan vad det gäller, inledde Sejer. Låt mig börja med föl-
jande fråga. Åkte ni till Köpenhamn för att skaffa knark?

– Willy, sa Tomme. Willy åkte för att göra nån sorts affär. Han sa det

178

ner i golvet, till sina sockor. Jag skulle bara göra honom sällskap.

– Såg du det där knarket?

– Nej, hävdade Tomme. Han vågade inte se Sejer i ögonen. I stället mumlade han ännu en gång ner i golvet. Du har säkert talat med hans mor så du vet redan hur det var.

– Jag vet inte ett dugg, sa Sejer. Jag har bara fått höra vad vissa människor har sagt.

Tomme kände ett stick någonstans inne i huvudet, och tickandet satte i gång igen i snabb, envis takt. Det var inte outhärdligt, inte ens smärtsamt. Men när han tänkte på att det kanske skulle ticka så jämt blev han illamående. Om han sa som det var med alltsammans, skulle tickandet öka i tempo och sedan ända i ett infernaliskt oväsen. Men på det sättet skulle han återvinna tystnaden. Så tänkte han om allt det som hände inom honom. Sejer väntade. Han såg kampen som pågick, han hade sett den så många gånger och den var lätt att känna igen.

– Du har sagt att sista gången du såg Willy Oterhals var då han försvann ner i tunnelbanan vid Egertorget, sa Sejer. Stämmer det?

Nu lossnade det för Tomme. Han hade hållit sig så länge, hållit inne med så mycket, det var som en kramp som utvecklade sig i magregionen, det knep till och det stramade som en knytnäve runt tarmarna på honom. Han tänkte: Jag orkar inte med den här smärtan, jag vill bara vila. Han började tala. Strax löste sig krampen en aning. Det var som att åka över ett stup.

– Det stämmer inte riktigt, viskade han, och för första gången tittade han upp på Sejer. Detta erkännande gjorde Ruth blek av förfäran.

– När var sista gången? sa Sejer.

Han var inte hotfull, bara bestämd och tydlig.

– På båten, sa Tomme lågt.

Nu teg han för att tänka efter. I ögonvrån skymtade han moderns gestalt, hon syntes otydligt men han kunde känna hennes rädsla.

– Den där hemresan, med båten, sa Sejer. Den sista kvällen. Berätta om den.

– Vi satt i baren hela kvällen, sa Tomme.

– Hur berusade skulle du vilja säga att ni var?

Tomme tänkte efter lite. – Willy var rätt så full. Jag var ganska nyk-

179

ter. Tre öl, förklarade han. Och jag drack dem sakta.

– Vad kan klockan ha varit när ni lämnade baren?

– Vet inte riktigt. Midnatt kanske.

– Gick ni direkt till hytten?

Nu fick Tomme svårigheter. Hade någon sett dem? Han visste att det fanns videokameror överallt på båten. Hur mycket sanning kunde han sträcka sig till utan att åka dit? Han såg på Sejer med flackande blick.

– Vi gick faktiskt en tur på däck, sa han spakt. Han bemödade sig om att framstå som förtvivlad, och det var ganska lätt som han nu kände sig. Djupt förtvivlad. Och rädd, naturligtvis, för allt som kan hända utan att man vill det. Ruth vågade inte röra sig. Något fruktansvärt slog ner i henne. Det var ju uppenbart att Willy var borta, tänkte hon. Han var myndig och fullvuxen men det löste inte problemet. Han var borta. Hans mor hade ringt polisen. Och Tomme var vit som ett lakan.

– Var det ditt förslag?

– Nej, Willy behövde frisk luft, sa Tomme. Det gjorde väl egentligen jag också.

Sejer nickade.

– Det var styv kuling under överfarten, sa han. Att stå där uppe mitt i natten måste ha varit dramatiskt?

– Ja, det var det. Jag var tvungen att hålla mig fast i det som fanns. Däcket var slipprigt och vått. Och det var jävligt kallt. Vi frös som hundar.

Han talade med fastare röst nu, eftersom det var sant och han mindes det så väl.

– Var ni ovänner?

Han tvekade lite och funderade igen.

– Så där, ja.

– Vad handlade det om?

– Willy ville att jag skulle göra honom en tjänst. Men jag nekade.

– Vad för slags tjänst talar vi om?

Tomme kände moderns blick.

– Tja, du vet. Han ville att vi skulle byta bag. Att jag skulle gå genom tullen med knarket.

180

Ruth släppte ut luften ur lungorna. Hennes ögon naglade sig fast vid sonen.

– Du säger att du har vetat om att Willy höll på med knarkhandel men att du aldrig hade nån del i det. Vad var det som fick Willy att be om det nu, efter så lång tid?

– Han ansåg att jag var skyldig honom en tjänst, sa Tomme.

– Var du det?

– Han reparerade Opeln. Utan att ta betalt.

– Han bad om ganska mycket i gengäld, tycker jag. Vad tycker du?

– Detsamma. Därför sa jag nej. Och det gillade han inte.

– Fortsätt, sa Sejer.

Tomme vågade inte se på modern. Han tänkte på alla pillren de hade spolat ner i toaletten. Nu var hon rädd att han skulle avslöja det, men han ville inte hänga ut henne. I stället jobbade han intensivt med olika ljud och bilder som härjade i huvudet på honom. Det borde gå att få ihop dem till ett trovärdigt helt.

– Willy hade tagit med sig en stor starköl, sa han. Upp på däck. Han började fara omkring med glaset i handen. Fast det blåste så in i helvete och han halkade flera gånger och hela tiden måste stödja sig för att inte falla. Själv satt jag på en lår och såg på honom. Jag frös. Jag ville ner och sova, men han höll på, klättrade i tågvirket och skulle balansera och jävlas. Käftade och bar sig åt. Till slut klättrade han på själva relingen. Han gick så högt att knäna vilade på den översta kanten. Han tappade glaset i sjön, mindes Tomme. Han kom ihåg Willys fåniga uppsyn när glaset gled ur handen på honom och försvann i djupet. Ruth bet sig i läppen. Det var som om hon anade fortsättningen.

– Och du? sa Sejer.

– Jag satt bara och såg på, sa Tomme. Jag ropade flera gånger att han skulle komma ner, att det var farligt. Han bara skrattade. Jag var blöt och kall och ville gå, men jag kunde inte gå utan Willy. Men han gör som han vill, det tjänar ingenting till att tala med honom när han dricker. Jag kröp ihop på låren och försökte hålla värmen. Och jag ångrade hela resan, erkände han, det var bara fylla och bråk. Jag skulle ha stannat hemma. Så jag reste mig och sa: Nu går jag och kojar. Du gör som du vill. Willy bara hojtade och skrek, sa Tomme trött. Så jag gav upp och gick till hytten.

Sejer lyssnade uppmärksamt till Tommes förklaring. Samtidigt märkte han en mörk skepnad som smög in i rummet. Marion, tänkte han. Systern. Det verkade inte som om Ruth hade upptäckt henne. Är det någon som ser till henne? tänkte han och försökte fånga hennes blick. Den vek undan.

– Vad gjorde du sedan? frågade han för att puffa på Tomme.

– La mig på kojen, svarade han. Stirrade i taket. Jag låg vaken så länge jag orkade. Vi hade bara ett nyckelkort så jag låg och väntade att han skulle knacka. Men det gjorde han inte. Efter ett tag måste jag ha somnat. Då jag vaknade på morgonen var han borta. Jag fick fullständigt panik, jag kunde inte tänka. Visste inte hur jag skulle förklara nånting alls, för jag hade ju inte sett nåt. Jag gick i land ensam, viskade han. Han hade sänkt huvudet. Det betydde att han ville att Sejer skulle ta över och leda honom vidare.

– Det du säger, sa Sejer tydligt, är att du vaknade ensam i hytten och inte kunde hitta din vän Willy. Men du sa ingenting till besättningen?

– Nej, sa Tomme, nästan ohörbart.

– Det måste du förklara, sa Sejer bestämt.

– Det är det som är så idiotiskt, sa Tomme olyckligt. Jag blev så förvirrad. Såg efter honom överallt. Tänkte kanske att han drev med mig, att han hade sovit nån annanstans på båten, hos nån tjej eller var som helst, men jag såg honom inte. Och alla människorna bara knuffade mig bort mot landgången. Jag gick och väntade på att han skulle dyka upp och ropa. Men jag hörde ingenting. Han var bara borta. Sedan blev det så svårt att förklara, stammade han, så jag hittade på det där med tunnelbanan. Att vi skildes där. Men det var egentligen bara för att jag inte minns nånting alls. Och för att jag tyckte att det var så dåligt att inte ha nån förklaring.

Ruth, som hela tiden hade stått upp, var tvungen att stödja sig på en stol.

– Väx upp, Tomme, befallde Sejer. Om det sista du såg av Willy var att han berusad raglade runt på däck i styv kuling, då är det dramatiskt. Se på mig och svara. Tror du innerst inne att han föll i sjön?

182

Tomme la en hand för munnen. Ögonen stod ut i huvudet på honom. Det tickade fortfarande men svagare nu.

– Det är ju det jag är rädd för! hulkade han.

– Jag har svårt att förstå att du inte bad om hjälp, medgav Sejer. Jag försöker förstå det, men det är svårt.

– Jag är nog inte riktigt mig själv just nu, sa Tomme, allt som har hänt i familjen, med Ida och så. Det blir bara för mycket.

– Så ringde Willys mor hit och efterlyste honom. Och du sa ändå ingenting?

– Då var det för sent, stönade Tomme. Och jag har inte gjort nåt olagligt. Jag vill bara komma ifrån alltihop. Jag känner ju ett slags skuld, fortsatte han. Jag skulle inte ha lämnat honom. Jag förstår om hans mor anklagar mig för det. Men jag kunde inte få honom med ner till hytten.

– Mm, mumlade Sejer allvarligt. Själv tänker jag på helt andra saker.

Tomme tittade snabbt upp. Något i Sejers röst var oroväckande.

– Willy hade en väska, förkunnade han. En svart nylonbag med en vit puma på sidan. Den han ville att du skulle ta genom tullen åt honom. Vad gjorde du med den?

Tomme klippte förskräckt med ögonen.

– Ingenting, sa han skakad.

– Om Willy föll överbord i fyllan skulle bagen ha stått kvar efter honom i hytten. Ingenting var kvar efter er. Jag har just ringt och kollat. Allt kvarglömt är omsorgsfullt registrerat, och det fanns ingen nylonbag i den hytt Willy beställde. Så då är frågan: Har nån annan kastat bagen överbord? Och varför?

Tomme ville inte svara längre. Han tyckte själv att han hade sträckt sig långt. Det kändes lite lugnare inom honom. Inte alldeles lugnt, men så att det kändes som en paus.

– Version ett, sa Sejer allvarligt. Ni går i land tillsammans. Willy försvinner ner i tunnelbanan vid Egertorget. Version två. Du lämnar honom på däck. Han är stupfull och raglar omkring, du får inte med honom ner så du ger upp och går till kojs. Nästa morgon är han borta. Jag kommer tillbaka, sa Sejer. Under tiden kan du förbereda tredje och sista versionen.

Dagarna gick. Oterhals dök inte upp och blev efterlyst i tidningarna. I motsats till Ida fick han bara korta notiser. Ung man saknad efter tur med Danmarksbåten lockar inte folks nyfikenhet. De konstaterar vad som har hänt och bläddrar vidare. Sejer fortsatte förhören med Elsa Mork. Som vanligt satt hon med benen ihop och händerna knäppta i knät.

– Vi har begärt en rättspsykiatrisk undersökning av din son, sa Sejer. Det kommer antagligen att ta tid. Under tiden måste jag fråga dig. Det är du som känner Emil bäst. Hur länge har han gått i skolan?

Elsa tänkte länge. Det fanns ingenting att klaga på när det gällde den här mannens metoder. Han var mycket korrekt. Hon hade inte väntat det, hon var mer på defensiven nu. Det var skönt att tala med en som ville lyssna. Att hon nu äntligen talade om Emil gav henne också en ny känsla. Hon hade gömt undan honom och nästan inte nämnt honom. Svarat enstavigt i syjuntan om någon frågade om honom. Nästan skrattat som om han inte fanns eller var något problem. Men det var han ju. Och nu talade hon. Och eftersom hon nu blev tvungen att tala om honom, såg hon honom också tydligt.

– Han följde med i folkskolan en bit in i andra klass, sa hon. Sedan flyttade de honom till hjälpklass. Där fick han sitta för sig själv och pyssla. Han talade, men bara mycket lite. Det blev hela tiden färre ord. Han skrev några ynka bokstäver, eller så tecknade han, men mycket klumpigt. Mest satt han och bet på blyertspennan. Ofta var han alldeles svart om munnen när han kom hem från skolan. Det var som om bokstäver och siffror skrämde honom. Men han tyckte om att leka, mindes hon. Med gubbar. Eller bilar och klossar. Då kvicknade han till.

– Gjordes det nåt IQ-test på honom?

– De försökte flera gånger. Men han sköt undan alltsammans, papper och bilder och allt de kom dragande med.

– Så när det gäller hans intellektuella kapacitet är den närmast en gåta? Det är egentligen ingen som vet? frågade han.

– Han samarbetar aldrig, sa Elsa. Vi har aldrig fått nån säker förklaring på vad som egentligen fattas honom. En läkare använde uttrycket

184

"extremt tillbakadragen". Det hjälper ju inte. Sedan han blev vuxen har jag begränsat mig till att hålla ordning i huset åt honom. Han vill hur som helst inte släppa mig in på livet. Jag orkar inte försöka heller, sa hon trött. Han är ju femtiotvå. Det jag inte har klarat hittills, det orkar jag aldrig.

– Hans födsel, undrade Sejer. Förlöpte den normalt?

– Ja, sa hon. Det finns ingenting där. Men den tog tid, det ska gudarna veta. Han var stor, sa hon, ner i bordet och lite röd om kinderna för att hon talade om detta med en främmande man.

– Om jag frågar dig vad som kunde göra Emil riktigt glad eller riktigt engagerad eller, för den delen, riktigt arg. Vad skulle du svara då?

Hon skruvade på sig i stolen. Det var en bra stol, men hon visste att hon skulle sitta länge i den.

– Det vet jag nästan inte, sa hon. Han är alltid likadan. Om han nån enstaka gång visar känslor, är det irritation. Eller trots. Glad är han väl aldrig, medgav hon. Finns det förresten nåt att vara glad åt?

Hon såg upp på honom eftersom hon önskade sig lite medkänsla. Sejer reste sig från stolen och började gå omkring i rummet. Dels för att han kände behov av det, dels av hänsyn till Elsa, som fick andrum. Ett tillfälle att gömma sig i sina egna tankar. Han visste att hon betraktade honom där han gick, att hon just nu studerade ryggen på honom i smyg. Kanske tänkte hon på hans klädsel, en grafitgrå skjorta med svart slips och ett par ljusare grå byxor med skarpa pressveck.

– Hur har han det med kvinnor? sa han efter en paus. Visar Emil nåt intresse för kvinnor?

Det var som om blotta tanken kunde ha lockat fram ett leende hos henne, men hon behärskade sig.

– Vi talar aldrig om sånt, sa hon. Jag vet inte vad han gör när jag inte är där, men jag har aldrig hittat tidningar eller nåt som tyder på det. Hur skulle han få tag i en kvinna? Jag har sagt det så många gånger, att det får han aldrig, och det vet han. Hon skakade trött på huvudet. Inte ens den mest överblivna skatan i hela världen skulle inlåta sig med Emil.

Det var ett skoningslöst påstående, tänkte Sejer, men han sa det inte.

– Har du nån gång tänkt dig möjligheten att han talar när han är ensam? frågade Sejer. Att han kan mer än han visar?

Hon ryckte på axlarna. Tänkte över frågan.

– Ja, jag har tänkt tanken. I mina mest uppgivna stunder. Men jag tror det inte.

– Kanske han talar med fågeln, sa Sejer. Henrik den åttonde.

Hon log snabbt. – Fågeln säger nej, sa hon. Den säger nej som Emil Johannes.

– Barn då? frågade han. Kommer han överens med dem?

– De är rädda för honom, sa hon snabbt. Det är självklart. Som han ser ut. De skrattar åt honom eller är rädda för honom. Nej, han kommer absolut inte överens med ungar.

– Så ett barn skulle aldrig följa med honom frivilligt? Är det det du säger?

Hon nickade bestämt.

– Det har aldrig varit några ungar inne hos Emil, sa hon tvärsäkert.

– Jo, sa han stilla. Det har nog det. Ida Joner har varit i hans hus flera gånger.

– Det kan väl inte du veta! sa hon förtvivlat.

– Det kan vi. Vi har hittat saker som tyder på det.

Nu vågade hon inte se på honom. Nu var hennes händer föremål för det allra djupaste intresse.

– Var det du som köpte nattlinnet, Elsa? sa han lågt.

Han hade försiktigt lutat sig fram över bordet och lyckats fånga hennes blick. Hon tvekade eftersom han kallade henne vid förnamn. Det var oväntat och nästan överväldigande intimt, och det gjorde henne svag på ett konstigt sätt. Så kom hon ihåg att det säkert var taktik och knep ihop munnen.

– Varför skulle jag köpa ett nattlinne?

– Kanske för att du behövde rädda Emil ur en fruktansvärd knipa? sa han. Du ville att hon skulle se vacker ut. Hon var bara en liten flicka och du gjorde det lilla du kunde för henne. Det var faktiskt inte så lite, la han till.

Inget svar.

– Vilken mamma som helst skulle hjälpa sitt barn i en svår situation. För att inte tala om en katastrof, anmärkte han. Är det inte så att du bara ville hjälpa?

– Jag städar åt honom, inget annat. Det är förresten en halv dags jobb. Han skräpar ner förskräckligt.

Orden kom som från en bandspelare, det var ord hon hade sagt så många gånger att de kom automatiskt.

– Och fågeln släpper fjädrar, sa Sejer. De hade klistrat sig fast vid det blommiga täcket.

Elsa Mork satt knäpp tyst.

– Vi ger oss nu, sa Sejer till sist. Jag tror vi behöver en paus.

– Nej, nej! sa Elsa med hög röst. Plötsligt stod hon inte ut med tanken på att återvända till cellen. Hon ville sitta här och prata i stället, liksom både sedd och omhuldad av den här kommissarien i grå skjorta. Hon ville få det att vara. Så lutade hon sig fram över bordet och sa raka motsatsen till vad hon kände. Hon hade behov av att skydda sig, hon höll på att vekna och tyckte att hela hennes kropp sjönk ihop.

– Vi håller på tills du är klar, insisterade hon. Jag kan inte sitta här längre, jag har massor av saker att ordna hemma!

Han såg granskande på henne.

– Jag vill enträget understryka allvaret i den här situationen, sa han. Vi tror att din son Emil Johannes är orsak till Ida Joners död. Och vi tror att du hjälpte honom att gömma liket och därefter lägga det vid vägkanten. Eftersom din son inte talar kommer detta att ta tid. Vi behöver hjälp utifrån för att förhöra honom och du måste bereda dig på att sitta häktad ett tag.

Om hon blev överraskad av upplysningen visade hon det inte. Hon reste sig och sköt in stolen. Rätade på ryggen och bet ihop tänderna. Så segnade hon sakta ner på golvet.

Det var ett obetydligt fall. Först vek sig knäna under henne. Kroppen vreds ett halvt varv och överkroppen och huvudet svängde bakåt så att hon tappade balansen. Ljudet då hon träffade golvet var ett kort dämpat buller. Hon kvicknade till nästan omedelbart, förvirrad, blek och förskräckligt förlägen. Senare, då Sejer satt hemma hos sig med en whisky i handen, tänkte han på detta. Den stora skam det måste vara att falla så. Och sedan lyftas upp av främmande händer. Förvirringen dröjde kvar hos henne länge. Också då hon var på plats i cellen, på den smala britsen med en filt över sig.

Sejer drack små klunkar av sin ljumma whisky. Kollberg buffade honom på benet med nosen. Han böjde sig ner och strök den över ryggen. Hunden darrade inte längre av förväntan att de skulle ut och springa på kvällarna. Sejer tänkte: Du vill helst slippa. Hädanefter vill du bara ligga så här, vid mina fötter. Livet är enkelt, min pojke. Hunden gäspade länge och knakande, sedan sjönk det stora huvudet ner på tassarna igen. Sejer satt och funderade. Om det var så som han trodde, att Emil Johannes var skyldig till Idas död, vad hade egentligen hänt mellan dem? Varför skulle han skada den enda som kom och hälsade på?

*

Det blev anledning till viss munterhet på morgonmötet den här dagen. Sejer hade kungjort att han ville försöka förhöra Emil Johannes Mork.

– Det kan ju bli en schysst monolog, menade Skarre. Holthemann förhöll sig tyst. Han var inte den som skojade i onödan, och han hade för länge sedan slutat underskatta sin bästa kommissarie. Sejer låtsades som ingenting. Om det enda han kunde uppnå med Emil inne i förhörsrummet var att sitta och glo på honom, så skulle han gärna sitta lite och glo. Rättare sagt, han ville gärna förstå. Om han bara skulle gripa folk och hjälpa fram dem till ett erkännande, skulle arbetet bli meningslöst för honom. Helst ville han veta exakt hur det hade ändat i förskräckelse, han ville följa den andres tankegång och se det ur hans synvinkel. Om han kunde det, då kunde han också lägga fallet bakom sig. Visserligen hade han fall där han inte kom fram till en sådan förståelse, och det plågade honom alltid efteråt. Men i stort sett var det inte så. I stort sett gick det att förstå. Men han förstod inte det här med Ida. Alla beskrev henne som en snäll flicka, väluppfostrad och rar. Naturligtvis kunde hon ha sidor som andra inte kände till. Eller som de inte ville tala om. Inte svärta ner hennes minne. Barn kunde vara skoningslösa. Det visste Sejer.

Emil Johannes väntade i cellen. Allt var i uppror inom honom. Han satt vid det lilla bordet vid fönstret med de stora nävarna knäppta i knät. Det var ingen vacker utsikt från cellen, men det lilla han såg studerade han noga. Hustaken. Toppen på en gran, bakhjulet på en cykel. Ett gärde och vägen utanför med gles trafik. Där kom det en kvinna gående. Emil följde henne noga med blicken. Hon skulle antagligen iväg och handla. Det var därför folk gick ut på gatorna, de skulle skaffa något till huset. Modern var till exempel i affären nästan varenda dag för att köpa något. Hon åt nästan ingenting och hon vände och vred på slantarna. Ändå måste hon gå till affären, som en fast ritual, en sorts dagens begivenhet. Det gjorde Emil också. Han trutade med munnen mot rutan.

– Nej, sa han högt. Han vände sig snabbt om och såg mot dörren. Det var en lucka där. Kanske stod det någon utanför och kikade. Så tänkte han på fågeln. Vattnet och maten skulle räcka kanske tre dagar. Efter det skulle fågeln sitta på pinnen och vänta på ljudet av steg. Så länge den hade vatten skulle den ändå härda ut. Men Emil visste att Henrik ibland högg mot vattenkoppen med näbben. Det kunde hända att han lyckades riva ut koppen ur det lilla fästet i gallret. Varje gång det hände blev han våt på benen och då ställde han sig på ena foten medan han viftade ihärdigt med den andra för att torka den.

Emil var rastlös. Det var ovant för honom att sitta så här, fullständigt overksam. Rummet var så litet, så naket och främmande. Därför började han gå omkring och ta på allting. Han strök över bordet med fingrarna. Det var många repor och hack i trävirket. Han följde de fyra benen ner till golvet. Linoleummattan var också nött och rispad, men ren. Han gick till skåpet och tittade in. Hans egen jacka hängde där inne på en krok. På botten av skåpet stod hans kängor, de saknade snören. Han ställde sig på knä vid kojen och klappade på dynan, som täcktes av ett mönstrat bomullsöverkast. Han kände på lampan men brände sig på skärmen. Han strök med fingrarna över hyllan på väggen och blev dammig om fingrarna. Han tog tag i gardinen och nöp i materialet, luktade på det. Det var tjockt och styvt. Han tittade under sängen. Det var ingen där. Till slut satt han vid bordet igen. Han hade varit överallt. Ännu en gång andades han på fönsterrutan. Han kunde teck-

189

na i kondensen. Kunde stryka ut med skjortärmen och teckna något annat. Det var som ett evighetsblock. Men han var dålig på att teckna. Han ville gärna förklara. Han visste att de skulle komma dragande med papper och penna, eftersom de hoppades att han kanske kunde skriva. Han visste att de skulle fråga honom om tusen ting, eftersom de hoppades att han kanske skulle svara. Men han var inte särskilt bra på att skriva, och han ville inte sitta och klottra medan andra tittade på.

Han var inte heller van vid att ta folk i hand. Hade inte lärt sig den lilla rörelse som en handtryckning var. Sejer pekade på den lediga stolen, och den store mannen försökte finna sig till rätta. Han måste vrida på sig för att hitta en bekväm ställning. Sejer började tala, han valde orden med omsorg. Emil lyssnade. Det fanns ingenting i det breda ansiktet som tydde på att han inte förstod, men det tog tid. Först skulle meningen sjunka in, därefter skulle den tolkas och förstås, och reaktionen grodde i honom i form av en blinkning i de grå ögonen eller en ryckning i mungipan. Han ögon sökte sig ofta till Sejers men vek undan när hans blick återgäldades. Han tittar på mig i smyg, tänkte Sejer.

– Det här blir kanske inte lätt, började han. Men ingenting är omöjligt. Så tycker åtminstone jag om att tänka.

Emil hörde och förstod. Satt rakt upp och ner och väntade på fortsättningen.

– En flicka vid namn Ida Joner försvann från sitt hem på Glasbruket, sa Sejer. Det inträffade den första september. Hon hittades senare i ett dike vid Lysejordet. Och då var hon död, sa han allvarligt och tittade samtidigt på Emil. Han nickade. Jaha, tänkte Sejer, du kan nicka. Det är alltid något.

Emil Johannes lyssnade fortfarande, nävarna låg knäppta på bordsskivan.

– När nåt sånt sker är det många detaljer som måste klaras upp, sa Sejer. Ofta är det så att vi kan se på den döda vad det är som har hänt. Det kan vi inte med Ida. Vi är många som har arbetat med det här fallet, och vi förstår det inte. Inte läkarna heller. Det är viktigt för mig att finna förklaringen. Både för att det är mitt jobb, sa han, men också för att jag är nyfiken.

Han gjorde en paus. Eftersom han talade långsamt och tydligt, förstod Emil lätt vad han sa. Sejer tog en Fisherman's Friend och sköt över påsen till Emil, som tvekande såg på de gråbruna pastillerna. Därefter stoppade han en i munnen. Hans ansikte fick ett överraskat uttryck.

– Ja, sa Sejer, de är starka. Det är nästan så att man tappar andan, inte sant?

Emil flyttade pastillen till andra sidan av munnen.

– Vi människor tål så mycket, fortsatte Sejer, om vi bara får en förklaring. Det är svårt, vet du, sa han tankfullt, att mista en liten flicka. Och sedan tvingas begrava henne, utan att veta varför.

Emil Johannes fick tårar i ögonen, men det kunde bero på den starka pastillen som nu höll på att smälta på hans tunga.

– Det är mycket jag inte kan säga, sa Sejer, det har med lagar att göra. Det får du lov att acceptera. Men vi har funnit flera saker som knyter dig till Ida. Vi tror att du kände henne. Kanske din mor också, fortsatte han. De här sakerna är helt obestridliga. Saker som absolut inte kan bortförklaras.

Han la händerna på bordet. Sejers händer var långa och smala jämfört med Emils grova nävar.

Han såg efter en nick från den andre men fick ingen.

– Du vet nåt om detta, Emil. Det gör jag också. Jag vill börja med att berätta nåt av det. Jag vet att Ida var hemma hos dig, inte bara en gång utan flera gånger under det senaste året.

Han såg på Emil. Det gällde att formulera sig rätt.

– Förnekar du det?

Emil jobbade med halspastillen. – Nej, sa han.

Svaret var klart och tydligt. Sejer kände ett rysning av lättnad gå genom kroppen.

– Det var bra, sa han högt.

Den tyste mannen ville kanske förklara sig. Om det skedde på hans egna premisser.

– Ida var en söt flicka, fortsatte Sejer. Jag menar, det är ju trots allt skillnad på små flickor. Men Ida var väldigt söt. Vad tycker du, Emil? Var hon söt?

Han nickade och var väldigt överens.

– En sån flicka finns det många som skulle vilja slå klorna i om de fick chansen. För att utnyttja henne. Till sånt som de skulle behöva henne till. Du förstår säkert vad jag talar om?

Han studerade Emil noga och registrerade att blicken vek undan en smula.

– Förstår du vad jag talar om? återtog Sejer. Emil nickade igen.

– Men hon har varit hos dig flera gånger. Alltså har hon kommit tillbaka till dig. Det måste betyda att du har varit ganska snäll mot henne. Ändå måste jag fråga dig om detta, även om du tycker det är svårt. Gjorde du illa Ida?

– Nej! sa Emil Johannes.

Kroppen blev plötsligt orolig. Händerna famlade omkring på bordet, var uppe i halsen och fingrade på skjortkragen innan de försvann under bordet och landade i knät på honom. Han satte i gång att gnida byxtyget med handflatorna.

– Nej! upprepade han. Med en sorts rättmätig harm, tänkte Sejer. Han påminde sig själv att mannen var en rese i förhållande till lilla Ida, att han kanske inte alltid kunde behärska sig, inte alltid kunde bedöma sin egen styrka. Han påminde sig själv om att denne man, som verkade så enfaldig, kanske ändå kunde vara rätt klar i knoppen och i besittning av vissa skådespelartalanger. Någon som hade blivit expert på att hålla folk från livet genom att uppträda som ett mysterium. På en impuls lutade han sig framåt.

– Kunde du och Ida tala med varandra? frågade han.

– Nej, nej, blev svaret. Våldsam huvudskakning.

Det trodde jag inte heller, tänkte Sejer och kliade sig i nacken.

– Och om jag frågar dig, fortsatte han, är det nåt som helst som hände mellan dig och Ida som du har dåligt samvete för?

Nu tänkte Emil länge. Verkligen mycket länge. Sejer väntade tåligt. Den här mannen skulle inte förhasta sig. Den här mannen tog allt som hände mycket allvarligt. Han ville svara rätt. Men nu tvekade han. Hela tiden arbetade hans tankar med minnena. Sejer kunde se på ögonens snabba rörelser att de for omkring i ett inre landskap.

– Nej, sa han äntligen. Men detta nej hade mindre kraft.

Hon var ju död när vi fann henne, tänkte Sejer. Bukhålan var full av blod. Kroppen hade varit nedfrusen. Varför har du inte dåligt samvete? Han lutade sig tillbaka i stolen ett ögonblick. Tittade över på Emil. Lät den väldiga gestalten fylla hela synfältet i uppriktig förundran.

– Du är verkligen något av ett mysterium, du Emil.

Emil nickade och var helt överens.

– Och du tycker om det också, sa Sejer.

Då log Emil äntligen, ett brett, belåtet leende.

Det fanns inte många vägar in i huvudet på honom. Han kunde inte teckenspråk, och han stirrade nervöst på pennan och blocket framför sig på bordet. Till slut tog han upp pennan och började leka med den. Så la han bort den. Han satt och väntade, tyst, men han hjälpte inte till. Han var i försvarsställning men samtidigt satt han där med en sorts rättmätighet. En försvarare var utsedd, men han kunde inte göra särskilt mycket nytta. Min klient är ur stånd att förklara sig, hävdade han, utan att förstå mer än någon annan vem Emil var och vad han hade gjort eller inte gjort. Sejer var övertygad om att Emil Johannes var skyldig. Men han fann inga motiv. Var det förklaring nog att han inte var som andra? Experterna hävdade att Emil hade klara autistiska drag i sådan omfattning att de hade gjort honom delvis utvecklingshämmad. Hade han rätt att skumma över just den delen av fallet för att Emil var en enstöring och kanske inte behövde något motiv över huvud taget? Innerst inne oroade han sig för att han skulle missa något. Att det var något han hade missuppfattat.

– Det var din mor som köpte nattlinnet, Emil. Det stämmer väl?

Emil såg bort och var stum som en fisk. Han skyddar modern, tänkte Sejer. Det här är omöjligt. Han vill förklara sig men är rädd att hon ska få problem. Han har många hänsyn att ta. Och för få ord. Sejer vilade pannan i händerna. Han befann sig i en konstig situation. Under stora delar av förhören satt de så, tysta. Sejer tänkte att om han satt länge nog, skulle undret ske. Förr eller senare skulle Emil tala. Fast det fanns inget fog för att tro det. Längtade han ut till friheten? Hem till Henrik den åttonde? Han verkade mycket uthållig, lika seg som modern. Hon var naturligtvis den bästa vägen till att förstå hela historien.

Men han ville inte låta henne tala ensam dag efter dag utan sonens version. Det kunde hända att den skilde sig från hans. Högst sannolikt hade Emil dödat Ida och efteråt tillkallat modern för att få hjälp att gömma liket. Tillsammans hade de, i panik, lagt henne i frysen, medan de tänkte ut nästa drag. Men varför gömma henne så väl, för att sedan lägga henne vid vägen, synlig för alla? Allt verkade virrigt. Cykeln på det ena stället, Ida på det andra. Var var hennes kläder och den röda hjälmen?

Han kom ihåg att människors handlingar inte alltid var lätta att förstå, inte alltid var logiska. Människor handlar ofta impulsivt, och först i efterhand måste de hitta ett slags förklaring för sig själva.

– Var det du som körde till Lysejordet och la Ida vid vägkanten?

Nej, Emil hade inte kört till Lysejordet.

Varje gång han hade svarat började han vänta på nästa fråga. Blicken kunde ibland vara ganska skarp. Han observerade Sejer i smyg, han sökte av rummet med ögonen, han lyssnade, la huvudet på sned när något hände ute i korridoren. Då och då nickade han kort för sig själv, som om han gjorde anteckningar inombords. Sejer trodde att Emil ville förklara sig, men utan att förlora den värdighet han hade vunnit genom att välja bort språket.

– Jag tror att du skyddar din mor, sa Sejer. Du är rädd för att hon ska få svårigheter på grund av allt som har hänt. Det kan jag gott förstå. Hon har alltid hjälpt dig. Samtidigt tror jag att du gärna vill berätta för mig allt som hände.

Han såg in i de grå ögonen.

– Har jag fel?

– Nej, sa Emil. Det ryckte lite i mungipan på honom och fingrarna sprattlade i luften framför honom. Han upptäckte det och samlade ihop dem igen. Nu låg hans händer som en knut på bordet.

Sejer fick en idé.

– Om din mor berättar för mig allt som har hänt, får jag då en riktig bild av situationen?

Emil såg snabbt upp. – Nej, nej, sa han tvärt.

– Så hon har missförstått nåt?

Han nickade.

194

– Det var väldigt intressant, sa Sejer. Väldigt bra att du nickar, förresten. Du tycker inte om att medge nåt. Tycker inte om att svara ja på nåt alls. Men ibland kan ja vara väldigt viktigt, sa Sejer. Du vet, jag är så rädd att göra fel. Jag är en ganska bra polis, sa han rakt på sak, och det fick Emil att le plötsligt.

– Men även om jag är bra, behöver jag hjälp då och då. Han såg intensivt på Emil. Som du behövde hjälp. Då du förstod att Ida var död.

Senare kom han åter att tänka på fågeln. Henrik den åttonde satt kanske och pladdrade för sig själv i Emils vardagsrum, gömd under en handduk. Kanske fanns det inte mat och vatten. Han måste hitta en lösning. Kanske kunde fågeln stå på stationen. Astrid Brenningen, som satt i receptionen, kunde passa den. Det skulle ju vara så lätt, hade Elsa sagt, till och med Emil klarade det.

Klockan var nästan elva på kvällen då han låste upp i sin lägenhet. Kollberg lyfte på huvudet och såg på honom. En ensam lampa speglade sig i de svarta ögonen, men hunden reste sig inte. Han häktade av kopplet från kroken på väggen. Kollberg både ville och inte ville.

– Du måste, mumlade Sejer. Du måste göra ifrån dig. Det är snart det enda du kan.

De strosade långsamt omkring framför huset länge nog för att Kollberg skulle få röra på sina styvnade leder och få lite värme i kroppen. Sejer tänkte: Du kan heller inte tala. Men vi har kommunicerat tillsammans i alla år utan problem. Vi kommunicerar utan ord, eftersom jag inte väntar mig att du ska komma med ord. Jag förstår dig på andra sätt. Får ta andra delar av mig själv i bruk för att läsa dina signaler. Jag sitter mitt emot Emil och försöker förstå vad han menar. Hans kropp är stor och bastant, den sitter så tyst men säger naturligtvis mycket ändå. Jag ser färgen på hans hud, den är bra, han är ute mycket, ansiktet är väderbitet, ögonen grå som mina egna, lite ljusare bara. Han håller sig ganska snygg, han tvättar och kammar sig. Han har ordentliga kläder, eftersom modern ser till att han tvättar dem. Han är stolt, han har självkänsla. Han är frisk, kroppen är antagligen stark. Han är i en svår situation men han bråkar inte. Klagar inte. Sitter tyst och väntar. På att jag ska leda honom genom historien. Jag kan se på hans ögon att han ibland är rädd, ibland ivrig, ibland på sin vakt. Han ser inte särskilt skuldmedveten ut. Ser inte ut som en man som skulle förgripa sig på någon alls. Jag kan inte bortse från det faktum att Ida var ett bedårande barn. Inte bortse från att Emil är stark. Det finns ett raseri inom oss alla, och det heter begär. Hade Emil antastat Ida, började hon skrika, greps han av panik? Vad hade han gjort med den lilla kroppen som åstadkom så stora inre skador att hon dog av dem? Sejer stannade eftersom Kollberg hade stannat. Han nosade på något på marken. Det såg ut som en sparv och den hade uppenbarligen varit död ett tag. På ovansidan såg den hel ut, men när Kollberg vippade över den med nosen upptäckte Sejer att den var halvt förruttnad. Spontant petade han ner fågeln i diket med skospetsen. Han drog i kopplet igen och ville vidare. Klockan närmade sig midnatt. Han tänkte på den stilla stunden han hade framför sig vid fönstret, i den sköna stolen med hunden vid fötterna. Och en rejäl whisky. Den stund som han alltid såg till att bereda plats för i sitt schema. En fast ritual sedan åratal tillbaka. En enda rullad cigarrett. En omsorgsfullt utvald cd ur skivstället. Dricka whiskyn sakta och domna bort. Låta blicken vandra till bilden av Elise. Tänka några tankar på henne, några goda tankar. Vad ska jag göra, slog det honom, när hunden inte finns längre och jag sitter här ensam i det tomma rummet? Jag är för gammal för att skaffa en valp. Sara, tänkte han så. Kom snart tillbaka. Det är så tyst här. Han såg skuldmedvetet på Kollberg. Här går jag och tänker som om du redan vore borta, kom han på. Hunden hade blivit mager på det där sättet som man ser hos äldre hundar, pälsen hade blivit för stor för honom. Sejer gick sakta tillbaka. Stod kvar en stund på golvet i vardagsrummet medan hunden ville bort till sin fasta plats vid hans stol. Det var en ynklig syn. Sejer kände ett förtvivlat styng i bröstet. Hunden gick stelt i långsamma cirklar, runt runt sin egen kropp. Så började den sjunka ner på golvet, lite skälvande och osäkert. Bakbenen först, därefter frambenen. Det var tydligt att det var smärtsamt att komma från upprest ställning och ner i liggande. Efter en lång och klumpig manöver var den äntligen nere. Det stora huvudet var det sista som sjönk. Så hördes en oändligt tung suck, som om all luft i lungorna kom ut.

Det här går inte längre, tänkte Sejer. I detsamma vände han ryggen till. Han orkade inte se hunden i ögonen.

*

Elsa Mork ansträngde sig mycket för att upprätthålla känslan av kontroll. Hon hade ätit och sovit och kanske kämpat med sig själv. Hon var rak och spänstig men ändå i slutet av sitt liv. Detta visste hon. Djupt inne i sig hade hon också en kärna av stark redbarhet. Men hon stred mot själva undergången. Den förtvivlan det skulle innebära att förlora all heder. Hon såg intensivt på Sejer för att försäkra sig om att han verkligen skulle tro henne om hon sa som det var. Om han skulle förstå. Och i vilken grad han skulle fördöma det. Han var en vänlig man. Hon förundrades över det. När han stod på hennes tröskel med nattlinnet i en påse hade hon känt en sådan ångest. Här var det annorlunda. Inte en sekund hade hon känt sig hotad av honom.

– Är du lika vänlig mot Emil som du är mot mig? sa hon snabbt. I nästa ögonblick blev hon röd om kinderna.

– Det är lätt att vara vänlig mot Emil, sa Sejer. Han är en väldigt charmerande man.

Han var helt allvarlig när han sa det. Hon kände att hon trodde honom.

Elsa pressade tillbaka en snyftning. Det såg ut som om hon svalde något lite för stort lite för fort. Gråta kunde hon göra sedan, utan åskådare. Hon tog sig samman.

– Säg mig en sak om Emil, sa Sejer. Finns det nånting som kan göra honom rasande?

Hon såg länge på honom.

– Jag, sa hon bittert, när jag kommer med kvasten. Alltså, rasande blir han väl inte. Han blir förgrymmad. Fattar inte att det ska vara nödvändigt.

Hon tänkte på sonen och kände sig maktlös. Eftersom han var utanför hennes räckvidd på ett sätt som han aldrig hade varit förut. Hon var van att ta sig in i hans hus precis när hon ville. Nu kunde hon varken passa på honom eller kontrollera honom.

197

– Nej, sa hon, arg blir han väl aldrig om sanningen ska fram, men han umgås ju inte heller med nån. Om hans motorcykel vägrar att starta ser han förvånat på den. Sedan sätter han i gång att skruva frenetiskt. Allt som är praktiskt och konkret, som skruvar och muttrar, det klarar han fint.

– Men om du tänker tillbaka. På allt som har varit i hans liv. Barndom och uppväxt. Kan du minnas nåt som gjorde honom arg?

Hon bet sig i läppen. Tänkte på mardrömmen som förföljde henne då och då. Tänkte sig fördömandet som skulle komma, tänkte på att om hon gav Sejer den här händelsen så var det precis det han önskade sig. Ett brinnande, destruktivt raseri. Ändå började hon berätta. Mitt i alltihop måste Elsa medge att hon fick en uppmärksamhet som hon inte hade fått på åratal. Och hon fick det från en man. Det var första gången hon försökte formulera upplevelsen i ord, och hon stammade lite.

– Han var åtta år, mindes hon, och han lekte ute på gårdsplanen. Vi hade ett litet hus ute på Gullhaug. Emil var ganska envis när han var liten. Det var inte lätt att få honom att lyda. Men han var också väldigt rädd. Han var till och med rädd för höns.

Hon log då hon sa detta, och Sejer log tillbaka.

– Grannen hade en valp, fortsatte hon, jag tror det var en beagle. Den hade smitit hemifrån och villat sig in på vår gård. Jag såg den från fönstret. Emil blev alldeles stel av skräck då den där valpen plötsligt kom springande. Den rusade rakt på honom för att leka. Han försökte skaka av sig den, men det gick inte. Han skakade och skakade, men det kom inte ett ljud över hans läppar. Jag stod och strök skjortor vid fönstret och förstod att jag måste ut och hjälpa honom, men jag var trött också, det medger jag. De flesta barn skulle ta emot en valp med öppna armar. Men inte Emil. Han började sparka den, sa hon och stönade. Han hade tjocka kängor på fötterna, han ville aldrig ha något annat än tjocka kängor, man kunde tro att han var rädd om tårna, men i alla fall började han sparka. Han träffade ganska hårt.

Hon måste gömma sig lite när hon såg det framför sig. Bilderna gjorde henne illamående.

– Valpen kastades iväg och låg och darrade på marken, sa hon. Då kunde jag inte röra mig längre, jag blev så fruktansvärt rädd. Men han slutade inte sparka. Det kom liksom ett vanvett över honom, och jag stod och försökte slita mig loss medan jag höll hårt i strykjärnet och nästan inte kunde tro vad jag såg. Valpen flög åt alla håll och Emil sprang efter och fortsatte sparka och trampa på den allt vad han orkade. Jag blev helt kall, sa hon darrande, jag har aldrig sett nåt liknande i hela mitt liv. Då jag äntligen kom ut var det nästan ingenting kvar av den. Jag hämtade en plastpåse i köket och fick ner valpen i den med hjälp av en spade. Sedan grävde jag ner den i trädgården. Jag sa ingenting till Emil, jag visste inte vad jag skulle säga, kunde inte se på honom en gång.

Hon strök sig förtvivlat över ansiktet.

– Grannen förstod aldrig var det hade blivit av valpen. Jag strödde torr sand över blodet på marken och tog Emil med mig in. Jag låtsades som om det aldrig hade hänt. Men efter det, sa hon och vågade äntligen se honom i ögonen, efter det fick jag ett slags hållhake på Emil. För att jag hade sett honom. Efter det vågade han inte annat än att göra som jag sa.

Sejer smälte historien genom att sitta en stund under tystnad. Han tyckte inte om det han hörde.

– Med andra ord, han blir arg när han känner sig hotad, eller är rädd, sa han slutligen. Och han är rädd för mycket. Han försvarar sig med stort raseri.

– Vi talar om en valp, sa hon matt.

– Det har kanske ingen betydelse, sa han tröstande. Folk är rädda för allt möjligt konstigt. Har du inte sett vuxna, sansade människor fullständigt tappa fattningen när det kommer in en geting i rummet?

Elsa måste le.

– Men Ida kan väl inte ha hotat honom? sa Sejer, närmast för sig själv. Elsa ryckte till. Skakade förvirrat på huvudet, försökte följa honom. Nu gick allting så fort. Hon ville ta tillbaka, men det var för sent, sa bara osäkert: Jag vet inte! Jag var inte där då det hände. Och han kunde ju inte svara!

Så blev det moltyst i rummet. Det gick långsamt upp för henne vad hon hade sagt, och det förvånade henne att hon inte var mer förtvivlad än hon faktiskt var. Det var hit vi var på väg hela tiden, tänkte hon. Jag måste ha vetat det från början, jag bara låtsades inte förstå.

– Berätta vad du såg, bad Sejer.

Långsamt gav hon upp. Hon liksom kapitulerade för sanningen. Förklaringen kom, famlande och nervöst, men han tvivlade inte ett ögonblick på att allt hon sa var sant.

– Ibland åker jag till Emil utan att säga till i förväg, bekände hon. Jag måste medge att jag gör det med flit. För att kolla. Och nu vet du ju att det finns anledning att kolla honom. Så det gjorde jag. Det är länge sedan. Flera månader, tror jag. Han blev väldigt orolig då jag plötsligt körde upp framför huset. På gården stod en flicka. Hon höll på att mata fågeln. Varma dagar händer det att Emil rullar ut buren för att Henrik ska få sol och luft. Jag blev väldigt betänksam. Jag tänkte på alla rykten som kunde uppstå om nån såg att en liten flicka höll till borta hos Emil. Jag frågade vad hon hette och var hon bodde. Hon sa att hon bodde på Glasbruket. Hon berättade att hon var ute och cyklade och hade hört fågeln vissla. Jag vet inte om Emil över huvud taget tog nån notis om henne, det var som om var och en höll på med sitt. Hon med fågeln och han med motorcykeln. Jag sa till henne att hon skulle hålla sig borta och inte komma dit mer. Hon svarade inte på det. I själva verket såg hon trotsigt på mig och log bara. Men hon for därifrån på cykeln och jag såg henne inte mer.

Elsa bytte ställning på stolen. – Inte förrän katastrofen skedde, viskade hon.

– Så du vet inte om det var första gången Ida var där? frågade Sejer.

– Jag frågade inte. Du vet ju att han inte svarar. Det var enda gången jag kom på dem på det viset. Det plågade mig en del men jag sköt undan det. Så en kväll satt jag och tittade på nyheterna. Den andra september. På bilden av den där flickan som var borta. Jag kände igen henne med en gång. Det var hon som besökte Emil. Det är naturligtvis en tillfällighet, sa jag till mig själv, men jag blev ängslig. Så ängslig att jag inte ens vågade åka dit och kolla. Inte förrän nästa dag. Då åkte jag dit för att tvätta. Jag ringde först. Han var omöjlig i telefon. Han säger ofta nej när jag ringer och anmäler min ankomst, men det bryr jag mig inte om. Men den här dagen var han annorlunda. Rädd. Nästan desperat, mindes hon. Jag blev misstänksam. Och sedan blev jag nervös, erkände hon, för med Emil är det aldrig så gott att veta. Och flickan som var borta gjorde mig full av oro. Så jag åkte iväg för att göra det jag skulle och för att ta reda på om det var nåt som var fel.

Hon såg förtvivlat över bordet på Sejer.

– Han hade låst dörren, sa hon. Och stoppat i nån smörja i nyckelhålet. Jag vet inte vad, kanske tuggummi. Jag försökte med min egen nyckel, men det gick inte. Jag åkte hem igen efter nåt att bryta upp dörren med. Jag var så rädd, sa hon, som om det jag alltid hade fruktat nu hade skett till sist. Så bröt jag rätt och slätt upp dörren, jag tog ingen hänsyn längre. Inte till dörren som delvis blev förstörd, inte till grannarna som kanske kunde se mig. När jag äntligen stod i hans kök uppförde han sig konstigt. Var avig och sur. Jag la märke till att hans täcke låg i soffan och tänkte: Varför i all världen sover han inte i sin säng? Och det luktade så konstigt överallt, det luktade alldeles förfärligt. Jag ville in i sovrummet, men han försökte hindra mig. Jag tog i dörren, den var också låst.

Nu höll hon ena handen mot hjärtat, och överkroppen böjde sig i stolen.

– Jag fick sån ångest, sa hon, jag kunde inte begripa vad han dolde för mig. Jag krävde att han skulle låsa upp. Jag sa: Jag känner dig, jag vet när du har problem och det har du nu! Jag fick lov att bryta upp dörren med en mejsel. Och då dörren sprack upp, och jag såg vad som låg på hans säng, höll jag på att svimma.

Hennes läppar stramades åt och hon la handen över munnen, som om hon ville hindra att fler ord skulle komma ut. Sejer satt fullständigt orörlig och väntade. Så fortsatte hon.

– Jag kände igen henne med en gång. Men jag kunde inte fatta hur hon hade hamnat i Emils säng. Hon såg alldeles oskadd ut, det fanns inga sår, inget blod, men ändå var hon död och jag började skrika. Jag kunde inte behärska mig. Emil Johannes stod och höll sig för öronen och skrek han också, han skrek nej, nej, som han brukar. Jag är så yr, sa hon plötsligt. Hon lutade sig långsamt fram över bordet.

– Vila dig lite, sa Sejer. Dra in andan så djupt du kan och vila dig lite.

Hon gjorde det. Sejer väntade. Han tänkte på den skräck hon måste ha känt. Det var inte svårt att föreställa sig att en sådan upplevelse fick en människa att handla irrationellt. Han förstod paniken och förtvivlan. Men han tänkte att hon också måste vara en mycket handlingskraftig människa, som hade lyckats genomföra alltsammans. Trots ångest och panik och förtvivlan hade hon också handlat. Klart, kallt och metodiskt.

– Jag lyfte på hennes kläder, fortsatte Elsa. Bröstet var helt förstört, som om nån hade sparkat henne, och jag såg på Emil eftersom jag kände igen det, jag förstod att han hade sparkat henne, men han förnekade det. Han sa nej, nej, och jag kunde inte heller förstå varför han skulle sparka henne. Hon var en förtjusande liten flicka. En sån som jag önskade mig, snyftade hon till, när jag var yngre men aldrig fick. Jag fick bara en stor trotsig pojke som vägrade tala och aldrig ville vara tillsammans med andra. Och nu hade han släpat hem en flicka och sparkat henne. Som han sparkade hunden den där gången, och jag kunde inte fatta det!

Hon teg igen. Sejer gjorde sig egna bilder under tiden som Elsa berättade.

– Eftersom jag aldrig får nåt svar från Emil, bestämde jag mig för att handla raskt och avstå från att ens försöka förstå, annat än att jag har en son som inte är som han ska. Och att nåt helt förfärligt hade hänt. Han hade vanhedrat både sig själv och mig, och det orkade jag inte med. Inte nu, när jag är gammal och snart ska i graven. Jag ville så gärna i graven utan en sån katastrof, snyftade hon. Jag har hållit hårt i honom och passat på honom i alla år för att detta inte skulle hända. Och så hände det.

– Berätta vad du gjorde, sa Sejer.

– Jag behövde tid för att finna en lösning, sa hon. Jag skällde på Emil, jag sa: Nu gör du som jag säger utan att sätta dig på tvären, för det här är slutet för oss båda om nån avslöjar dig. Du åker i fängelse, skrek jag, och det gör jag också. Så nu samarbetar du, om du så aldrig har gjort det förut. Han uppförde sig så konstigt, påminde hon sig, han stod rätt upp och ner som en staty och jag kunde inte förstå att han inte var mer utom sig än han var. Jo, han var utom sig, men inte på det viset som med hunden den gången. Han såg förvirrad ut. Som om allt det som hade hänt inte fick nån mening för honom heller. Han bara stängde in sig och jag orkade inte söka efter en förklaring. Hennes kläder måste bort. De var inte så rena längre, sa hon och tittade upp på honom, och de luktade illa. Jag letade reda på Emils sommartäcke i en skrubb och packade in henne i det. Jag sa åt honom att tömma frysen i källaren. Det var ändå inte mycket i den, så det var fort gjort. Jag tänkte bara på detta, att ingen fick veta nåt. Att jag måste göra rätt och dölja alla spår efter Emil. Han bar ner henne i källaren och la henne i boxen. Så försvann han uppför trappan, mindes hon, medan jag la på locket. När jag kom upp satt han och vaggade i en stol, och den där kacklande fågeln som han har förde oväsen, jag hade god lust att kasta ut den genom fönstret, som den höll på. Med långa, skärande skrik. Det var som domedagen, sa hon förtvivlat. Den tyste Emil som vaggade i stolen, lukten i huset och fågeln som skrek. Jag önskade att vettet skulle försvinna ur huvudet på mig, bekände hon, men det försvann inte.

Hon tog tag i Farrisflaskan och började snurra den på bordet. Kanske hon var törstig. Men hon orkade inte lyfta den och hälla i glaset som stod bredvid. Meddelandet från hjärnan nådde inte handen, hon bara snurrade flaskan runt, runt. Sejer tog den försiktigt ur handen på henne och hjälpte henne. Äntligen drack hon det kalla mineralvattnet.

– Jag kom på att vi måste klä på henne igen. Nåt nytt, utan spår efter oss. Jag ville inte att ni skulle se henne naken. För jag tänkte på hennes mor, och så fruktansvärt det skulle vara för henne. Efter ett tag åkte jag hem. Jag bestämde mig för att köpa ett nattlinne åt henne. Det är ju dumt att tänka på nu, sa hon och log bittert. Om jag hade handlat på Lindex eller Hennes & Mauritz, hade ni inte hittat mig. Det är alltid så fullt i de butikerna, och de som jobbar där är unga flickor. De ser nästan inte på kunderna en gång. Men jag gick till Olav G. Hanssen, sa hon. För det är dit jag brukar gå. Senare åkte jag tillbaka till Emil fast det nästan var natt. Jag litade inte riktigt på vad han skulle hitta på. Men han satt där bara i en stol, han också. Jag sa: Vi måste ordna så att de hittar henne, men vi måste vänta. Det måste planeras noga. Då kom jag att tänka på cykeln. Man hade sagt på TV att hon försvann på en gul cykel. Emil hade gömt den bakom huset. En röd cykelhjälm hängde på styret. Vi bar ner alltsammans i källaren. En natt tog jag helt enkelt och rullade iväg cykeln. Den måste långt bort från vårt hus. Jag kastade den bakom en transformator och jag visste att det inte skulle dröja länge förrän nån hittade den. Sedan väntade vi några dagar. Hjälmen grävde jag ner bakom huset, i en blomrabatt. Där kan ni hitta den, sa hon och såg upp, under källarfönstret med sprickan.

Sejer gjorde ett par anteckningar, och det verkade som om hon tyckte om att allt kom ordentligt på pränt, just som hon berättade det. Hon väntade artigt tills han hade skrivit färdigt, sedan fortsatte hon lika säkert som förut.

– Hela tiden sköt jag det framför mig. Det var alldeles omöjligt att öppna locket igen. Så länge hon låg där i boxen var det tryggt. Vi kunde varken se henne eller känna lukten av henne. Jag kunde nästan inbilla mig att allt var en ryslig mardröm. Medan ni väntade och väntade. Men jag hade så dåligt samvete för hennes mor, och jag förstod att det skulle bli bättre för både henne och oss när Ida hittades. Så att hon kunde begravas. Det blev en chock när vi öppnade frysen. Hon var helt stel inne i täcket. Emil kom och ville klappa henne på kinderna, han blev alldeles ifrån sig när han kände att de var kalla som sten. Det var omöjligt att få på henne nattlinnet, sa hon. Det hade jag inte tänkt på. Så då måste vi vänta igen, tills hon hade, ja, du vet … tills hon hade blivit lite lösare i kroppen. Det tog lång tid. Flera gånger höll jag på att bryta samman helt och hållet. Så klädde vi på henne. Det var ett väldigt bestyr. Jag tänkte på allt som ni hittar, allt som vi lämnar efter oss. Jag använde dammsugaren hela tiden. Så la vi in henne i täcket igen och tejpade ihop till slut. Emil bar ut henne i bilen åt mig, sent på kvällen. Han satt hemma i vardagsrummet och väntade medan jag åkte till Lysejordet. Det var mitt i natten. Där la jag henne i diket, alldeles invid vägen.

Hon tystnade. Ansiktet hade ett tomt uttryck, som om alla känslor hade lämnat henne.

– Men en sak minns jag, tillfogade hon. Jag tyckte hon var fin i nattlinnet.

Efter det var det tomt i Elsa. Hon hängde med huvudet igen, som

204

man gör när man väntar på domen. Hon var liksom så färdig med allt. Så tömd på känslor och förtvivlan. Men Sejer visste att allt skulle komma tillbaka till henne igen. Kanske varenda timme på dagen under resten av livet. Kanske varje natt, som förfärliga mardrömmar. Men just nu var hon tom. Och han sa ingenting om vad hon hade att vänta.

– Var det skönt att få sagt som det var? sa han lågt.

– Ja, erkände hon. Det var bara en viskning. Hon lutade sig fram över bordet och stönade. Han lät henne sitta. Han hade gott om tid.

– Jag vet att jag är skyldig till nåt rent förskräckligt, sa hon efter en lång stund. Men hon var ju redan död när jag kom, och kunde inte väckas till liv igen. Och Emil, han kan väl inte sättas i fängelse, eller? Jag försökte bara rädda honom från katastrofen.

Där, tänkte Sejer, är mardrömmen redan på väg i henne. Han gjorde några sista anteckningar. Hon hade uppriktigt förklarat sig, och Sejer trodde henne fullt och fast. Ändå kom han ihåg Emil och påståendet att moderns version kanske inte var korrekt.

– Är det ändå så att du förstår lika lite som jag? sa han.

Hon satte sig upp igen och såg olyckligt på honom.

– Jag vet inte riktigt.

– Varför skulle Emil skada Ida?

– Jag vet inte, upprepade hon.

– Har du sökt nån förklaring själv?

Hon strök sig över kinden med en torr hand.

– Jag vill väl inte veta det, sa hon trött.

– Det vill jag, sa Sejer. Han har ju haft nåt skäl.

– Han är ju inte som han ska, fortsatte hon, som om det skulle förklara allt de inte omedelbart förstod.

– Betraktar du din son som otillräknelig? undrade han.

– Egentligen inte. Nej.

– Eller upplever du att du känner honom, upplever du att han är mycket förutsägbar och att han trots allt går att förstå för dig?

– Ja.

– Har han ofta överraskat dig med obegripliga handlingar eller reaktioner?

– Aldrig, viskade hon, bortsett från valpen den där gången.

205

– Alltså bara den enda episoden?

– Ja.

– Så varför skulle vi då betrakta honom som otillräknelig?

Hon ryckte på axlarna. Det var som om hon ville ha närmare besked om vad hon hade att vänta. Han såg allvarligt på henne.

– Du kommer att bli åtalad för medverkan till brott. Jag är säker på att du förstår det, sa han.

– Ja, sa hon med nedslagen blick.

– En försvarare kommer att hjälpa dig på alla sätt. Hon kommer att hävda det du just har förklarat för mig, att du bara hjälpte din son att dölja ett brott. Rätten kommer att bedöma din skuld och därefter påföljden. Förstår du det?

– Ja, sa hon.

Han nickade för sig själv.

– Skulle du känna dig bättre om du fick fullständig klarhet i situationen mellan Emil och Ida?

– Vet inte, sa hon osäkert. Kanske hon retade honom för nåt.

Sejer såg på henne och tog ögonblickligen fatt i det hon sa.

– Tycker han inte om det? frågade han.

– Emil är väldigt stolt, sa hon.

Hon fördes tillbaka till cellen. Sejer gick till fönstret. Där blev han stående och skakade på huvudet. Han borde känna någon sorts lättnad eller någon form av tillfredsställelse. Han borde känna att allt hade fallit på plats, att han var vid vägs ände, hade gjort sin del av arbetet. Men han kände ingen tillfredsställelse. Det var något som irriterade. Han sköt undan oron. Tvingade sig att lämna kontoret. Stängde dörren ytterst försiktigt. Det fanns ännu mycket att klara av. Han måste skriva en detaljerad rapport. Och Willy Oterhals var fortfarande försvunnen.

Nyheten om Elsas erkännande spred sig snabbt över hela staden. Folk slappnade av igen. Av sonen väntade de sig ingenting, och det behövde de inte heller. Modern hade förklarat sig. Man ansåg fallet löst. Det gjorde inte Sejer.

Nästa morgon, när han svängde in genom glasdörrarna till tingshuset, fick han en ny idé. En ung mor och ett knubbigt barn satt i ett av rummen vid receptionen. Barnet hade lockar och runda kinder och Sejer kunde inte avgöra om det var en pojke eller en flicka. Men han la märke till att bordet var fullt av färggranna leksaker. Astrid Brenningen, som satt i receptionen, hade fyllt en påse med avlagda saker efter sina egna barnbarn. Det hände att det kom småbarn, som måste vänta medan mor eller far anmälde en bilstöld eller något annat. Sejer såg ner på bordet när han passerade. Det fanns människor och djur och bilar, och något som såg ut som en grävmaskin. Båtar och hus och olika sorters maskiner och verktyg. Playmobil, for det genom huvudet på honom. Sådana hade hans eget barnbarn också lekt med när han var liten. De fanns fortfarande att köpa i affärerna. En plötslig tanke slog honom. Den slog ner just som barnet grep efter två hundar, den ena svart, den andra brun, och sköt dem mot varandra på bordet. Barnet lät dem hoppa lite upp och ner, därefter utvecklade det sig till ett hundslagsmål i miniformat. Från en röd trutmun djupt inne mellan de runda kinderna hördes ivriga skall. Ungen skällde åt båda hundarna, ljusa skall och mörka skall. Sejer vände på klacken, han gjorde nästan en regelrätt piruett på det bonade golvet och försvann ut igen.

Trettio minuter senare gick han in i förhörsrummet. Emil fick syn på bärkassen som Sejer höll i handen.

– Det är inte saft och kakor, log Sejer. Men det borde det ha varit.

Emil nickade. Han fortsatte att stirra på påsen.

– Jag har talat länge med din mor, sa Sejer, hon berättade många saker för mig. Jag vet att du inte kan tala. Men jag tänkte du kunde visa.

Han såg spänt på Emil. Så tömde han ut innehållet i påsen över bordet. Emil gjorde stora ögon. Sedan blev han plötsligt osäker. Var rädd att han måste bemästra något som han inte kunde klara av.

– Du gör det bara om du vill, sa Sejer uppmuntrande. Playmobil, förklarade han. Fina, va?

Figurerna låg i en hög på bordet i en strimma av sol som föll in snett genom fönstret. En liten flicka med gul klänning och svart lockigt hår.

En mansfigur och en kvinnofigur. En röd motorcykel, en TV-apparat, enstaka möbler, däribland en säng. En krukväxt och, av alla saker, en liten vit höna.

– Henrik den åttonde, förklarade Sejer och trippade iväg med hönan. Emil kisade skeptiskt. Sejer började dela upp och ordna figurerna. Han arbetade långsamt och tyst, medan han hela tiden betraktade Emil. Han var uppmärksam nu och en antydan till iver växte i ansiktet på honom.

Sejer lyfte flickfiguren och höll den mellan fingrarna. Klänningen hade samma färg som äggula med tunna stroppar över axlarna.

– Ida, sa han och såg på Emil. Se här. Håret går att ta av, sa han. Han tog håret av figuren som man tar locket av något och satte det sedan på plats igen. De kan byta hår. Som folk byter peruk, log han. Men vi byter inte det här. Ida hade mörkt hår, inte sant?

Emil nickade. Han såg länge på figuren. Det syntes att han arbetade, att han placerade den Ida han kände i den lilla plastfiguren.

– Emil Johannes, sa Sejer och lyfte upp mansfiguren. En reslig arbetare i blå overall med skyddshjälm på huvudet.

– Vi tar av hjälmen, föreslog Sejer. Han ställde mannen bredvid Ida-figuren. Sedan placerade han möbler och andra saker så gott han kunde efter minnet.

– Det här är ditt hus, sa han och antydde en kvadrat på bordet. Här är vardagsrummet med bord och stolar. TV. Krukväxter. Här är sovrummet med sängen. Det här är köket med kaffepanna och kylskåp. Här är människorna du känner. Din mor och Ida. Och här är Henrik. De hade inga papegojor, sa han ursäktande.

Emil såg ner på den färggranna interiören. Sejer placerade hönan på en stol.

– Känner du igen dig? frågade han.

Emil nickade tvekande. Han satte i gång att flytta saker för att få det exakt.

– Du känner ditt hus bättre än jag, intygade Sejer. Så jag litar på dig. Nu börjar vi, sa han ivrigt. Jag kan inte minnas när jag senast fick sitta så här, med figurer, sa han. Vi vuxna leker inte längre. Det är egentligen dumt, tycker jag. För när man leker får man sagt en hel del. Här är

Ida, förklarade han, och här är du. Ni står i ditt vardagsrum, kanske för att Ida har kommit på besök. Det här är din mor. Hon har inte kommit ännu, så henne ställer vi åt sidan. Här borta kanske. Han flyttade Elsafiguren ut mot kanten av bordet. Den hade röd klänning och håret liknade en brun kalott. Figurerna stod rakt upp och ner med hängande armar. Tre små varelser i plast som såg avvaktande på varandra. Det var tydligt att något skulle ske. Det var en egen dramatik över de tysta figurerna.

– Jag tänkte att du kunde visa mig, bad Sejer. Visa mig vad som hände. Emil såg på bordet och därefter upp i Sejers ansikte. Han såg ner på figurerna igen. Det här kunde han förstå. Det här var handfasta, tydliga saker som kunde flyttas omkring. Men det var som om något saknades. Något som gjorde att han inte kom i gång. Sejer såg intensivt på honom efter en förklaring.

– Jag hittade ingen flickcykel, sa han. Men hon kom till dig på cykel, inte sant? Eller mötte du henne ute?

Emil sa ingenting. Han bara såg på figurerna.

– Och jag hittade ingen likadan trehjuling som du har heller. Bara en röd motorcykel. Kan du visa mig ändå?

Emil lutade sig fram över bordet. Hans ena hand var öppen. Han höll den som en väldig skål och rörde den in över bordet, över alla figurerna. Den påminde Sejer om en kran, nästan mekaniskt driven av Emils arm, och den stannade precis över lilla Ida i den gula klänningen. Tungan smet då och då ut genom mungipan på honom och pannan bildade djupa rynkor i olika formationer. Så lyfte han den andra handen, gjorde en pincett av två fingrar och plockade upp Ida. Hon dinglade i en arm. Försiktigt la han henne i sin öppna hand. Han blev sittande så och bligade. Ingenting mer hände. Sejer koncentrerade sig djupt. Det var uppenbart att Emil ville visa något.

– Du lyfte upp Ida, konstaterade han. Emil nickade. Idafiguren vilade på rygg i hans stora handflata.

– Upp. Varifrån? sa Sejer.

Emil gjorde ett kast med kroppen utan att tappa figuren. Åter började ögonen flacka. Vad har jag förbisett? tänkte Sejer. Det är något han saknar.

209

– Kan du lägga Ida precis där hon låg då du plockade upp henne? frågade han.

Emils hand började röra sig igen. Ända ut mot kanten av bordet, så långt bort det gick att komma från det som skulle föreställa hans eget hus. Där la han försiktigt ner Idafiguren. Sejer stirrade fascinerat på det som försiggick på den lackerade bordsskivan.

– Du är långt från huset, sa Sejer. Du hittade Ida nån annanstans? Du hittade henne ute?

Emil nickade. Han tog motorcykeln som skulle föreställa hans eget praktfulla fordon. Nu drev han den framåt med två fingrar och stannade inte förrän han var ute vid kanten, bredvid Ida. Han tog upp figuren, ställde den på benen och sköt den vacklande framåt. Så lät han henne falla. Det klirrade sprött i bordet när plastfiguren välte över ända. Därifrån skulle han ha upp henne på motorcykeln. Det var egentligen ingen konst. Benen på de små figurerna kunde röras, men det var inte det Emil ville. Han skulle absolut placera Ida liggande på motorcykeln. Det var svårt, hon halkade av hela tiden. Han blev röd i ansiktet men gav sig inte. Han försökte gång på gång.

– Du plockade upp Ida, sa Sejer, och la henne bak på din motorcykel.

Äntligen nickade Emil.

– Varför låg hon?

Emil slog ut med armarna och blev orolig.

– Hon var skadad, inte sant? sa Sejer. Körde du på henne? Var det så det gick till?

– Nej. Nej! Emil vevade våldsamt med armarna. Med ett finger stödde han Ida så att hon låg stilla på motorcykeln och med den andra handen sköt han motorcykeln sakta över bordet. Ända fram till sitt hus. Där lyfte han av Ida och la henne i sängen.

– Jag tror jag börjar förstå, sa Sejer. Han reste sig med ett ryck och gick till väggen. Såg på den stora stadskartan. Emil, sa han, kom hit! Visa mig precis var du hittade Ida! Emil satt kvar och såg på kartan. Han fick ett skrämt uttryck i ansiktet.

– Jag ska hjälpa dig, sa Sejer uppmuntrande. Se här. Här sitter vi nu. Mitt i staden. Allt det här gula är staden, förklarade han, och det breda blå bandet är älven. Här bortåt bor du. Det här strecket är din väg, Brenneriveien. Ditt hus ligger ungefär – han lutade sig fram mot kartan och pekade – här! sa han bestämt. Och när du ska till staden kör du så här.

Han körde bort med pekfingret för att visa vägen.

– Och Ida, sa han och fortsatte att leta på kartan, hon kom härifrån. Hennes hus ligger på Glasbruket, och hon cyklade på den här vägen. Det här svarta strecket. Hela vägen över Holthesletta. Hon skulle till Lailas kiosk. Förstår du mig?

Emil såg skamset ner i bordet. Han tog upp den vita hönan och knådade den i handflatan så att figuren blev våt av svett. Han kände inte igen sin egen hembygd i den här bleka, tvådimensionella versionen.

– Ida blev påkörd av en bil, inte sant? Såg du vad som hände med henne?

Emil nickade.

Sejer var så i gasen att han måste anstränga sig för att uppträda behärskat. – Jag hade ingen bil åt dig. Det var dumt. Såg du bilen? Mötte du den?

Nya nickningar.

Sejer återvände till bordet. – Men hennes cykel, sa han tankfullt och såg mot Emil. Den gula cykeln. Den var hel när vi fann den. Alltså satt hon inte på cykeln när hon blev påkörd av bilen.

Emil såg sig omkring bland plastleksakerna. Han hittade krukväxten i vardagsrummet och satte den bredvid Ida.

– Hon hade stigit av cykeln för att plocka blommor? sa Sejer.

Emil nickade igen.

Hon har orkat gå några steg, tänkte Sejer. Sedan föll hon ihop. Och du såg det. Du kunde inte åka förbi och låtsas som ingenting. Så du lyfte upp henne och la henne på flaket tillsammans med den gula cykeln. Men du talar inte. Och du visste inte var hon bodde. Plötsligt satt du på din motorcykel med en liten flicka på flaket. Det bästa du kom på var att köra henne hem till ditt eget hus. Och din egen säng.

– Levde hon när du la henne i sängen?

Åter gjorde Emil en pincett med två fingrar. Den hade en pytteliten öppning.

– Hon levde knappt? Såg du när hon dog, Emil?

Han nickade tungt.

– Vad gjorde du då?

Emil tog den röda motorcykeln och körde iväg.

– Och efteråt, när du kom hem igen, ringde din mor, sa Sejer. Men hon missförstod alltsammans.

Han reste sig och gick runt till Emils sida av bordet. Nu behövde han bara en enda sak, ett enda svar för att gå i mål. Det var nästan så att han inte vågade öppna munnen.

– Bilen, Emil. Vad var det för sort? Du minns kanske färgen?

Emil nickade ivrigt. Han letade bland figurerna. Efter en stund valde han Idafiguren med den gula klänningen. Gul, tänkte Sejer. Det är åtminstone en början. Men Emil tog av hennes hår. Det låg kvar och vickade på bordsskivan. Ett svart, blankt skal.

*

Förhörsrummet liknade ett vanligt kontor med ljusa anonyma möbler. Det var varken ombonat eller avskräckande. Men när dörren stängdes kände Tomme väggarna som ett nät. Det drogs sakta åt omkring honom. Han hade väntat i flera timmar. Om han bara skulle sluta tala? Skulle han klara det? Men om han teg fick han ju inte heller lägga fram sina förmildrande omständigheter.

– Jag vet vad som har hänt, sa Sejer. Men jag saknar några detaljer.

– Bra gjort, sa Tomme ansträngt. När du inte ens såg det.

– Jag förstår kanske mer än du tror, sa Sejer. Om jag tar fel får du rätta mig.

Tomme vred huvudet åt sidan och visade en blek kind.

– Du kan inte springa ifrån det här, sa Sejer. Försök inte med det.

Tomme kände i djupet av sin själ att han inte var en brottsling. Kände de likadant allihop, alla som satt i våningen ovanför? I distriktsfängelset. Tanken blev så skrämmande för honom att han drog efter andan.

– Vad tänker du på? sa Sejer.

– Ingenting, sa Tomme lågt. Men det tickade våldsamt i huvudet på honom. Det var kanske lika bra att låta bomben springa. Lugnet efteråt skulle likna den lättnad man känner när man har varit illamående länge och äntligen får kasta upp, trodde han.

– Jag mår illa, sa han högt.

– Då följer jag dig ut på toaletten, sa Sejer. Om du behöver.

– Nej, sa han.

– Du mår inte illa?

– Jo. Men det går snart över. Han drog sig tillbaka från bordet de satt vid. Sköt bort stolen med knävecken. Så lutade han sig fram över knäna.

– Jag körde på Ida med bilen, sa han.

– Jag vet det, sa Sejer allvarligt.

Tomme hängde kvar framåtböjd. – Cykeln stod parkerad vid vägkanten, sa han. Mitt ute på Holthesletta. Jag såg den på långt håll. En övergiven cykel. Gul. Jag tyckte det var konstigt att den stod parkerad så. Jag såg inga människor. Inga bilar, sa han tyst. Jag körde inte fort heller, jag kör aldrig fort! Rösten brast och blev till ett tunt pipande. Jag skulle byta cd, erkände han. Jag måste böja mig lite och titta ner, det tog en sekund eller två. Jag stack in cd:n i spelaren och ökade volymen. Såg framåt igen. Nån kom krypande upp ur diket, med blommor eller nåt. Jag hade glidit över lite mot kanten. Det dunkade till i bilen och hon flög åt sidan. Jag tvärbromsade och såg i backspegeln. Såg att hon låg på rygg i diket.

Tomme gjorde en paus. Han mindes de där sekunderna nu, det var som att stå vid en avgrund. Den ångest han kände var som tusen fladdrande vingar i kroppen. Det började nere i fötterna, vällde uppåt benen, for genom magen och hjärtat innan det spred sig i ansiktet. Efteråt var han som paralyserad.

– Jag ville backa först, sa han, men jag darrade så. Jag måste sitta lite och ta mig samman. Då såg jag i backspegeln att hon hade rest sig upp. Att hon stod på benen. Hon svajade lite men hon stod upp! ropade han. Då kom det någon på vägen emot mig. En trehjuling. Tomme spårade ur ett ögonblick och försökte känna efter om tickandet i huvudet kanske hade upphört. Han tyckte bestämt att det var svagare nu.

– Mannen på motorcykeln, sa Sejer. Emil Johannes. Han talar inte. Det visste du, inte sant?

213

– Just det var det värsta, sa Tomme. För en del säger att han talar då och då och andra säger att han är stum. Han såg skuldmedvetet upp. Eftersom jag sitter här nu, har han i alla fall fått ur sig nåt.

– Ja, sa Sejer. Det har han. Var det Willys idé att fixa en större buckla? Anförtrodde du dig till honom?

Tomme nickade. – Han sa att det skulle bli lättare om nån ställde frågor. Lättare att tala om nåt som är sant. Om ni skulle kolla bilen. Egentligen hade jag bara en spricka på högra framlyktan.

– Ingen prejade dig i rondellen?

– Nej.

– Varför åkte du till Danmark med honom?

– Så länge vi var tillsammans kunde jag kontrollera honom, liksom. Jag var skyldig honom en tjänst. Det var svårt att säga nej.

– Jag vill gärna veta sanningen om den resan, sa Sejer.

Tomme lyssnade efter ljuden i sitt huvud. Tickandet blev starkare igen.

– Vi bråkade uppe på däck, sa han. Han ville att jag skulle gå genom tullen med hans bag och det ville jag inte. Han blev sur. Jag gick till hytten och la mig. Då jag vaknade var han borta. Jag bryr mig inte om var han är, jag har fått nog av Willy för resten av livet!

Han knöt nävarna som mot en ond ande, och röda rosor visade sig på de magra kinderna.

– Jag träffade Ida med bilen, men det var en olyckshändelse. Hon dök upp ur diket och rakt ut på vägen! Jag vet att jag skulle ha stannat, men jag såg ju att allt gick bra. Vad den där andra typen har gjort med henne efteråt, det kan inte jag straffas för!

Sejer gjorde som Tomme. Han drog tillbaka stolen från bordet. Det extra utrymmet gjorde att han kunde lägga det ena benet över det andra.

– Var det det ni trodde? Att Emil Johannes hade fört bort henne och tagit livet av henne?

– Vi kom inte på nån annan förklaring, sa Tomme.

– Ida dog av skadorna hon fick vid sammanstötningen med din bil, förklarade Sejer. Du träffade henne i bröstet. Att cykeln var hel lurade mig, men nu förstår jag. Emil ville hjälpa henne. Han plockade upp

214

henne från vägen och la henne i sin egen säng. Och där dog hon.

Tomme presterade en svag huvudskakning, som om han vägrade tro det han hörde.

– Ni har båda begått en rad misstag, sa Sejer. Men till skillnad från Emil Johannes är du ganska klyftig. Det är du som är skyldig till Idas död.

Det uppstod en fruktansvärd tystnad. Den tystnad Tomme hade önskat sig fyllde hela huvudet. Den var så total att den sipprade ut ur munnen som vatten. Tungan fastnade i gommen och blev snustorr. Desperat började han krafsa med fingrarna på stolsitsen. Den var täckt av ett strävt möbeltyg, det såg nästan ut som om han försökte klösa sig ner ända till stoppningen.

– Tomme, bad Sejer, stoppa händerna i fickorna.

Tomme lydde. Det blev tyst igen.

– Vad beträffar Willy Oterhals, sa Sejer, så dyker han självfallet upp. Förr eller senare. I en eller annan form.

Tomme försökte svälja vatten i stället för att spotta ut. Han blev illamående igen.

– Det kan ta tid, fortsatte Sejer. Men jag vet att han dyker upp. När du stod där uppe på däck och såg honom dröla omkring i fyllan, tänkte du då på att han kände till din förfärliga hemlighet?

– Jag tänkte inte. Jag frös, sa Tomme.

– Vi försöker igen, sa Sejer. Var det så att han föll överbord och du såg det som ett kärkommet tillfälle att äntligen bli kvitt honom?

– Jag vet inte vad som hände, sa Tomme. Jag tog mig ner i hytten och la mig.

– Och bagen, Tomme. Vad gjorde du av den?

– Den blev säkert stulen av personalen på båten, mumlade han. Den var dessutom full med piller. De kan säljas på gatan med stor förtjänst.

– Inte de pillren Willy köpte på Spunk, invände Sejer. För dem har din mor spolat ner i toaletten.

Tomme satt kvar och tryckte i stolen. Han tyckte att allt var overkligt, att det bara var ett dataspel. Själv var han den vita musen längst in i labyrinten. Och Sejer var en stor katt som sakta närmade sig.

– Vad hände med Willy? upprepade Sejer.

Willy, Willy, Willy, hörde Tomme som ett svagt, avtagande eko. Äntligen gled han in i tystnaden. Det var som att falla baklänges ner i ett schakt. Här är det bättre, tänkte han nöjd. Här är det bara min andning och den svaga trafiken utanför. Nu säger jag inte mer.

*

Varje dag trädde ett stort antal människor in genom dörrarna till tingshuset. Ögonblickligen fick de syn på den vackra fågeln i sin ståndsmässiga bur. Den visslade vackert åt var och en som passerade. Henrik hade hämtats i piketbil, som var det enda fordonet med tillräcklig takhöjd för att frakta den stora buren. Henrik var mycket läraktig. Skarre hade lärt honom vissla signaturmelodin till TV-serien Arkiv X och dessutom de berömda fem tonerna ur filmen Närkontakt av tredje graden. Astrid Brenningen höll buren i ordning. Hon fyllde på frö och vatten i kopparna och bytte tidningspapper i botten. Länge var det bilder av Ida i tidningarna. Henrik kunde kika ner på henne från sin pinne. Skarre hade ordnat en pappskylt för nyfikna förbipasserande. Akta fingrarna! Ändå var det många som ingenting lärde. Ständigt var det någon som kom förbi personalrummet efter plåster. Polischefen Holthemann, som ägde de flesta kvaliteter en chef bör ha, som klokhet, grundlighet, auktoritet och precision, men som saknade humor, antydde ständigt att fågeln borde förflyttas till en djuraffär och stanna där tills fallet var klart. Han såg alltid strängt på Henrik varje gång han passerade buren. Henrik var kanske liten. Henrik var kanske inte ens särskilt smart, men i likhet med andra djur kände han omedelbart den motvilja som utgick från den grå, glasögonprydde mannen. Och varje gång Holthemann vände på klacken, kvitterade Henrik med att vissla melodin You are my sunshine, my only sunshine.

Två män och en kvinna var i full färd med att förbereda försvaret i fallet Ida Joner. Raden av förmildrande omständigheter var ändlös. Det rörde sig om en omogen tonåring som hade handlat i god tro. Ida hade trots allt rest sig efter sammanstötningen och stått på egna ben.

Det rörde sig om en pliktuppfyllande mor som ville rädda sin egen heder och sin förståndshandikappade son, som i sin tur inte kunde ställas till ansvar för något som helst. När det gällde Willy Oterhals och hans försvinnande, var det en obegriplig gåta som antagligen skulle förbli olöst så länge man inte fann honom, död eller levande.

Tomme satt i rannsakningshäkte. Han låg hopkrupen på britsen med händerna som ett lock över ansiktet. Han kände sig malplacerad. Vad gör jag här? tänkte han. På en anstalt, tillsammans med rånare och mördare? Det tickade fortfarande i huvudet på honom. Sekund efter sekund måste forceras. Han försökte ofta drömma sig bort, försökte i smyg gnaga på det berg av tid som låg framför honom. Det minskar, intalade han sig. Det minskar så sakta att jag inte kan se det, men det minskar.

Det blev en skoningslös vinter. Långa perioder av extrem kyla. Helga Joner gick fortfarande omkring i sitt eget land. Ruth träffade hon inte längre. Tomme hade kört ihjäl Ida och nu väntade han på sin dom. Det var hela tiden Tomme. Hon tänkte att Ruth hade vetat det. Hon tänkte så mycket fruktansvärt.

En dag dök Sejer upp. Helga var glad åt att se honom. Han var en förbindelselänk till Ida som hon inte orkade släppa. Sejer fick syn på en knubbig valp som svansade mellan fötterna på henne. Hon bad honom stiga på och kokade kaffe, och de satt en stund under tystnad. Hans närvaro var nog för Helga och innerst inne hoppades hon att de alltid skulle känna varandra. Hon hade lust att säga det högt men hon vågade inte. I stället såg hon bort på honom i smyg, och hon insåg att hans tankar kretsade kring mycket allvarliga ting.

– Vad tänker du på? frågade hon försiktigt.

I detsamma blev hon förvånad. Det var som att sticka fram huvudet ur ett gömställe där hon hade varit så länge. För första gången sedan Ida försvann bekymrade hon sig för en annan människa.

Sejer mötte hennes blick.

– Jag tänker på Marion Rix, sa han. Din systerdotter. Hon har det inte lätt.

Helga böjde på huvudet. Innerst inne skämdes hon. Hon hade tänkt så mycket på Tomme, och sedan på Ruth och Sverre. Anklagat dem. Undvikit dem. Marion hade hon glömt.

– De mobbar henne i skolan, sa Sejer.

– Har du talat med henne? sa Helga bekymrat.

– Jag har talat med en av hennes lärare. Han berättade det.

Helga gömde ansiktet i händerna. Valpen nafsade i hennes tofflor.

– Det är i alla fall inte Marions fel, sa hon trött.

– Nej. Och kanske behöver hon få höra det. Men orden måste komma från dig. Orkar du det?

– Ja, sa Helga och såg upp. Det orkar jag.

Valpen släppte toffeln och kröp under bordet till Sejer. Den började ivrigt riva i hans ena byxben.

– Jag har också en hund, sa han tyst. Men han är gammal nu. Han kan nästan inte gå. Jag måste ta honom till veterinären, bekände han, jag har tid i morgon eftermiddag. Och det måste jag hem och berätta för honom.

Han gav valpen en liten puff. Helga blev alldeles omtumlad.

– Blir du helt ensam? frågade hon.

– Nej, sa han. Så illa är det inte.

– Du kan ju få en ny! sa hon deltagande.

– Jag vet inte riktigt, sa han tveksamt. Han kan ju inte ersättas.

Länge efter det att Sejer hade gått gick Helga omkring och tänkte. Och då hon vaknade nästa dag tänkte hon fortfarande på honom. Då kvällen kom och skymningen la sig blå över hennes hus, visste hon att hans hund var död. Hon lyfte upp sin egen valp i knät. Den hängde slät och varm mellan händerna på henne. Hon begravde ansiktet i den knubbiga valpkroppen och snusade in lukten av den. Nej, den var ingen ersättning. Bara något att hålla på med. Hon tyckte om att stryka de små öronen intill huvudet för att se hur de spratt upp igen när hon släppte dem. Hon tyckte om de små tassarna med de förunderliga trampdynorna. Hon tyckte om att snurra den släta svansen mellan fingrarna. Långa stunder satt hon så framför spisen och såg in i lågorna.

Men mars kom, och april. Då släppte alltsammans som en bristande fördämning och en våldsam vårflod satte in. Det forsade i slutt-ningar och rann från taken. Helgas trädgård vaknade långsamt. Det spirade i rabatterna, sprött och ljusgrönt. Då och då kom Marion och hälsade på. Hon tyckte om att gå ut med valpen. Folk kom ut ur sina överuppvärmda hus, öppnade fönster och dörrar. Gav sig ut i naturen, lyfte ansiktet mot solen. Det var ett mirakel varje gång. De frejdigaste gav sig av till havet, där luften ännu hade kvar ett kyligt drag. Men de tyckte om bruset från vågorna och kluckandet inne vid stranden. Ung-ar letade efter platta stenar. Mödrar plaskade med händerna i vattnet medan de rös och skrattade. En frisk bris låg på mot land. Då och då kom en våg som ville visa upp sig lite och brusade lite extra, innan den bröts mot strandlinjen.

En kvinna och ett barn stod och såg utåt.

– Se, där kommer det en båt! ropade hon. En tanker. Den är jätte-stor!

Pojken följde båten med ögonen. Han kunde inte se att det forsade runt bogen, avståndet var för stort. Och det kändes som en oändlighet av tid innan den första vågen kom rullande. En våldsam kraft pressade vattnet åt sidorna och dyningarna växte och rullade mot land med allt större styrka.

– Hjälp, ropade modern, vi måste längre upp!

Pojken tjöt av fröjd. De drog sig skrattande tillbaka, uppspelta av de enorma krafterna. Därifrån de stod kunde de inte se liket som lång-samt roterade alldeles under vattenytan. Det närmade sig obönhörligt. Vågorna slog våldsamt in mot land och ett iskallt stänk träffade dem på kinderna. Kvinnan skrattade ett ljust pärlande skratt.

Tyckte du om den här boken?

Då vill vi tipsa dig om de här böckerna av Karin Fossum också:

ÄLSKADE POONA

Gunder Jomanns nyblivna hustru Poona kommer inte hem. Samtidigt hittas en kvinna mördad på ett bestialiskt sätt. Kommissarie Sejer kopplas in på fallet.

DE GALNAS HUS

En intensiv och engagerande psykologisk roman där livets tragik och komik lever sida vid sida på ett mentalsjukhus.

NÄR DJÄVULEN HÅLLER LJUSET

När djävulen håller ljuset kan en ung man ramla ner för en källar-trappa och så småningom dö där nere… En oroväckande och djävulskt spännande berättelse.

DEN SOM FRUKTAR VARGEN

Gamle Haldis Horn upptäcks brutalt mördad på trappan till sin gård. Kommissarie Konrad Sejer börjar arbeta med fallet.

EVAS ÖGA

En kall aprildag ser Eva Magnus en död man flyta i älven. Men Eva ringer inte till polisen, hon försöker istället skräckslagen förtränga synen av den döde. Varför?

SE DIG INTE OM

En femtonårig flicka hittas död intill en skogstjärn. Kommissarie Sejer ställs inför ett svårlöst mysterium. Belönad med Glasnyckeln som bästa nordiska kriminalroman.

Läs mer på www.manpocket.se eller besök våra återförsäljare.

Nyhetsbrev från Månpocket

Prenumerera gratis på vårt nyhetsbrev via e-post! Du får förhandsinformation om våra nyheter och vad vi planerar att ge ut i pocket längre fram. Du får även information om utlottningar, kampanj-erbjudanden mm.

Anmäl dig på:
www.manpocket.se

Där kan du även läsa om våra nyheter och söka i vårt arkiv efter äldre titlar.